ハムレットと海賊

海洋国家イギリスのシェイクスピア

小野俊太郎
Shuntaro Ono

松柏社

地球儀に片手を置くエリザベス女王。背景に描かれているのはアルマダの海戦のようす。伝ジョージ・ガウアー（George Gower）。

ハムレットと海賊——海洋国家イギリスのシェイクスピア

目次

第3章　征服者の驕りと土着の反乱

第4章　王政か、共和政か、問題はそこだ

序章　ハムレットと海賊との遭遇

【海賊に救われるハムレット】

この本では、十七世紀の幕開けに書かれた、イギリス文学を代表する『ハムレット』（一六〇二―三年）を出発点に選び、シェイクスピア作品に描き込まれている海洋国家イギリスのさまざまな側面をたどろうと思う。[1]

シェイクスピアの劇は、予備知識がさほどなくてもわかるので、時代の隔たりや古い英語という制約を超えて受け入れられてきた。『ロミオとジュリエット』での恋人たちの悲劇を理解するのは難しくない。『マクベス』で主人公夫妻が抱いた野心と身の破滅も手に取るようにわかる。『リア王』での老害と遺産相続をめぐる子供たちとの愛憎は、周囲に似た状況がある人も多いかもしれない。

今挙げた三つの作品が扱っている恋愛、出世、遺産相続は、小説や映画やドラマで亜流がたくさん書かれるほど、おなじみの主題と言える。四百年前ではなくて、現代の観客を想定して書かれた作品だと錯覚してしまう。いずれの主題も、十六世紀から十七世紀の近代の始まり（初期近代）において、イギリスが抱えた課題だったはずなのだが、現代でも乗り越えられていないので、身近に感じられるのである。

当時のイギリス（イングランド）は、エリザベス女王のもとで外洋へと進出し、スペインとの戦いにも勝利した。スコットランドから来た次のジェイムズ王のもとでは、ライバルのオランダと競って、北米などの海外に植民地を求めていた。劇作家も観客も、そうした時代の変化や社会の状況と無縁だったはずはない。その点を確かめるためにも、デンマークの王子ハムレットと海賊たちとの出会いから、話を始めることにしよう。

劇の第四幕になって、王によってイギリスへと追放されたはずのハムレットから手紙が届き、ホレーシオは文面を読み上げる。

> 出帆して二日目、僕らは武装した海賊船に追跡された。こちらの船足が遅いと見たので、やむなく勇を鼓して僕らは立ち向かい、舷（ふなべり）を接してもみ合ううちに、僕ひとり相手の船に乗り移った。その途端に船が離れたため、僕だけが捕虜になった。連中は心ある盗人といった風で手厚くもてなしてくれたが、そこは下心あってのこと、返礼はしなくてはならない。（四幕六場）

ハムレットは、海上で海賊の手に落ちたが、彼らは身代金が目当てだったので、命拾いをしたのである。こうしてハムレットは海からデンマークの大地へと帰ってくる。ホレーシオに手紙を届けた船乗りたちはどうやら海賊の一味らしい。ここでの海賊は、ハムレットの復讐を手伝う味方となってくれた。しかも、ハムレットたちが海賊退治に乗り出す気配はないし、海賊側も身代金に相応する返礼を手に入れたようすである。

このハムレットの帰還と入れ替わりに、オフィーリアが水死する。恋人や父親や社会に追い詰められ、さらに恋人ハムレットが自分の父親を殺害したので正気を失ってしまった。そして、ハムレットの母のガートルードが見守るなか、川で溺れて悲劇的な死を遂げるのである。ところが、オフィーリアの死には不審な点があるとされ、父親が埋葬されているはずの正式な墓地とは離れた土地に、自殺者として埋葬されることになった。

海で生き延びたハムレットと、水死したオフィーリア。そこに生と死、水と大地のイメージが交差するなかで、劇は最後の復讐の場面へとなだれ込む。もちろん、第五幕になると、デンマークの王宮にいる劇中の人物たちも見守る私たち観客も、ハムレットを救った海賊の挿話などすっかり忘れてしまう。血で血を洗う展開を目の前にして、それどころではないのだ。

二十世紀前半までの批評は、『ハムレット』の劇中で海の果たす役割にほとんど関心を向けてこなかった。(2)けれども、二十世紀後半になると海賊や海への評価が変わってきた。まさに潮目が転じたのである。

秀逸なハムレット論『ハムレットもしくはヘカベ』を書いた政治学者のカール・シュミットは、『陸と海と』(一九五四年)の中で、イギリスの「牧羊の民が十六世紀に海の民へと転じた」ことに重要性を見出した。海洋国家となるなかで、イギリスは島国的な意識から脱したのだとシュミットは説く。そして、秩序とつながる陸の怪物ビヒモスと、もっと自由な海の怪物リヴァイアサンとで表現された二つの価値観の対立で世界史を読み解いた。シュミットの論を敷衍(ふえん)すると、シェイクスピア作品の全体を、旧来の島国を中心とした求心的で陸地中心の発想と、新しい海洋国家へ広がっていく発想とがダイナミックにぶつかる場だとみなせる。

また、政治思想史家の関曠野は、『ハムレットの方へ』(一九八三年)において、「ラクダ、イタチ、鯨」という台詞を取り出し、三段階に比喩的に変身するハムレット像を浮かび上がらせた。海賊に救われた後で、ハムレットは鯨となり「大洋の自由な王者として帰ってくる」と結論づける。シュミットにおけるリヴァイアサンこそ、ここでの鯨であり、さらにハムレットだとみなせるので、これも海を重視する考えとして傾聴に値する。

シェイクスピアを読みぬいたハーマン・メルヴィルが、十九世紀のアメリカで『白鯨』

（一八五一年）を書いたことでもわかるように、政治的な海の怪物としてのリヴァイアサンの物語が、『ハムレット』の背後にある。陸地だけでなく、地球の表面積の七割を占める海が無視されてよいはずはない。「グローバル化」という言葉が使われる現代に、こうした海からの視点が、シェイクスピアを考える上で重要となるはずだ。

【海洋国家イギリス】

『ハムレット』という劇において、デンマークの王子であるハムレットと、海上の無法者である海賊との遭遇は、ほんの一瞬の出来事にすぎない。ところが、イギリスにとり、君主と海賊との関係は、もっと継続的で広範囲に及ぶものだった。

海賊そのものは、古代世界から活躍してきた。洋の東西を問わず、海賊に悩まされた為政者が平定した話は数多い。日本でも、歴史を紐解くと、「倭寇」「八幡船」「水軍」など、海賊とつながる語彙と出くわす。しかも、イギリスでは、海賊船が商船や軍艦の役割も果たすので、「私掠船（プライベティアー）」と呼ばれ、国家にとって違法でありながらも、海賊は必要悪の連中であった。将来は海軍に吸収するか、犯罪者として徹底的に退治すべきと考えられていた。海賊がイギリス周辺の海から姿を消したのは、スペインから大西洋の制海権を奪い、海軍が本格的に組織化された十八世紀とされる。

エリザベス女王は、海洋国家として自国を立ち上げるために海賊を利用したことで、「海賊女王」の異名をもつ。海賊あがりで、私掠船の船長であったフランシス・ドレイクが世界一周を成し遂げ（一五七七―八〇年）、その後提督として活躍し、スペインの無敵艦隊を破った（一五八八年）ことを考えても、王室と海賊人脈との深い関連がわかる。他にも、ジョン・ホーキンスやウォルター・ローリーなど、海賊あがりや探検家など伝説的な海の男たちが女王の周囲を取り巻いていたのだ。

次のジェイムズ一世の時代においても、冒険家で軍人あがりのジョン・スミス船長のように、ヴァージニアのジェイムズタウンを維持するために働く人物もいる。植民地のための探検は続き、行き先は大西洋からアフリカやアジアへと広がっていった。そして、十八世紀にいたる海賊の活躍は、虚実を交ぜて、イギリスの外交から文化にまで花開いた。キッド船長や黒ひげがいるし、アン・ボニーやメアリー・リードといった女性海賊も含め、クック船長やネルソン提督などとともに、海洋国家イギリスの神話を形成する一員なのである。

たとえば、『宝島』の宝を残したフリント船長とその部下だったジョン・シルヴァーや、『ピーター・パンとウェンディ』のフック船長のいないイギリス児童文学史など無味乾燥だろう。海賊に襲われた側のアメリカでも、エドガー・ポーの「黄金虫」では、キッド船長の宝が探し出される。ノーベル賞作家のジョン・スタインベックのデビュー作は、海賊ヘンリー・モーガンを扱った『黄金の杯』だった。そして、「カリブの海賊」たちの活躍は、ディズニーランドのアトラクションから飛び出し、二〇〇三年には『パイレーツ・オブ・カリビアン／呪われた海賊たち』という映画となった。

こうして考えると、ハムレットと海賊との出会いが偶然だったとは思えない。通常ならば、海賊は捕まえられ、処刑されて、さらし首となる。ところが、デンマークとイギリスとの間の海に出現した海賊を好意的に扱うことからも、海洋国家としてのイギリスの事情が見え隠れする。もちろん海洋国家イギリスの課題は、海賊の退治や管理にとどまるわけではない。同時代の劇作家と同じく、シェイクスピアは、先進国である地中海に面したイタリアやスペインやフランスなどの物語を取り込みながら、イギリス社会がもつさまざまな不安や希望をシミュレーションしている。それには商業演劇という表現媒体が最もふさわしかった。

【シェイクスピアと海の主題】

あらためて確認するなら、ウィリアム・シェイクスピアは、十六世紀半ばの一五六四年に生まれ、十七世紀初めの一六一六年に没した。徳川家康と没年が同じであることからもわかるように、活躍したのは日本の安土桃山時代から江戸時代にかけてである。関ヶ原の戦いのころに『ハムレット』などを書き、大坂冬の陣や夏の陣のころに亡くなった、と考えると年代の見通しがつきやすい。

同じ一六一六年が没年となる有名作家に、スペインのセルバンテスがいる。代表作は『ドン・キホーテ』だが、シェイクスピアよりも年上で、ライバル国を代表する小説家である。当時のイギリスにも内容が伝えられていて、英訳が一六一二年に出版された。[3] スペインは、イギリスにカトリックを復活させようと画策したメアリー女王のときに、一時的に強いつながりをもった。ポルトガルに追随し、いち早く海洋国家になったスペインは、イギリスにとって手本であり、同じ海洋国家としてアメリカ大陸などをめぐるライバルとなった。

イギリスが海外進出する転機となったのは、エリザベス女王の即位だった。メアリーの後を継ぎながらも、反カトリック勢力としての英国国教会の地位を確固たるものとした。長年の浪費などで底をついた国庫を潤すために、女王陛下の海賊たちがスペイン船を襲った。スペイン船も、中南米の現地の富を収奪したものだったが、それを襲撃することでイギリスは富を得、同時にライバルに打撃を与えた。さらにロシアや北米との毛皮貿易で得た利益もロンドンへと流入してきた。

ドレイク提督が率いた海軍が、覇権を争う相手であるスペインの無敵艦隊の来襲を、一五八八年のアルマダの海戦で防いだことで、国内の愛国心が鼓舞された。スペインは五度襲ってきたが、嵐などですべて失敗に終わっている。芽生えた愛国心から、自分たちのルーツを探る歴史劇が流行し、シェイクスピアも、ブリテン島のことを「天然の要害」で「エデンの園」などと自分の劇の中で言わせた（『リチャード二世』）。

英国国教会の独立騒動が、イギリスを海洋国家に向かわせる一因ともなった。エリザベス女王の父親のヘンリー八世は、侍女のアン・ブリンとの結婚のために、スペインから嫁いできた王妃キャサリンとの離婚を目論んだ。教皇から許可されるはずもなかったので、カトリック教会から離脱する争いを起こす。裁判で論破する必要から、さまざまな情報や書籍をイタリアなどから取り入れた。人文学的な知見がイギリスに根づくきっかけの一つともなった。

そして、海外からの富と文化を摂取する熱気の中で、シェイクスピアは当時の流行メディアとなった「劇場」を舞台に、さまざまな物語を観客に提示した。民衆劇場は、立ち席の平土間から、二階や三階の客席にまで及ぶ劇場空間に、数千人のロンドン市民を詰め込んでいた。そこで人気を得るためには、大衆向けと知識エリート向け両方の話法を駆使し、一つの作品内に、複数のメッセージを発する必要があったのである。

当時の演劇は、人々に多くの情報を伝える手段としても有効だった。活字によるパンフレットや書物は、文字を通じて情報を摂取することになるので、識字能力に左右されてしまう。ところが、耳目による伝達を主とする演劇ならば、もっと広い層に訴えることができた。これは現在の映画やテレビにも通じる。シェイクスピア劇の中に、聞き間違いによる錯誤を笑いに変え、音の響きで洒落(しゃれ)る技法が目につくのも、演劇が音声を主体とする表現手段であるためである。シェイクスピアを小説のように文字だけの存在として読んではならない。

シェイクスピアが劇で人気を得るようになった一五九〇年代には、エリザベスという未婚の女王を戴いていたせいで、王位継承の問題が浮かび上がった。女王の愛人たちの追放や反乱と処刑が、外部の敵だけでなく、内部の政治的な混迷を深めた。シェイクスピアが所属していた宮内大臣一座という劇団も、女王の愛人でありながら反乱したエセックス伯の身近にいたので、シェイクスピアは政治的な主題と向き合うことになった。

女王の死後、スコットランド出身のジェイムズ王がイングランドを継いだことで、スコットランドと併せて二つの王国の王となる。宮内大臣一座は、パトロンの変更により、国王一座となった。王位継承をめぐる騒動は、『ハムレット』に影を落としている。『リア王』が領土分割の悲劇を描いたのもそうした不安の表れである。新国王を意識した御前芝居の『マクベス』では、王位簒奪側の主人公を描いたことで、悲劇としての語りを浮かび上がらせる。どのように過去の記憶や領土を継承するのかに関して、シェイクスピアのいわゆる四大悲劇は独特の色合いを帯びている。

海外に領地を求めることで、イギリスは拡大していった。処女王エリザベスに由来するヴァージニア州や、ジェイムズ王の名を取ったジェイムズタウンが、現在も地名としてアメリカに残っているのも、こうした植民活動の結果である。ジェイムズタウンを立て直したジョン・スミス船長の話は、ディズニーアニメの『ポカホンタス』(一九九五年)やテレンス・マリック監督の『ニュー・ワールド』(二〇〇五年)に登場し、ジョン・バースの小説『酔いどれ草の仲買人』(一九六〇年)の下敷きともなった。残された自伝や記録にはほら話が多くて、人物に対しても、当時から毀誉褒貶が相半ばする。ハンガリーでイスラム教徒と戦ったあと、アメリカ大陸でインディアンと戦った人物であり、オセロのような傭兵として活躍していた。

こうした状況の中で、シェイクスピアの劇作に、さまざまな海の場面が出てくるのも当然と言える。主人公たちが旅の途中で難破し、他所の土地に漂着するのである(『間違いの喜劇』『十二夜』『冬物語』『テンペスト』)。ハムレットはデンマークからイギリスに行く途中で海賊に救出されたのだが、山賊も『ヴェローナの二紳士』や『お気に召すまま』に出てくる。無法者だが森に住む愉快な連中のような描き方もなされ、ユートピア的な幻想もつきまとっているのだ。

しかも、海が舞台となっても、海賊の話ばかりではない。海を渡り対岸のフランスを攻める話(『ヘンリー五世』)もあれば、やはり対岸のアイルランド植民地を平定する話(『リチャード二世』)もある。あちこちの海戦も描き出された(『アントニーとクレオパトラ』『ヘンリー六世』)。さらに東地中海の覇者だったヴェニス(ヴェネツィア)共和国に関心が向けられ、

『ヴェニスの商人』のように交易商人の金銭をめぐる争いや、『オセロ』のようにムーア人の傭兵とイスラム教徒との覇権争いが描かれた。

【三浦按針とガリレオは同時代人】

当時のイギリス（イングランド）の海外進出の影響は日本にも及んでいた。徳川家康の外交顧問となった三浦按針を考えるとわかる。按針の本名はウィリアム・アダムスで、ケント州でシェイクスピアと同じ一五六四年に生まれた。船大工から船乗りへと転身したアダムスは、一五九八年にロッテルダムを出発したオランダ船団の水先案内人（主任航海長）となった。五隻の船団はアフリカのギニアに寄ったあと、西へ向かいマゼラン海峡を越えた。太平洋の島々で先住民との争いがあったり、嵐に遭遇したりして、助かったのはデ・リーフデ（慈愛）号だけだった。

残った積み荷の交易相手として日本を目指し、一六〇〇年に豊後へ漂着（着岸）した。これをきっかけに、アダムスはヤン・ヨーステンなどとともに日本で暮らし、家康の寵愛を得て、江戸日本橋に屋敷を与えられ（現在の按針通り）、三浦の逸見に領地をもらう。そして、長崎の平戸で一六二〇年に没した（逸見道郎『青い目のサムライ　按針に会いに』）。やはり家康から領地をもらったヤン・ヨーステン（耶楊子）の名は、東京駅前の「八重洲」という地名として残っている。

アダムスは一五八八年のアルマダの海戦にも燃料や食料を運ぶ船の船長として参加し、その後はアフリカのモロッコとの取引をするバーバリー商会の船に乗っていた。モロッコは当時西インドから砂糖を輸入する交易地であり、商会の船はイギリスへと新大陸の物品を運んでいたのである。アダムスは、知り合いになったオランダ船へと乗り換えて、太平洋までやってきた。これは、船乗りが技術さえ持てば、異国の船や港を媒介にして、グローバルな移動ができたことをしめしている。ウィリアムの弟のトマスも、この航海に参加していたが、航海の途中で亡くなってしまった。

東アジアにまでヨーロッパの海洋国家が交易路を延ばした。とりわけポルトガルは中国のマカオやインドのゴアを、スペインはフィリピンのマニラを拠点に「南蛮貿易」を行っていた。ポルトガルの通商路をたどってヨーロッパに向かった一五八二年の天正遣欧少年使節が有名である。けれども、ポルトガルやスペインの交易ルートを通じて、船員や家事奴隷として、植民地であるメキシコなどの中南米やヨーロッパに渡った日本人もたくさんいた（ルシオ・デ・ソウザ『大航海時代の日本人奴隷』）。秀吉がポルトガル王に禁止を求めたように、安価な労働力として九州などから東南アジアへと日本人が売買されていた。しかも、日本で作られた武器が、オランダの植民地などに供給されてもいたのである（渡邊大門『人身売買・奴隷・拉致の日本史』）。この時代は、想像以上に人も文物も移動していた。

　そうした中、アダムスたちは、家康にヨーロッパにおけるカトリックとプロテスタントの対立を教え、信長や秀吉とつながるスペインやポルトガルから、オランダやイギリスへと軸足を変えるきっかけを作った。布教よりも交易を優先する実利的な態度が家康に気に入られたのである。また、敗北した豊臣側にカトリック勢力がついたことも大きい。家康は朱印船交易を進め、大型ガレオン船の建造を船大工の経験のあるアダムスに命じた。

　シャム（タイ）への航海をしていたときに、アダムスは家康の死を知るのだ。アダムスはイギリスとのつながりを絶ったわけではなく、東インド会社の一員となり、イギリスの家族にも送金をしていた。彼の死後三年で英国商館は閉鎖され、オランダは日本が外に開く窓口となった。一六三〇年代にいわゆる「鎖国」をしなければ、日本は別種の海洋国家となったのかもしれない。

　他方で、イギリスは、スペインあるいはオランダとの覇権争いを通じて、競争力を鍛え上げていく。オランダの造船や技術を摂取して改良し、北米からアフリカやアジアへと進出する。その結果、「海洋国家」となった。海洋国家とは、地続きの土地ではなくて、海を隔てて離れた土地を国土の一部とし、地球上に交易や支配のネットワークを作る国家のことである。島国が島国であるがゆえに世界の中心に転じることができた。イギリスが国境線を意識しなくてすむ島国で、大陸国家ではないからこそ「大英帝国」となりえたことで、明治以降の「大日本帝国」のイデオロギーを生み出す手本となった。

シェイクスピアと三浦按針はともに一五六四年生まれだったが、さらにイタリアのガリレオ・ガリレイも同じ年の生まれなのである。ガリレオはイタリアの天文学者で、近代科学を作り上げ、「神学」から「科学」へと学問が近代化する道筋をつけた一人である。望遠鏡による天体観測によって、地球が丸いという確証を得た。それは、マゼランの世界一周を裏づけることになる。

一六三八年に、南欧へのグランドツアーに出かけたジョン・ミルトンは、イタリアのフィレンツェでガリレオと会った（『アレオパジティカ』）。その折に、望遠鏡を覗かせてもらったおかげで、地球が丸いという考えが、聖書の記述に基づく『失楽園』にも取り入れられた。

こうして初期近代において、世界が平面ではなくて、「球体＝グローブ」なのだという考えが、ヨーロッパ内へと広がっていった。それを反映してなのか、シェイクスピアの劇場は「グローブ＝地球座」と呼ばれた。大航海時代以降、「世界」は「地球」へと変貌した。しかも、球体は閉じた空間なので、表面をなぞって直進すると出発点へと戻ってくる、という円環や回帰のイメージも作り上げた。

【地球儀と本初子午線】

海洋国家として地球上に覇権を広げると、陸地と異なり海上での境界線はあいまいとなる。しかも、地球は湾曲しているので、平面である海図に頼るだけでは、長い距離を航海すると、どうしてもずれが生じてくる。そこで船の位置を確認するためにも、地球儀が必要となるのである。イギリスでは、数学者のエメリー・モレヌーが、一五九二年に地球儀を製作して人々に提供を始めた。このおかげで、ドレイク船長たちは世界一周の航海を無事終えることができた（アダム・コーエン『シェイクスピアとテクノロジー』）。

このようにして、シェイクスピアの同時代人にとり、地球儀は自分たちの住む世界をしめす模型となった。王権をしめす十字架がついた宝珠（オーブ）をもつ代わりに、地球儀（グローブ）に触れるエリザベス女王など、地球儀とともに描かれた王侯貴族の肖像画が数多く残されている。また、平らな地図ではなくて、丸みを帯びて地球儀を模した領土に立つエリザベス女王の姿もある（表紙絵などを参照）。

直感的に位置が理解できる地球儀に加えて、方位をしめす羅針盤や天体観測をする六分儀といった補助手段も発達した。これによって数値で位置を正確に表現できるようになった。その基準線となるのが、本初子午線である。本初子午線は、ロンドン郊外のグリニッジ天文台を通過して設定された（現在は百メートルほどずれたところに修正されている）。古代のプトレマイオスの地図などが、ヨーロッパの西の縁を〇度と考えていたのを踏襲して、西の隅にあるイギリスに押しつけられたわけだが、現在では東経と西経の中心に来ることで、世界の地理を支配しているかのように見えてくる。

しかも、天体観測などのためには正確な時間を知ることが必要になり、「クロノメーター」が開発される。それとともに本初子午線を中心に世界標準時がしだいに整っていく。球体だからこそ、経度によって時差が生じるのだ。そして東経と西経が出会うところに、日付変更線が南北に引かれることになった。日付変更線近くの太平洋上のフィジー諸島がイギリス連邦に入っているのも象徴的である。

こうした事態を踏まえて、十八世紀からの流行歌となった「ルール・ブリタニア」は、「ブリタニアよ、世界の海を支配せよ」と鼓舞する。グローブ座を舞台に活躍し、陸と海との論理の相克を描いたシェイクスピア作品が、その後のイギリス社会にとって、アクチュアルに思えて「聖典」視されたのも当然なのである。二〇一六年のEUからの離脱をめぐる「ブレグジット」騒動の根底に、イギリスの島国意識があった。地球儀や海図によって世界を捉える時代から、さらに人工衛星で宇宙から見下ろす時代になっているが、自国中心の島国意識は変わらなかったのだ。

【この本のねらいと章立て】

この本では、『ハムレット』で海賊が登場した背景に、海洋国家へと向かうイギリスの姿があることを踏まえ、シェイクスピアの作品群に、社会や時代との相互関係を探っていく。そのため全体を四章にわけている。それぞれの章は、まず扱う作品の前提となる歴史的な背景などを説明し、それから三つの作品を取り上げて、相互の関連を分析していく。

第1章は「海賊と難破の物語」として、『ハムレット』と『十二夜』とロマンス劇を扱う。海賊と出会うハムレットだけでなく、海により運命が変えられた者たちの物語なのである。難破という形をとって、新しい世界にたどり着くことになる。到達場所には、『冬物語』のように「ボヘミアの海岸」という虚構の場所まで登場する。

第2章は「地中海世界と覇権争い」として、『間違いの喜劇』と『ヴェニスの商人』と『オセロ』を扱う。東地中海を舞台にした商業と交易のネットワークが浮かび上がる。そして、ヴェニス共和国が抱えるユダヤ人と商業、ムーア人と軍事の関係を扱ったことで、海賊から商船や海軍へと変わっていく時代の予兆となっている。

第3章は「征服者の驕りと土着の反乱」として、『タイタス・アンドロニカス』と『リチャード二世』と『テンペスト』を扱う。植民地主義において必要な征服者と被征服者との関係が描かれている。ローマの北方のゴート族を平定することから、アイルランドやウェールズの支配、さらには大西洋の植民地をめぐるイギリスの関心が浮かび上がる。占領後に反乱をどのように防ぎコントロールするのかという政治手法が問われている。

第4章は「王政か、共和政か、問題はそこだ」として、『ヘンリー五世』と『リチャード三世』と『ジュリアス・シーザー』を扱う。海賊を「自由」を謳歌するユートピアな世界の住人と捉えるポピュラー文化とは異なり、現実の政治では排除すべき、血なまぐさい戦いの相手となる。そこで、シェイクスピアは、自分の姿を隠し理想の王を演出する者から、ポピュリズムを利用する悪党、さらには帝政を目指す指導者に対する多数決による集団的暗殺の是非、という権力をめぐるさまざまな状況をシミュレーションしてみせた。

このように見たときに、『ハムレット』という政治劇であり悲劇に込められた幾多の主題が、シェイクスピア作品全体、さらにはそれを生み出した海洋国家イギリスと深くつながっていることがわかってくる。しかも、グローバル化という名のもとで、海洋覇権の時代が終わっていない現代において、シェイクスピアの作品群から浮かび上がる課題は、日本にとっても無縁ではないのだ。

注

（1）「イギリス」と「大英帝国」に関してひとこと。この本では、便宜的に総称として、日本に定着した「イギリス」を使うことにする。エリザベス女王が君臨したイングランド王国は、シェイクスピアの生涯の前期（一五六四年―一六〇三年）には、スコットランド王国とは別の国だった。しかも、イングランド王国はウェールズをすでに併合していた。またアイルランドは植民地化されてはいたが、反乱の火種を抱えていて、女王は鎮圧の軍隊を送ることになった。シェイクスピアの後期（一六〇三年―一六一六年）には、ジェイムズ一世がイングランド王国の王位を継承するが、同時にスコットランドのジェイムズ六世でもあった。ジェイムズ時代のイギリスはイングランドとスコットランドの両国を指していると考えてもらいたい。

現在、歴史研究の分野では、「ブリテン帝国」という呼称が一般的になっているが、本書では「グレート・ブリテン」の訳語として定着してきた「大英帝国」を採用する。それは、「大日本帝国」の手本として、イギリスが果たした役割を忘れないためでもある。小国主義的な議論は、この「大」との関係で生じてきた。冷戦末期に出版された百瀬宏の『小国』（一九八八年）は、日本の小国主義を考えるときの参照となるし、これは「縮小する島」（ジェッド・エスティ）と、植民地喪失後のブリテン島を理解する考えともつながっている。日本でも、ナショナリズムは、かつて所有していて、まるで今も所有権があるかのように錯覚する台湾や旧満州や南洋諸島など「海外」の旧植民地への幻想と結びついている。

ただし、大英帝国と大日本帝国を重ねるという矢内原忠雄流の図式への疑念が、経済史学者の竹本洋から出されている（「アイルランドの「反乱」と思想家たち――アイルランド問題から環アイルランド海＝環大西洋問題へ」）。日本の立場はむしろスコットランドではないかとする竹本の意見は、スコットランド啓蒙思想を重視する立場からの問題提起となっている。また、明治維新後の日本の産業化にスコットランドが果たした役割を、比較経済史学者の北政巳は『国際日本を拓いた人々――日本とスコットランドの絆』（一九八四年）などの著作で明らかにしている。それだけに、大英帝国成立期に、シェイクスピアが体験したエリザベス女王からジェイムズ王への移行がもつ意味合いが大きいとも言えるのだ。

（2）　A・C・ブラッドレーは、『シェイクスピアの悲劇（第二版）』（一九〇五年）で、海賊との戦いを墓地でのレアティーズとの争いとつながる一連のアクションとみなし、そこからハムレットの性格を読み取ろうとした。その場合には海というのはあくまでも場所の一つでしかない。また、J・D・ウィルソンの『ハムレットで起きていること』（一九三五年）では、Q1という「海賊版」を作った者は海賊と呼ばれるが、ハムレットと海賊とが出会うエピソードへの言及はほとんどない。ウィルソンの関心は、ハムレットの内面の動きに向けられていた。

（3）　セルバンテスの影響を受けたフランシス・ボーモントの喜劇『ぴかぴかすりこぎ団の騎士』（一六〇七年）は、タイトルの「ぴかぴかすりこぎ」が梅毒を含意するように、中世の騎士的価値観への風刺に満ちていた。梅毒は大航海時代に新世界から伝わった流行病のひとつで、近代的な病となる。劇の中では、見物人役の商人たちが、騎士が活躍する物語を演じさせて、劇中で笑いのめすのである。メタフィクションの構造をセルバンテスから頂いたとも言える。また、本文は残っていないので詳細不明だが、国王一座が上演した『カルデーニオ』（一六一三年）は、登録者によってシェイクスピアとフレッチャーの共作とされていた。カルデーニオが『ドン・キホーテ』の登場人物であり、一六一二年に出た英訳を晩年のシェイクスピアが読んだ可能性が皆無とは言えない。いずれにせよ、中世の終わりから初期近代の転換期に二人の代表的な作家が生み出したキャラクターを、後年ツルゲーネフが、それぞれ懐疑主義と理想主義の典型とみなして、「ハムレットとドン・キホーテ」（一八六一年）という講演に取り上げたほどの人気があったのである。

第1章　海賊と難破の物語

シェイクスピアの劇では、海が大きな役割を果たしている。イギリスが海外交易や近海の漁業だけでなく、海賊行為で経済を立て直し、海外に植民地を建設することで、領土を拡張していく時代に制作されたせいである。劇作には、海をめぐる新しい意識が盛り込まれていた。この章では、自国が海洋国家となっていく状況にシェイクスピアがどのように反応したのかを、「海賊」と「難破」に注目して確認していく。そのために三つの作品を取り扱う。最初の『ハムレット』では、処刑のためにイギリスに送られた王子ハムレットが、無事デンマークへと戻るのに、海賊が重要な役目を果たした。次に、同時期に書かれた『十二夜』では、男女の双子が難破するパターンが導入され、他の土地に漂着することで幸運をつかむ話となる。そこでは難破や漂着が運命を切り開く出来事として、むしろ肯定的に扱われている。晩年のロマンス劇でこうした難破は再利用された。しかも、『冬物語』では、ついに海岸のないボヘミアに流れ着く幻想が扱われるのである。演劇の筋を転換する仕掛けに思える海賊や難破が、シェイクスピア劇では深い意味をもつのだ。

1　女王陛下の海賊たち

【海外へと拡張するイギリス】

シェイクスピアが活躍した時期に、イギリスは、隣国アイルランドを併合し植民する段階を過ぎ、西インドさらにはアフリカやアジア（東インド）へと本格的に進出しようとしていた。アイルランド植民が、その後の植民地経営のノウハウを獲得する「リハーサル」となった。しかも、イギリスの王権が、エリザベス朝からジェイムズ朝へと移り変わるなかで、海外拡張や交易を独占する欲望が高まっていった。

シェイクスピアが海賊や海岸線へと関心を向ける前提となったのが、当時のイギリスの海外進出であり、それは人々の日常生活の語彙さえも変えていった。シェイクスピアの同時代人に、一六一〇年ごろに詩作で活躍した「形而上学詩人」のジョン・ダンがいた。ダンはカトリックからその後英国国教会へと改宗したが、若いころの放蕩も有名で、その人物像に関してはいろいろな意見がある。作品がまとまって詩集として出版されたのは一六三一年だが、それ以前に文芸サークル内で回覧され知られていた。

ダンは、若いころの恋愛詩で、恋人の体を撫で回すときに「おお私のアメリカ、ニューファンドランド」（「エレジー十九番」）と述べ、さらに、「海洋探検家たちに新世界を発見させよう」

（「おはよう」）とうながす。そして、「東西両方のインドの香料と黄金」という句をもつ「日の出」という詩もある。ダンが得意としたのは、女性の体を指で探るのと、地球の探検を重ねるエロティックな「奇想」だが、これは古典主義的な文学者からは嫌われた。だが、二十世紀に入ると、W・B・イェイツやT・S・エリオットなどモダニズムの詩人がダンなどの形而上学的詩人を評価したことで、再び脚光を浴びた。ダンによる「ヴァージニア植民会社」のための説教の一節を引用して、『誰がために鐘は鳴る』とヘミングウェイがタイトルをつけたことでも知られる。

　こうしたダンの詩行からも、航海術の語彙や発想が日常語になったとわかる。新大陸の探検が、詩人の想像力を刺激するのだ。そのため、詩の中でも「地図」や「コンパス」といった小道具が活躍する。イギリスから「未知の土地（テラ・インコグニータ）」へ拡張する欲望は、空間的な限界を超えて広がっていった。

　ダンの想像力を刺激したのは、イギリスの海外拡張だったが、じつは先進国の後追いでもあった。大航海時代の最初の海洋国家（海上帝国）として、東インドへの航路を開き南米のブラジルに到着したのはポルトガルだった。ヨーロッパと日本との直接交流の先鞭をつけたのもポルトガルだったのである。そして、コロンブスに新大陸へと到達させ、マゼランを送り出して世界一周をさせたのはスペインだった。イギリスは両者に一世紀近い遅れをとっていたからこそ、オランダなどとともに、ポルトガルやスペインの支配権が及ばぬ地域との交易や植民地支配を貪欲に求めたのである。

【海賊女王の登場】

一五五八年に王位についたエリザベス女王は、「海賊女王」（S・ロナルド）と呼べるほどの野心をもって先進国に追い着こうとした。女王の期待を担ったのが、フランシス・ドレイクだった。イングランド人で最初に太平洋に達し、世界周航を行った（一五七七―八〇年）。これにより航海術や造船技術が先進国と肩を並べるようになったことが証明された。そして、八七年にカディス湾でスペイン艦船と戦い、さらに翌八八年にドーヴァー（英仏）海峡でスペインの無敵艦隊を退けた「アルマダ海戦」では、司令官を務めた。

戦いの実行者となったのは、ドレイクの従兄弟のジョン・ホーキンスである。スペインによるエリザベス女王暗殺計画を阻止したホーキンスは、女王からの信任も厚かったが、海賊として、スペインやポルトガルの船を略奪することで、イギリスに富をもたらしたのである。ホーキンスたちは、フロリダ半島以北を根城にしながら、「スペイン海（＝カリブ海）」で乱暴狼藉を働いたことで、「女王陛下の海賊」というイメージが定着した。まさに「カリブの海賊」である。

しかも、一五八八年の無敵艦隊への勝利によって、一〇六六年のノルマン征服以来、外敵の侵入を許したことがないという自負がさらに強まった。これはイギリスとりわけイングランド人の「選民意識」を高め、ブリテン島が神から贈られた「天然の要害」だとする神話を作り上げた（もちろん島にはウェールズ人もスコットランド人もいるわけだが）。シェイクスピアも「第二のエデンの園」（『リチャード二世』）といった言葉で表現して、神話化に多大な貢献をした。その後も、ドーヴァー海峡を挟んで対峙したナポレオンやヒットラーの上陸や占領を退けたせいで、神話はますます強固となり、二〇一六年の国民投票によるEU離脱の「ブレグジット」の際にも、島国であることが独立の拠り所とされたのである。

ドレイクたちは、アルマダの戦いで、無敵艦隊に偶然勝利したわけではない。スペイン船は波の穏やかな地中海向きに造船されていたが、イギリスの荒海を想定した船は、細身で機動力もあり、大砲も備えていた（アントニイ・バージェス『シェイクスピア』）。しかも、イギリスはスペインの大遠征計画を事前に察知して、スペインのカディス湾を先制攻撃してスペイン船を焼き、さらに補給基地となるポルトガル沿岸も攻撃した。カトリック側からは十字軍にも擬せられた遠征計画ではあったが、砲術を中心とした戦法の違いや食料や水の確保などの点でスペインに不備があった。

漕手を必要とするガレー船が中心だった無敵艦隊と、帆船が中心だったイギリス側との違いもある。しかも、無敵艦隊が北海を経由して、北回りに敗走するなかで、同じカトリック国としてアイルランドに援助を求めたのだが、嵐と出あうとか海岸線に近づきすぎて、難破した船も多数でた。半数が帰還できただけで、スペイン側の死者は二万人ともされる。

古いスペイン帝国の軍事力を打ち破ったのは、後発だからこそ摂取できた新しいハードとソフトのおかげだった。とりわけ、スペインから独立して共和国となっていたオランダが獲得した先進技術があった（カール・シュミット『陸と海と』）。ニシン漁やタラ漁といった海洋資源を、波の荒い北海や北大西洋に求めたせいで、オランダの造船技術が優秀になっていた。ライバルのスペイン帝国を打ちのめしたことでイギリスは自信を得た。実際の制海権をめぐっては、その後もスペインとの争いは続き、さらに、アルマダの戦いでは同盟を結んでいたオランダ（ネーデルランド連邦共和国）とライバルとして英蘭戦争などで争うことになる。

【大英帝国の出発点】

海を舞台にした一連の戦いを踏まえて、大英帝国が始まった日付を一五八三年とみなす説がある。[1] もちろん、出発点には諸説あるし、一つの年号によって前後がはっきりと区別できるはずもないが、それでも、この本では八三年という年号を重視したい。この年に、ハンフリー・ギルバート卿が、女王の勅許状に基づき北米のニューファンドランド島に到着し、その地をイングランドの植民地とする領有権を主張したからである。ただし、一方的な宣告が正式に他国から認められたのは、ずっと後の一七一三年にユトレヒト条約が締結されたときだった。つまり、イギリスが海洋国家として認められたのは十八世紀になってからなのである。シェイクスピアはその渦中で演劇を書いていたのだ。

ニューファンドランド島の領土宣言をギルバート卿が行う根拠となったのは、ヘンリー七世の命を受けたイタリア人探検家ジョン（＝ジョバンニ）・カボットが、一四九七年に到達して以来、イングランド船が何度かその島を訪れた事実があるためだった。だが、この島を訪れたヴァイキングが入植したこともあったし、スペインのバスク地方からやってきたタラ漁師がシーズンになると仕事場を構えていた。その島に人を定住させて、植民地を建設する野望をエリザベス女王が抱いたのである。

しかも、ギルバート卿がこうして活躍できた背景には、血筋や縁故の力があった。ギルバート卿の母親の伯母にあたるのが、女王を四歳のときから教えた家庭教師キャット・アシュリーだった。しかも、キャットの夫は、女王の母アン・ブリンの親族なので、そうした濃い血縁関係の後押しが一族にあった。デヴォン州で生まれたハンフリーの兄弟たちは、エリザベスの宮廷へと入り込み、スペイン帝国に対抗する北米植民地構想に関与したのである。ギルバート卿本人は、ニューファンドランド沖で難破して、一五八三年九月に亡くなってしまった。そこで、異父弟であるウォルター・ローリー卿が後を引き継いだ。

北米植民地の建設をめぐって積極的に活躍したローリー卿は、シェイクスピアの十歳年上となる世代に属している。メイン州からノースカロライナ州にあたる北米の沿岸一帯に、処女王エリザベスにちなんで「ヴァージニア」という名称を与えたのもローリー卿である。そして、ノースカロライナ州のロアノーク島へと植民団を数回送り込んだのだが、この植民計画はいずれも失敗に終わった。

ジェイムズ王の時代となった一六〇七年に、今のヴァージニア州にジェイムズタウンを建設したことで、ローリー卿はようやく名をあげ、タバコやジャガイモをイングランドにもたらした人物とみなされている。けれども、王権神授を絶対視するジェイムズ王と政治的な確執があったせいで、『世界史』という歴史書を執筆したほどのローリー卿は、一六一八年に処刑されてしまう。結果として、エリザベス前王の血縁者という宿痾を、ジェイムズ王は取り除いたわけである。

ローリー卿のもつ領土拡張的な野心は、エリザベス朝の「上昇志向をもつ世代」を代表する。彼は、クリストファー・マーロウと並べられてきた（エズラー『エリザベス朝の若い世代の上昇志向』）。マーロウは、シェイクスピアと同じ一五六四年に生まれ、いち早く演劇の才能をしめした。靴職人の息子に生まれ、奨学金でケンブリッジ大学に行ったマーロウは、在学中から詩や演劇で才能を発揮していた。ストラットフォードの町長となる商人の家に生まれたとはいえ、グラマー・スクール出で、上京して劇団の下積みを経験したシェイクスピアとは、経歴がかなり異なるのである。

上昇志向をもつマーロウは、作品の中でも野心に満ちた「背伸びをし過ぎて潰れる(Overreacher)」人物を登場させていた。とりわけ一五八七年の『タンバレイン大帝』第一部と翌年の第二部の主人公は、十四世紀に中央アジアで世界征服をねらうティムールだった(タンバレインはその英語読みである)。ティムールは、破壊者としての側面をもち、ティムール朝を設立した野望の主とみなされていた。サマルカンドを中心にエジプトなどへと領土を拡げる姿は、まさに拡張主義のイングランドにふさわしい勢いを描き出していた。最後にコーラン(クルアーン)を焼く場面があり、反イスラム主義との関連で、今でも上演時に賛否を引き起こす作品なのである。

マーロウの『タンバレイン大帝』二部作は、エリザベス朝演劇に多大な影響を与えたし、シェイクスピアが最初に観た演劇の可能性がある、と指摘される(スティーヴン・グリーンブラット『シェイクスピアの驚異の成功物語』)。さらに、グリーンブラットは、シェイクスピアの出世作となる歴史劇の『ヘンリー六世』三部作の共作者として、マーロウの名を挙げている。脚韻を踏まない「無韻詩(ブランク・ヴァース)」と呼ばれる形式を完成させた人物としてマーロウは評価されている。

だが、マーロウは一五九三年に、喧嘩が原因で、若くして亡くなってしまう。「無神論者」や「同性愛者」とみなされるマーロウの自由な発想は、演劇の表現の幅を広げた。入れ替わるようにシェイクスピアが登場したせいで、シェイクスピア別人説の有力候補としてマーロウが選ばれるのも不思議ではない。学者であり、商業演劇を書く必然性をもたないフランシス・ベーコン説よりはまだましに思える。(2)

【海洋国家の始まりとシェイクスピア】

シェイクスピア本人は、一五八二年十一月に、故郷のストラットフォードで、年上のアンとの間に子供が生まれそうなので、急いで結婚をした。娘のスザンナが生まれたのは半年後だった。そして、どうやら妻子を故郷に置いてロンドンへとやって来た。アントニー・バージェスは八七年の夏だったと推測している。カトリックの信仰を貫いたスコットランドのメアリー女王がその年の二月には処刑され、カトリック勢力がブリテン島では封じ込められた。そして、翌八八年には、戦費を商人から調達し、イギリスは無敵艦隊を撃退した。そうした中で、マーロウの『タンバレイン大帝』二部作などの劇が上演されていたのだ。この時期のシェイクスピアの生活に関して、多くの伝記作家が推測を重ねてきたが、手紙や日記などの物証がないので、決定的なことは、今でもわからないままである。

けれども、才能を開花させるのに必要な外的な条件が、ロンドンに整っていたのは間違いない。エリザベス女王が王位を引き継いだときには国庫が払底していたが、大英帝国の始まりとなる富を海外拡張で得て、娯楽としての商業演劇も盛んになった。無敵艦隊を打ち破ったことで、海賊ドレイクは英雄ドレイクとなり、英国史など愛国主義的な主題の劇が、観客に受けるようになった。

また、地中海を舞台にした喜劇に描かれた商人の世界が、商業都市ロンドンの市民たちにとってリアリティを感じさせたのだ。しかも、シェイクスピアたちは、マーロウたちが切り開いた演劇言語や表現を受け継ぎながら、演劇を作ることができた。題材となる物語集は、イタリアやフランスからの翻訳によって外国物を読める状況になっていたので、演劇への翻案もしやすかったのである。

シェイクスピアも、ダンなどと同じくソネットを書いて、パトロンから多少の金銭的な見返りを受けていた。だが、劇作へと向かい、ロンドンの演劇界で大学才人などよりも成功をおさめた。劇団や劇場にライバルたちがひしめいていたことが、切磋琢磨をもたらした。そして、「宮内大臣一座」さらに「国王一座」の座付作者として、頭角を現していったのである。

シェイクスピアの劇の中でも、海の場面は強い印象を残す。『リア王』でのドーヴァーの崖で、フランス軍と対峙する際に、錯乱した前王と古い忠臣とのつながりをあぶり出す。また、同じドーヴァーの崖が『ヘンリー五世』では、フランスへと進軍する前に、敵国と内通している貴族たちを処罰して士気を高める場所となる。シェイクスピアはストラットフォードという川沿いの町で生まれ育ったのだが、テムズ川沿いのロンドンで、いつしか海に取り憑かれた劇作家となっていった。

2　ハムレットを救う海賊

【王位簒奪と交替の劇】

エリザベス女王からジェイムズ王へと交替する時期に書かれた『ハムレット』(一六〇二―三年)は、中世のデンマークを舞台にした王位簒奪をめぐる劇である。原型として、一五八七年に上演されたハムレット劇の存在が知られる。学者によって『原(ウル)ハムレット』と呼ばれるが、作者不詳で、トマス・キッドの手になるとも、シェイクスピアが加わったともされる。興行主であるヘンズローの日記などに上演の言及はあるが、肝心のテクストが残っていないので、詳細な内容はわからない。私たちが知る『ハムレット』は、その戯曲を仕立て直したともされる。

冒頭ですぐにわかるが、『ハムレット』はさまざまな交替が表現された劇である。真夜中の十二時という一日の変わり目に、バーナード（ベルナルド）やフランシスコ（フランチェスコ）など聖人の名を冠した衛兵が交替するところから始まる。聖フランチェスコは貧しい者を救う聖人だし、聖バーナードは犬の名前に残っているようにアルプスの遭難者を救う施設を作った。こうした命名は、デンマークやハムレットの運命を考えると意味深に思える。

また、冬の夜で一年の変わり目とも重なる。「救い主の誕生を祝う季節になると夜明けを告げるあの鳥が一晩じゅう鳴きつづけ、もののけはまったく出てこないそうだ」という台詞はクリスマスを予感させる（一幕一場）。この理屈だと、亡霊はクリスマスには出てこられないので、ひょっとすると、「アドベント（待臨節・降臨節）」を想定しているのかもしれない。ユリウス暦では十二月十二日、現在は十三日を「聖ルチア祭」としている。ダンはこの日を詠った詩の中で「一年の真夜中」と呼んでいた。冬至の時期とも重なるし、デンマークの君主は、先代のハムレット王からクローディアス新王へと交替したばかりだった。新しい君主による新生デンマークの夜明けなのである。

ところが、隣国ノルウェーとの国境付近では、前の戦争で失った領土を取り返そうと、ノルウェーの先王の息子で同名のフォーティンブラスが、軍事演習の名目で押し寄せてきて、緊張感が漂っていた。冒頭ですぐにわかるのだが、デンマークはノルウェーとの軍事的な緊張を抱えている。ハムレット先王はノルウェーに勝利したが、そのせいで国境での緊張が高まり、しかも他ならぬ脅威となっていた王が突然死んだことによって両国は戦争前夜にある。「なぜ日毎に大砲を鋳造し、外国から武器弾薬を買い込むのか」と番兵のマーセラスはホレーシオに疑問を投げかける（一幕一場）。クローディアス新王は、武器の製造や造船をさかんにするとともに、ノルウェーに使節を送って、病床の王に甥のフォーティンブラスの軍事的脅威を退けるように交渉し、硬軟両面の作戦をとっていた。

こうして政治でも季節の上でも「真冬」のデンマークの一夜から劇は始まる。クローディアスは、ハムレットの叔父なのだが、兄のハムレット王を毒殺して王位を継ぎ、未亡人となった嫂（あによめ）であるガートルードと結婚した。クローディアスは、世俗権力と新しい家族を手に入れたのである。[3] そのクローディアスを脅かすのが、義理の息子で、甥のハムレットだった。

ハムレットは、「毒蛇により父王が死去した」という知らせを受け、留学先であるドイツのウィッテンベルグ大学から帰国し、王宮に留まるように懇願されてしまった。こうしてハムレットの学生時代は終了する。父親の死により、いきなり「政治の世界」に放り込まれ、ハムレットは身動きのとれない状況にはまってしまう。義父や母親といった家族関係だけでなく、軍事国家としてのデンマークがもつ厄介な政治状況の中に置かれる。

しかも、彼が赴くべき戦場は、宮廷やデンマークの外にあるのではなく、家庭や宮廷内なのである。この閉塞感が『ハムレット』の魅力であり、現代であっても、この劇の観客は、囲んだ壁によって外と隔絶され、俳優たちの台詞が響き合う劇場空間を、デンマークさらにはハムレットの内面世界と錯覚してしまう。しだいにハムレットの言う「胡桃の殻の中」にいるのが自分たちに他ならない、とわかってくるのだ。

【ハムレットとライバルの若者たち】

劇的効果を高めるために配役もよく考えられている。ハムレットのかたわらに、ノルウェー王子フォーティンブラスと、恋人オフィーリアの兄レアティーズといった、ライバルとなる同世代の若者が配置されているのもその一つである。自由に活動している彼らと自分との違いに、ハムレットは焦りや嫉妬に似た気持ちを持たざるを得ない。ホレーシオは心の友として、ハムレットの言い分を聞く役目である。真の意味でライバルとはなりえない。またローゼンクランツとギルデンスターンは、明らかに上辺だけの学友たちなのである。

それに対して、ハムレットは、フォーティンブラスやレアティーズといった、自分の願望を部分的に叶えている存在に、知らず知らずの内に競争心をもつのだ。さらに、亡霊の言葉に端を発して、復讐にとりつかれたせいでハムレットの言動は常軌を逸していく。そして、オフィーリアは、有名な「尼寺へゆけ」（三幕一場）とハムレットに罵られたあとで動揺し、かつて「お手本＝鑑（ミラー）」だったハムレットが、すっかり精神を病んでしまった、と嘆くのである。

ハムレットのライバルの一人で、ノルウェー王の甥のフォーティンブラスは、デンマーク攻撃を諦めると、ポーランド遠征に出かけて、戦勝して帰ってくる。自分の父親のような軍事的英雄にはなれなかったハムレットにとり、彼はひとつの理想像とも言える。イギリスへと追放されるとき、ハムレットはホレーシオと一緒に、港でポーランドへ進軍するフォーティンブラスの一行を見送るだけである。「ハムレットは民衆に慕われている」とクローディアス王は警戒していたが、人々の先頭に立ち、統率力を発揮する機会を得ずに終わった。

ハムレットの死後に王宮を訪れたフォーティンブラスは、血縁関係に言及して、「皆さんもお忘れでないように、ぼくはこの王国に対し若干の相続権を持つ」（五幕二場）と言い放つのである。王族たちは互いに婚姻関係によって血縁のネットワークを保っている。だからこそ、「王位を継ぐのはフォーティンブラス。それが死に臨んだぼくの意志だ。彼にそう伝えてくれ」とハムレットはホレーシオに遺言する。王位の継承には「血統＋前王の遺言＋選挙による承認」が必要となるが、フォーティンブラスは、そうした手続きを経て、デンマーク王家を「正当に」簒奪する。選挙による承認も得られる見込みがあり、王位継承は疑義もなく行われるはずである。同時に、イングランド王国において、カトリックのメアリー女王から、プロテスタントのエリザベス女王へ継承した過去を彷彿とさせる。そして、これはエリザベス女王の後継者問題という当面する課題とも関係するのである。

しかも、シェイクスピアが執筆当時、デンマークとノルウェーは二重王国だった。『ハムレット』は、エリザベス女王からジェイムズ王へと王権が交替したことで、二重王権化する時期に作られた劇だった。シュミットは、現実のエリザベス女王からジェイムズ王への王権交代をめぐる葛藤をハムレットの中に読み込む(『ハムレットまたはヘカベ』)。とりわけ、母親ガートルードの罪を問えないハムレットの苦悩を、カトリックの母をもったジェイムズ王の苦悩と結びつけて解釈していた。英国国教会を建前とするなかで、宗教的なねじれが劇の中に漂うのは仕方ない。

ハムレットと同世代となるもう一人のライバルがレアティーズである。彼は、恋人オフィーリアの兄だが、ドイツに向かったハムレットやホレーシオたちとは異なり、フランス留学組である。国王の葬儀と新国王の戴冠と結婚式に参列したあと、ハムレットとは異なり留学地パリへと戻るのが許される。父親のポローニアスが友人との付き合いなどの心得を述べるのが有名だが、ポローニアスは使いを送って、息子の日常生活を見張るように言いつける。これは親による息子の監視なのだが、クローディアスによるハムレットの監視ともつながる。

レアティーズは、後に自分の父殺しをめぐって、フランスから帰国して真相の究明を求める。ハムレットにはできなかった率直な行動をとるのだ。この対比が、ハムレットを行動的ではないと解釈させてしまうのである。レアティーズは、民衆の力を利用して暴徒の先頭に立ち、民衆からは「レアティーズを王に」（四幕五場）と叫ぶ声が上がる。民衆に慕われているとされるハムレットよりも、このときのレアティーズは人望を集めていた。それは、デンマークが、対ノルウェーの軍事的な緊張感の中にあるせいで、内部に抱えた憤懣を民衆が向ける先を見つけたからだ、と言えそうだ。

けれども、レアティーズは真相究明を訴えるが、クローディアスに言いくるめられ、反乱も止んでしまう。父ポローニアスを殺し、妹オフィーリアの精神を歪ませて死なせた元凶として、ハムレットを排斥する側にレアティーズは立つ。そして、ハムレットとの剣の試合が、事実上の決闘となる。しかも、試合のための剣が、毒を塗った剣にすり替えられてしまう。レアティーズは、ハムレットを刺した剣を奪われて、逆にハムレットに刺される。そして、「この悪企みの因果は廻り廻って、ぼく自身の身の上に降りかかって来たのだ」とハムレットに告白し、黒幕はクローディアスだと証言する。逆上したハムレットは「猛毒め」と罵り、クローディアスを刺すのである。

前ハムレット王の毒殺で始まった物語が、その殺人犯である弟の現王が、同じ名前の息子によって、毒を塗った剣で刺され、毒酒の入った杯を飲まされて終わる。「詩的正義＝因果応報」によって、加害者が処罰され、被害者の立場となる。これにより劇の冒頭から続いてきた役割の交替劇が完了する。劇の冒頭で、夜番がフランシスコからバーナードに入れ替わっても続けられたように、劇の最後で王子や王の身分に別人が入れ替わっても、歴史はさらに続いていくのだ。

【亡霊に呪縛される牢獄】

ハムレットは自分を十重二十重に囲むものを、「牢獄」（二幕二場）と呼ぶ。留学先のドイツからデンマークに戻ってきた後は、ハムレットの行動の決断も苦悩も、王宮という「胡桃の殻の内側」で生じている。フォーティンブラスやレアティーズのように、自らの意志で海を超えることは許されない。海賊と出会ったイギリス行きも追放であり、自発的な行動ではない。クローディアス王は「滞った貢物の取り立て」と、ポローニアス殺害後のハムレットの「身の安全」という名目を用意した。だが、実際には「狂人の国」と墓掘りに呼ばれるイギリスでのハムレットの処刑を企んでいたのである。

こうしたハムレットの閉塞感を打ち破るのに、ある意味で、おあつらえ向きに亡霊が出現する。劇における亡霊の登場は、ローマのセネカが定式化したように悲劇の構成要素の一つである。セネカに範をとった当時の演劇に亡霊はたくさん登場してはいた。だが、マーロウではサッキュバス（色魔）程度の扱いだったのに対して、シェイクスピアはきちんと煉獄からやってきた亡霊を描いていた（グリーンブラット『煉獄のハムレット』）。

ただし、精霊や煉獄の亡霊を認めるのはカトリックであり、プロテスタントでは、悪魔が変装したものや、「狂人」の幻覚などとされた。さらにフランシス・ベーコンは「亡霊は存在しない」という懐疑論を述べている。これだけでも、シェイクスピア＝ベーコン説を否定するのに十分にも思えるほどだ。

シェイクスピアがカトリックかプロテスタントかをめぐっては議論がある。だが、演劇上の機能としてみると、殺人者や殺害を命じた者に、被害者である亡霊たちは煉獄からやってきて、殺しの原因を作った人物に訴え、呪い、さらに血塗られた過去を物語るのだ。これは『リチャード三世』での戦場の野営地でリチャードを苦しめる殺された者たちの亡霊、『ジュリアス・シーザー』で暗殺者ブルータスの前に出現するシーザーの亡霊、『マクベス』のバンクォーの亡霊などがあてはまる。その限りにおいては、カトリック的な枠組みを許容している。

ところが、ハムレットの父親の亡霊は、「彼ら」とはいささか異なる。リチャード三世やブルータスの場合のように、直接の下手人であるクローディアスのもとに姿を見せない。亡霊を見るハムレットは、自分の父王をギリシア悲劇のオイディプスのように殺してしまったわけではない。ハムレット本人の罪が問われているのではなく、あくまでも復讐を促されているに過ぎない。そして、ハムレット以外にも夜番やホレーシオが目撃することになる。

亡霊が関連する個人に出現するだけではないからこそ、悪魔ではないか、とハムレットもホレーシオも疑問をもつのだ。その点に関して、川や海と結びつけて、ホレーシオはハムレットに警告した。「あれ（＝亡霊）が殿下を川へでも、また、荒海へ突き出た恐ろしい絶壁の上へおびき寄せて、そこで悪鬼夜叉の姿にでも変化して、あなたの理性の力を奪い、気を狂わせたらどうなさいますか」（一幕四場）と問う。川や海に出現するものが、『オデュッセイア』に出てきた、声で誘惑し船を難破させるセイレーン（サイレン）のような怪物の仲間かもしれないという警告である。

ホレーシオの言う声による誘惑という指摘は興味深い。先代の父王は、耳から毒薬を入れられて亡くなったわけだが、『ハムレット』において、『マクベス』の魔女や『オセロ』のイアーゴのように、亡霊の声は復讐へと誘惑するのだ。身体に穿たれた穴の中で、耳は目や口とは異なり、自分の意志で閉じることができない。あまりに無防備な器官なのだ。「話せ」と迫ったハムレットに応答した父王の亡霊の声は、ハムレットの心に入り込む。そして、言葉の毒はゆっくりとハムレットの身体、さらにはデンマークの政体に浸透して効いてくるのだ。

亡霊が三度目に出現するのは、母親のガートルードの寝室である。ハムレットが母親に問い詰めたときなのだが、王城の上ではホレーシオたちにも見えたのに、ここでは、ハムレットにしか亡霊は見えない。罪ある者には亡霊が見えないという説から、ガートルードの罪を問う意見もある。ここでは、亡霊が夜番たちにも見える城の外部（公的空間）に出るときと、母親の寝室という城の内部（私的空間）とでは働きが異なる、とだけ指摘しておきたい。

母親がハムレットを狂気と断じるのは、言動が異常に思えるせいだ。寝室に入るのを許された二人の兄弟の似姿を比べて、母親に優劣の選択を迫ることで反省をうながす。ポローニアスを殺害し、「クローディアスが王殺し」だと迫るハムレットが自分には見えない亡霊を見るというのは、一度傾いた母親の心をぐらつかせるのに十分である。この曖昧さが残っていることが、悲劇的な結末を準備するのである。(4)

しかも、亡霊は、葬式でハムレットが目撃した死装束ではなく、生前の「出陣のときにお召しになった」甲冑姿で出てくるのだ。ハムレットは剣の練習をおこたらず、演劇や哲学の造詣も深くなっているのだが、あらゆる面で亡き父に近づけない、という意識が頭から離れない。ハムレットにとって、それは手本であり、自分とのずれを映し出す鏡となる。ハムレットがたどり着けなかった理想であり、しかも死者なので、これ以上変化もしない。

ハムレットの父親の亡霊は、家族の一員だが、王という政治的な意味合いをもつ。ハムレットが亡霊の言葉に飛びついたのは、自分のわだかまりを打開する救済者だと思えたからである。ハムレットは父王の姿を「心の目に」見ていた。すでに亡くなっていたからこそ呪縛していたわけだが、煉獄で苦しむ亡霊として登場したことで、その像はリアルなものとなる。そして、次には、真相を明らかにするために、スパイ合戦の渦中に入っていくのである。

【スパイ合戦の王宮】

王宮内でハムレットが採用する戦術は、集団からの孤立である。ホレーシオにさえも本心を語らずに、ハムレットは自分の企みを組み立てていく。それに対して、クローディアスは、自分を疑い始めたハムレットの行動を警戒する。狂気を装っているのならば、復讐の意志が感じとれるはずで、学友であるローゼンクランツとギルデンスターンを使ってスパイをさせるのだ。これに対抗するために、ハムレットは旅回りの役者たちを使い、「ゴンザーゴ殺し」という劇中劇を演じさせる。犯人かどうかが、クローディアスの表情の変化として外に現れるのが証拠となると考えるのだ。それは亡霊＝悪魔説を退ける証拠ともなった。クローディアスとハムレットは、お互いにチェスゲームをしているように、学友や役者といった他人を駒のように使い、敵対者の真意をあぶり出そうとする。

ハムレットはその上演前に、城に到着した役者たちに、別の劇の一部を朗唱させる。それは大衆受けがしなかったために、舞台にかけられなかった劇で、トロイア戦争での「トロイの木馬」の場面を扱っていた。アキレスの息子のピラスが、父親の仇を討つために木馬の内部に隠れて、仇の老プライアム王をもとめて出ていく様子が描かれていた。ハムレットがまず語り、役者に続きの台詞を言わせる。これは劇中劇のリハーサルとなっているとともに、『ハムレット』という芝居の転回点のひとつとなる。なぜなら「ピラス＝ハムレット」とみなすと、「老プライアム＝クローディアス」という図式が簡単に読み取れるからだ。そして、当然ながら、ピラスの父である英雄アキレスこそが、前ハムレット王と重なるのである。

「トロイの木馬」が、コンピューターウィルスのタイプをしめす名称であるように、ここでは、スパイ合戦の最中で本音が言えないなかで、相手を攻撃する仕掛けをしめすのだ。相手を欺くために、追従や甘い言葉に包まれた毒薬として作用する。役者に指示を出して劇中劇の準備を終えると、ハムレットは「ああ、やっと一人になった」と独白をする（二幕二場）。表面を装って行うスパイ合戦にうんざりしていることがわかる。

そして、劇中劇での「ゴンザーゴ殺し」の毒殺の場面に、クローディアスは顔色を変えて退座する。それが彼の犯行を明るみに出してしまう。その後、ハムレットが、王が懺悔をして祈るところを目撃したときには、このままでは天国に行ってしまうと思い、復讐を躊躇する。さらに、ハムレットは母の寝室で、幕の陰で二人の会話を立ち聞きしていたポローニアスを「ネズミめ」と殺してしまう。文字通り「黒幕」を倒したはずなのに、代役となる別人を殺害してしまったのだ。

ポローニアスは、学生時代にジュリアス・シーザーを演じ、見事にブルータスに殺されたことを自慢していた。その言葉通りに今度は本当に死んでしまう。反復されるときには、練習は本番となり、演技ではなくなる。そして、ポローニアスを殺害してしまったことで、ハムレットのイギリスへの追放が決まる。クローディアスは、「海を渡った異国の風物でも見れば心の中にわだかまっているものも消えてしまう」と考え、すでにポローニアスにもイギリス行きを提案していたのだが、それを実行することになる。

クローディアス王とハムレットが腹の探りあいをするスパイ合戦は、王の側からすると、甥のイギリス追放とそこでの死によって終了するはずだった。ハムレットの側からすると、監視体制から逃れ、お目付け役として同伴しているローゼンクランツとギルデンスターンを始末できれば、自由の身になれる。だが、それはイギリスへと向かう途中の海の上でしか行えない。隙を見て親書を書き換え、さらに海賊の助けを借りて、ハムレットは海から帰還することになる。

ハムレットがトロイの木馬のように隠している本心を暴くためのスパイ行為が、リアリティをもって描き出されるのも、カトリックの国々とプロテスタントの国々との争いに、イギリスも巻き込まれているせいだ。しかも、宮廷内政治での身の処し方を誤ると、さまざまな落とし穴が待ち構えている。それは宮内大臣一座にいたシェイクスピアも肌で知っていたはずだ。

一六〇一年二月八日に、エセックス伯爵とサウサンプトン伯爵の反乱が起こり、シェイクスピアの劇団も巻き込まれて被害を受けたのである。サウサンプトン伯爵はシェイクスピアのパトロンだったし、エセックス伯爵が決起する前に、『リチャード二世』を観劇したことが知られている。シェイクスピアの身辺にも危機が迫ってくるはずだが、被害が拡大しなかったのも、エセックス伯爵が一身に罪を背負ったのと、敵対者となるエリザベス女王が崩御して混乱に陥ったせいである。

クローディアスへの追従者としてハムレットから嘲笑われているローゼンクランツとギルデンスターンのコンビや、伝令役の仰々しいオズリックの行動は、どれも宮廷内のサバイバル術に他ならなかった。ハムレットには、なんでも打ち明けられるホレーシオという相手がいたが、彼ですらハムレットの本心をすべて承知してはいないことを、観客は「ハムレットの独白」から気づく仕掛けになっている。密告とスパイと監視に満ちた世界の中で、ハムレットの独白を通じて本音を聞くことができるのは観客だけで、だからこそ観客となった私たちは、彼に共感してしまうのだ。

【海賊と出会ったハムレット】

ハムレットは、デンマークを閉ざされた場所として「牢獄」と呼ぶ。それを裏付けているのが、他国とを隔てる海なのである。ドイツについてはウィッテンベルグ大学以外は語られず、脅威としては描かれてはいない。デンマークの問題を間接的に解決してくれるノルウェーとイギリスは、海の彼方にある。ノルウェーはフォーティンブラスのように軍事的な脅威であり、イギリスはクローディアス王の言によると、ハムレットを「貢物の滞りを要求するために派遣する」先でもあった（三幕一場）。

このハムレットの追放は、『ロミオとジュリエット』で、ロミオが敵方のキャピュレット家のティボルトを殺害し、ヴェローナを追い出されるのとパターンは同じである。だが、ロミオの場合は剣のモチーフと毒のモチーフは分離していたし、毒は自殺のために用いる。また、ジュリエットの死も「仮死」であり、しかもオフィーリアのように死に方は曖昧ではない。ジュリエットはオフィーリアと異なり、正式の墓所に埋葬されながら、それにふさわしくない自死を遂げることで逸脱した女性である。

処刑のためにイギリスに送られたハムレットを、海の上で救ったのが海賊たちだった。海賊がここで登場するのは、王位簒奪劇の救済者としてふさわしい。ハムレットからの手紙をホレーシオが四幕六場で読み上げる。それによれば、出港して二日目に武装した海賊船が接近し、ハムレットが単身乗り込んだ。すると味方の船はハムレットを置いて逃げてしまった。だが、「海賊どもは情けを知った義賊のように、礼をもってぼくを遇するのだ」と言う。

海賊は身代金をせしめるために、ハムレットの命を助けたのである。歴史劇でも描かれるが、戦場において貴族たちを捕虜にして身代金を相手に要求するのと同じである。ただし、ハムレットを襲ったのは、ヴァイキングの末裔と言える北海の海賊であり、大西洋の海賊たちではなかった（新大陸やカリブの海賊と深くつながる『テンペスト』に関しては第３章で扱う）。だが、行動原理は同じなのである。

海賊はこの時期にいきなり出現したわけではなく、はるか昔から存在する。たとえば、シェイクスピアが、自作の『ジュリアス・シーザー』や『アントニーとクレオパトラ』の種本としたのがプルタルコスによる『英雄伝（対比列伝）』（一世紀から二世紀）である。他ならぬ「カエサル伝」の冒頭には、紀元前八一年に、若きカエサルが、ギリシアの小島のファルマクサ島を根城にした海賊に捕まるエピソードが出てくるのだ。

カエサルは「この世でもっとも残忍な人間として知られたキリキア人」に捕まる。そして、身代金として二十タラントンが要求されると、自分の価値はもっと高いと主張して五十タラントンへと値上げさせ、部下たちを調達に向かわせる。待つ間に、カエサルは海賊たちとスポーツや賭博に興じたとされる。ところが、身代金を払って解放されると、カエサルは船団を率いて、その海賊たちを捕縛し、最終的に皆殺しにしてしまう。

　カエサルと海賊の関係を踏まえると、『ハムレット』でシーザーが度々言及されるのも意味深である。ポローニアスは学生時代にシーザーの役をやったと誇る。さらに墓地の場面では「埋葬されたシーザーが壁土となる」とハムレットに語らせる。プルタルコスを読んでいたシェイクスピアが、『ハムレット』で、このカエサルの海賊話を借用した可能性は高い。

　ただし、プルタルコスによるカエサルの話は、もっと後のロードスの東に向かった紀元前七五年のエピソードと間違えている、と訳者である長谷川博隆は指摘する。だが、プルタルコスは、若いカエサル（シーザー）の度胸と怖さとを、この一つのエピソードに盛り込んでいる。そして、プルタルコスと同じように、時間経過の圧縮と象徴化の手法を、シェイクスピアは自分の劇に採用したのである。題材だけでなく、史実を無視してエピソードを劇的に綴る方法もプルタルコスから学んだのかもしれない。

　そして、海賊によって海から帰還したハムレットは、密かに死の宣告を下していたクローディアスにとって、過去の亡霊のように出現したものだった。帰国を知らせる手紙とともにやってきて、オフィーリアの埋葬において顔を見せる。死の淵から戻ってきたハムレットは、四幕七場で川で溺れて亡くなる様子を報告されるオフィーリアと対比されている。

　ハムレットは水の上で救われ、オフィーリアは水の中に沈む。オフィーリアの狂気はハムレットの狂気へと乗り移る。この役割の交換は、ローゼンクランツとギルデンスターンとハムレットが、イギリスで殺される立場を交換するのと並列される。演劇は台詞だけでなく、プロット上の人物配置によっても何事かを語ろうとする芸術形式なので、こうした設定は、冒頭から交代とすり替えで構成されてきた劇に統一感を与えている。

しかも、ハムレットが海上から陸地へと戻る五幕一場で、墓地でのオフィーリアの埋葬に出くわす。これは水死したオフィーリアを、正当な墓地の外に埋葬するという、土地をめぐる話だった。「自殺」とみなされたオフィーリアは、教えに背いた疑義がもたれるので、キリスト教式での葬儀はとり行っても、すでに父親のポローニアスを葬った正式な墓所には埋葬されない。

オフィーリアに対する処置は、薬を飲んで仮死状態になったジュリエットが、死んだとみなされてキャピュレット家の墓所に葬られるのとは対照的である。しかもジュリエットはそこで、最後にロミオの短剣による自死という、正式の埋葬が許可されない死に方を選ぶ。オフィーリアの事故死とは異なり、墓の中で、二人が自分たちの過酷な運命へ自害により異議申し立てを行っている点が強い印象を残すのだ。

墓地において、陸地の領有をめぐる議論が顔を出す。ハムレットは法律家とみなした髑髏を「因業な手を使って、しこたま他人の土地をせしめたその報いで、今は、この賢かった頭に泥がいっぱい詰まっている」と結論づける。さらに、ハムレットはシーザーの骨灰も、壁の土になって、嵐を防ぐために使われるだけだ、と感慨を述べる。

　忘れられがちだが、オフィーリアを埋葬するためには、その体一つ分の土地を空けることが必要で、だから墓掘りたちは髑髏などを取り除くのである。埋まっていた物体を排除することで、ようやく新しい隙間が生じる。墓掘りたちが行っているのは、海賊による船荷の一方的な略奪よりも一歩先へと進んだ行為である。他人の土地を略奪し、余計なものを排除して、領有を宣言するという植民地主義とつながる論理がそこにある。

　しかも、髑髏を取り出し、地層を攪乱（かくらん）したことで、忘却されていた過去が白日のもとにさらされる。ハムレットが宮廷で暮らし留学していた間の歴史が、別の角度から語られるのだ。墓掘りの一人は、ハムレットが生まれ、先代のハムレット王が先代のフォーティンブラス王を倒したときから働いていると告げる。王子が精神に異常をきたしているという噂もすでに入手していて、その原因はどこにあるのだ、とハムレットに質問されると「ここデンマークよ」と返答していた。個人の資質ではなく、環境が原因と言うわけである。

　デンマークとノルウェーは、ハムレットとフォーティンブラスの二世どうしの争いとなる。何人ものリチャードやヘンリーが争う英国歴史劇をすでに書いていたので、シェイクスピアは、こうした名前の反復を通じて歴史が形成されることに疑問はなかったのだろう。しかも、ハムレットの死によって、直系のハムレット三世の夢は永遠に絶たれてしまう。

墓地で見聞する髑髏の最後に、有名な宮廷道化師のヨリックのものが出てきた。これをハムレットが眺めて感慨にふけるのだが、そこに、まだ土の中で髑髏となっていない、埋葬されるオフィーリアの死体が運ばれてくる。そして、ハムレットはレアティーズたちに向かって「ここにいるおれは、デンマーク人ハムレットだ」と宣言する。これは、その前にあるアレキサンダー大王などへの言及から、正統な後継者としての「デンマーク王」に目覚めた表現とも解せる。簒奪されている王冠を取り返す宣言とも聞こえるのだ。

墓地以前に土地の争奪戦に関して、すでに、追放で港に着いたハムレットが、ポーランドへと向かうフォーティンブラスの軍隊と出会うところで言及されていた（四幕四場）。ハムレットが進軍の目的を質問すると、部隊長は「猫の額ほどの土地を取りに出かける」と返答し、たとえ獲得した後の地代収入を考えても、軍隊や多大な戦費を犠牲にする意味がないと述べていた。狭い土地の所有権をめぐり、ポーランドとノルウェーは争う。

陸地では境界線を明確に引く必要があるので、往々にして流血ざたとなる。ハムレットは狭い土地をめぐる戦争の虚しさについて述べる。だが、それを敷衍すると、デンマークとノルウェーとの間で土地をめぐって争った父王の行為そのものを疑うことにもなってしまう。そして、父王がノルウェーから狭い土地を奪ってデンマークの領土を拡張したはずだったが、最終的にデンマーク全体がノルウェーの所有物となってしまうのだ。

　ハムレットは、クローディアス王を殺害して父親の復讐を成就したが、デンマークの王位を奪還して自分が世継ぎとなるのには失敗した。デンマークも陸地である以上誰かが所有しなくてはならない、という理屈から、家系としてのデンマーク王家が断絶しても、所有者がフォーティンブラスになることで国家として連続するのだ。『ハムレット』の中では、海賊が活躍していて境界線が引けない海の論理と、地図上の境界線が不可欠で、川や海や山といった自然境界線を除けば、人工的に境界線を引く必要のある陸の論理とが、ぶつかり合うのである。

　しかも、最後には、海の向こうに根拠地をもつ、ノルウェーのフォーティンブラス王太子の軍隊によって、デンマークは支配されてしまう。ポーランド遠征の帰路に、叔父のノルウェー王が失った土地だけでなく、敵国デンマークそのものを手に入れるのだ。しかも、イギリスからの使節が、ハムレットが手紙で自分とすり替えたローゼンクランツとギルデンスターンの処刑が立派に行われた、と報告をしにやってくる。替え玉は死んだのだが、その報告をハムレットが聞くことはなかった。ノルウェーとイギリスという海の彼方にある力が、その後のデンマークの運命を決めるのに大きな役目を果たすのである。

3　『十二夜』と双子の難破

【難破する物語】

大英帝国の海洋進出のおかげで、ローリー卿の『大きく豊かで美しいギアナ帝国の発見』（一五九六年）のような探検や植民の実録や報告書、海外渡航の体験を告白する文書が、虚実とりまぜてたくさん出版された。エリザベス女王時代の海事史を飾る「海洋文学」に関しては、シェイクスピアと同じ年に亡くなった地理学者のリチャード・ハクルートが記録やパンフレットを編纂したことでも知られる。そうした文書に基づいたフィクションも登場し、十八世紀には『ロビンソン・クルーソー』（一七一九年）や『ガリヴァー旅行記』（一七二六年）といった海洋冒険ものが隆盛することになる。

そこで注目されるのが「船の難破」だった。いわゆる大航海時代には、現在よりも船の航行が難しく、たとえ帆船であっても、いまだオールに頼ることも多かった。アルマダの海戦で、スペインはガレー船と帆船を折衷したガレアノス船を採用したが、うまく機能しなかった。船の航行は、風や潮流といった自然条件の影響を受けやすかったので、投資家や商人にとって不安材料となるのは、金品を要求する海賊だけではなかった。

『ヴェニスの商人』で、ユダヤ人の高利貸しのシャイロックは、三千ダカットをアントーニオに貸すことになる。その際に、アントーニオが所有し、担保となるべき資産は、トリポリ、東西インド、メキシコ、イングランドに出港してヴェニスにはない、という事実を指摘する。交易都市ヴェニス随一の商人でありながら、いや、だからこそ、アントーニオの資産は死蔵されず、あくまでも海上にあるのだ。シャイロックは、「船など板切れに過ぎず、船乗りも人間。それに、陸のネズミも海のネズミもいる。海にも陸にも盗賊がいる。つまり海賊さ。そして、波に風に岩の危険もある」（一幕三場）と船旅の危険を列挙する。日本でも、八世紀に唐招提寺を開いた鑑真が、途中で失明しながらも、六回目の渡海でようやくたどり着いたように、船旅はときには死を覚悟した苦行でもあった。

それほど、船による交易は不安定なのだが、だからこそ成功した場合の見返りも大きい。スティーヴンソンの『宝島』（一八八三年）でも描かれるが、航海には、船や船員の調達に経費がかかるので、出資者を募ることになる。しかも共同出資をしてリスクを分散することが、株主制度や船舶保険とつながっていく。ジムの手に入れた宝島の地図があっても、それを実現するには、郷士といった人たちが資金を出し、船を手に入れ、船員を雇い入れる必要があった。そこで船員たちのひとりとして、宝を手に入れたいが船を持たない海賊の一味ジョン・シルヴァーが、料理番として加わることになった。そして宝の一部を横取りする。まさにシャイロックの「海賊」への恐れそのものである。ジムたちはイギリスまでなんとか宝物を持ち帰ることに成功し、郷士たちの出資は無駄にはならなかった。

船旅で利益を得るからこそ出資者がいる。たとえばドレイクの世界一周では、配当率が四十七倍にもなった（玉泉八州男『女王陛下の興行師たち』）。この数字は、投資のリターンとしては極めて優秀だろう。もちろん、途中で難破するとか、海賊に襲われることで、投資が無駄になる場合もある。その意味で、交易は同時に博打でもあった。シャイロックがアントーニオの財産の値踏みをするのも、名声だけでは積み荷の安全を保障できないからである。そして、担保として心臓周辺の肉一ポンド、つまりアントーニオの身体という破格な条件をもつ契約書を取り交わすことになる。シャイロックが高額の利子を取るのもリスク回避に他ならない。[5]

主人公の乗った船が難破したことで、新しい土地へとたどり着き、そこで別の人生を手に入れるという展開は、ハムレットの帰還と同じく、水を媒体にしているので理解しやすい。宗教的な禊や洗礼のように、水をくぐることで生まれ変わる、という発想とも結びつくので、物語の出発点や転換点にふさわしい。十八世紀のスウィフトの『ガリヴァー旅行記』も、デフォーの『ロビンソン・クルーソー』も、難破によって小人国や無人島へとたどり着くことが、本格的な物語の始まりとなっていた。

難破は財宝を積んだ船の沈没という神話伝説を作り出した。『テンペスト』で空気の精のエアリエルが「五尋の下にお前の父は眠る。骨は珊瑚で作られ、双つの眼は真珠で出来ている」（一幕二場）と歌ってみせるように、金銀財宝が海の底に眠るというイメージは、海賊とも結びついて、その後もイギリス文学の想像力を揺さぶってきたのである。

海が与える脅威として、「波に風に岩」とシャイロックが列挙するのは、船が難破することを想定している。ハンフリー・ギルバート卿がニューファンドランド島で消息を絶ったように、難破は船もろともに、人命や財産を一瞬にして失わせる。シェイクスピアの劇には、『テンペスト』の冒頭のように船の難破が描かれることも多い。そして未知の海岸に漂着することは、主人公たちの側だけでなく、到着した先にも新しい関係性をもたらし、相互に交渉する場を与えるのだ。

【イリリアの海賊】

海の災難としての難破が大きな鍵をにぎるのが、『ハムレット』と同時期に書かれたと考えられる『十二夜』（一六〇一年）である。しかも、難破だけでなく、海賊との関係も深い作品なのだ。

一幕二場で、主人公のヴァイオラが、難破で陸にたどり着くと、船長にここはどこかと質問し「イリリア」という答えを得る。この地名を虚構だと考える傾向は今も根強いが、イリリアとはアドリア海に面するクロアチアのドゥブロヴニク周辺の地域を指す地名である。しかも、イリュリア人は紀元前三世紀に、ローマとの間で「イリュリア戦争」を起こしたことでも知られる。『アントニーとクレオパトラ』のアントニー（アントニウス）の祖父が戦った相手で、彼らはアドリア海を荒らす海賊とみなされていた。

シェイクスピア当時、この地には十五、六世紀にアドリア海交易で栄えた「ラグーザ（ラグサ）」という名の都市国家があった。ドゥブロヴニクのイタリア語名がラグサで、イギリスではラグーザで知られていた。千トンに近い大型帆船を操り、他よりも低賃金の船員が働き、ライバルであるジェノヴァ人やフィレンツェ人による投資も受け入れていた（ブローデル『地中海』）。その結果、フランドルやイギリスにまで交易路を広げた。こうしてラグサとイギリスとの交易が、「イリリア」という言葉をもたらし、さまざまな痕跡を残していると、パトリシア・パーカーは指摘する（「イリリアは我々が考えるほど神秘的で外国だったのか」）。彼女が挙げている例からいくつか拾い、情報を補足しておく。

『ヘンリー六世・第二部』には、海戦のあとで、身分を偽っていたサフォーク公爵は自分を捕えた艦長を「イリリアの大海賊、バーガラス」（四幕一場）並の大口を叩いていると非難する。その後、サフォークは斬殺されてしまう。バーガラスは、キケロの『義務について』に出てくる名前に由来する。息子にあてた覚書の体裁をとりながら、海賊にも法や秩序があるとみなす文脈で、組織を統率する海賊艦長の一人として、バー「グ」ラスに言及していた。このキケロの文章は、グラマー・スクールの教科書に採用されていたので、シェイクスピア当時広く知られていたとされる。

　また、『尺には尺を』（一六〇三年）では、典獄が、「ラゴジン」という有名な海賊がちょうど亡くなり、クローディオと背格好が似ているので代わりに処刑されたことにすると説明する（四幕三場）。二人の首をすり替えることで、処刑が行われたかのように装うのだが、その海賊の名前が「ラグサ」から来ているとパーカーは言う。この交換はハムレットがローゼンクランツたちを自分の身代わりにしたのと似ているが、今度は海賊の死体とヒロインの兄を交換することになる。シェイクスピアは交換という同一のアイデアをうまくずらして、別物に見せるのである。

　シェイクスピアの劇だけでも、イリリアの海賊に関係した言葉はあちこちに登場する。カエサルがポンペイウスと戦ったのは「イリリア海」だとローマの詩人ルカヌスが語り、それは当時のグラマー・スクールの生徒なら知っていた。しかも、オスマン帝国の支配を逃れたスラブ系の「スコク人」たちが、シェイクスピアと同時代にこの一帯で海賊を行っていた。どうやら、『十二夜』の背景には「イリリア」と「海賊」を結びつける連想のネットワークがあり、背後には、『オセロ』などと共通するオスマン帝国（＝トルコ）の影さえ感じさせる。

ヴァイオラとともに生き延びた船長は「ここから三時間ほど行ったところで生まれ育ちました」と述べている（一幕二場）。イリリアの土地勘をもつ人物だとわかるが、想像をたくましくするならば、いざとなると「海賊」ともなりうる船長なのかもしれない。この船長のつてで、彼女は「宦官」になると決意して男装し、シザーリオと名乗り、イリリアの領主であるオーシーノ公爵の小姓となった。これがオーシーノへの愛を抱くヴァイオラを苦しめることになる。ハムレットが抱く孤独感と通底する苦悩をヒロインに与えたところにこの劇の魅力がある。

それは、少年俳優が女性を演じるという演劇の制度を巧みに利用し、さらに「異性装」の主題を取り込んだ。そうした「中間的存在」の利用の仕方は、「盗賊船」と「交易船」という異なる文化や経済システムの「間（in-between）」を漂う海賊たちの姿ともつながっている。海岸という境界線が、たえず海と陸がぶつかりあう場であるように、そこに流れ着くものは、境界の間に置かれる。そして、漂着という状況は、一方から見れば、放擲や追放や離脱であるが、他方から見れば、侵略や流入でもありうる。人間だけでなく、外来生物やさまざまなゴミさえも流れ着いてくる。その間隙をついて、まるで変装して他国に入り込むスパイのように、ヴァイオラはイリリアに潜り込むのである。

【双子たちの漂着】

ヴァイオラが登場する前に、一幕一場でオーシーノ公爵は、音楽や詩に飽きていることを告げていた。(6)楽師に命じて演奏させるが、すでに聞いた音楽なので中止させ、今までにない趣向を求めている。この期待に応じたものこそが、海の彼方からやってきた男装するヴァイオラだった。公爵は、少年だと思って恋の極意を教えていたはずのシザーリオ（＝ヴァイオラ）が女性で、最終的には自分の恋人となる、という意外な結末を楽しむのである。

この劇の『十二夜』というタイトルがしめす、クリスマスから数えて十二番目の夜は、一月六日の公現祭の前夜となる。東方の三博士によるキリストの洗礼が終わったことを記念した公現祭の日でクリスマス休暇は終了する。日常生活に戻る前の大騒ぎのために書かれた劇となる。副題の「お望みのまま（What you will）」とは、中世にあった問答の形式で、「もしもこうだったら」という想定を指している。この劇は、もしも男女の双子が別々に流れ着き、しかも片方が男装していたことで、兄と妹が混同されたらどうなるのか、という仮定の問いへの返答となっていた。

ハムレットが海賊と出会った海以上に、ここでの海はアイデンティティの変容とさらに変装をもたらす。ヴァイオラは、双子の兄のセバスチャンが「エリジウム」へと行ったと嘆いて死を確信していたが、船長が「イルカの背に乗っていた」と希望をもたせると、それを信じてしまう。ヴァイオラは変装したシザーリオとしてふるまうことで、オーシーノ公爵への愛を告げることはできず、同時に、公爵の使者として向かった先のオリヴィアに愛されてしまう。しかも、贈った覚えがない指輪を返却するというトリックによって押しつけられる。異性から物を貰うことは婚約につながる危険があり、公爵の期待と自分の気持ちを裏切ることにもなる。この三角関係は、ヴァイオラの男装による立場の分裂を際立たせ、本人には悲劇的だが、観客には喜劇的に見えてくる。

ヴァイオラは、自分のことを「宦官」と呼ぶが、オスマントルコなどの王宮という東洋的な連想をもつその存在は、境界線上にいる彼女を指すのにふさわしい。使者としてオリヴィア邸に向かうと、マルヴォーリオは、主人に取り次ぐときに、シザーリオに化けたヴァイオラの姿を「少年と大人の間」（一幕五場）と形容する。この中間体にいることこそが、ヴァイオラの利点となり、同時に足かせとなる。ハムレットの「胡桃の殻」とも通じる閉じ込める力となるのである。(7)

だが、ハムレットとは異なり、ヴァイオラの場合は変装なので、脱ぐことで解放される。そして、最終的にヴァイオラをシザーリオから解放するのは、二幕で漂着する兄のセバスチャンとなる。オーシーノ公爵とオリヴィアに挟まれた関係をヴァイオラ自身では解決できない。ヴァイオラの偽物としてセバスチャンが登場してきたことで、オリヴィアは、シザーリオの延長上にセバスチャンを当てはめて納得し、ヴァイオラは解放されるのである。

『十二夜』が悲劇にならずに済んだのは、ヴァイオラとセバスチャンという双子が、難破によって別のコースをたどりながらも、イリリアのオリヴィア邸で出会うせいである。これは主従の二組の双子が登場した初期の『間違いの喜劇』(一五九二年)の書き換え、あるいは使い回しと言ってもよい(この劇については第2章で詳しく扱う)。『間違いの喜劇』自体が、プラウトゥスの『メナエクムス兄弟』の双子を倍増して喜劇性を増した劇だった。それに対して、『十二夜』は男女の双子物であり、立場を交換するには、「男装」が不可欠だったのである。しかも、当時は少年俳優が女性を演じていたこと考えると、男女のねじれ具合はもう一段深くなる。

こうした双子物に、シェイクスピア本人に、ハムネットとジュディスという男女の双子の子供がいた体験が役に立った可能性は高い。ハムネットは一五九六年に十一歳で亡くなったのだが、名前の類似からハムレットを連想させ、その死がシェイクスピア劇に影響したという意見が、ロマン派以来ある(グリーンブラット「ハムネットの死とハムレットの創造」)。そうだとするならば、ヴァイオラは、双子のもう一人である娘ジュディスのほうを描いた作品とも言える。その点からも、『ハムレット』と『十二夜』とが対をなすとみなせるだろう。

そして『十二夜』は、『ハムレット』の場合とは異なるが、やはり交換が重視される。ヴァイオラは、公爵がオリヴィアへ求婚する代理人となってしまう。ヴァイオラが自己保身と、オーシーノ公爵への愛を実らせるには、シザーリオという架空で中間的な存在にならなくてはならなかった。名のある父親のもとで育ったはずのヴァイオラが、シザーリオという小姓の身分に落ちたのも、原因は難破だった。

　こうした混乱を生んだのが難破だからこそ、解決策も海からもたらされる必要があった。それが双子のセバスチャンだったのである。その名は兵士の守護聖人である殉教者の聖セバスティアヌスに由来する。オリヴィアの求婚者の一人であるエイグチークや、オリヴィアの伯父で居候のサー・トービーを血だらけにするほどの剣の技をセバスチャンがもつのも当然である。彼の戦闘的な姿は、サー・トービーの計略でエイグチークと決闘させられて、気を失いかけたシザーリオ（＝ヴァイオラ）とは異なる。ヴァイオラが解決できないことを、外面がそっくりなセバスチャンが解決する。これこそが男女の双子にした利点だった。

　難破のせいで別れたヴァイオラとセバスチャンが再会する繋ぎの役目を果たしたのが、それぞれを助ける二人の船長だった。ヴァイオラを助けた船長は、シザーリオに変装するのを手伝ってくれた。それに対して、セバスチャンを援助したのがアントーニオだが、彼はオーシーノ公爵の敵であり、「そのガレー船に対して海戦を行った」（三幕三場）と戦功を口にする。アントーニオを捕えた警吏は、彼が「公爵の甥のティタスが足を失った」際に敵船に乗っていた人物だと告げる。

公爵も「名の知れた海賊で、海の盗人」とアントーニオを決めつけるが、本人は「盗賊や海賊だったことはない」と否定して、「オーシーノの敵だ」と胸を張る（五幕一場）。単なる船乗りではないからこそ、金の入った財布をもち、それをセバスチャンに預けて、エレファント亭で会おうと約束する余裕をもっていた。ハムレットが海賊によってデンマークに戻ったように、セバスチャンはアントーニオの助けを借りて無事に陸地にたどり着いたのである。

こうして難破という出来事や援助者である船長によって、双子はそれぞれイリリアへと到着した。結果として、ヴァイオラはオーシーノ公爵と、セバスチャンは伯爵領を持ち父と兄をなくしたばかりのオリヴィアと結ばれる。男女の双子は、メッサリーナ（ギリシアのレスボス島のミトリィーネか）出身とされ、「流れ者」である新しい血がイリリアに注がれるのである。この劇では、外から流れてきた者が、共同体の内部に定着する過程が描き出されている。

もともとオリヴィアへの求婚者だったオーシーノ公爵とエイグチークは、後から出現したセバスチャンに出し抜かれてしまった。それは他の求婚喜劇である『じゃじゃ馬ならし』のビアンカや『ヴェニスの商人』のポーシャへの求婚者たちと同じである。本命が共同体の外から流れ着くことが重要となる。『十二夜』は、流れ着いた外来種が定着して、既存のものと同化する物語でもあるのだ。

4　ロマンス劇とボヘミアの海岸

【シェイクスピアの山賊たち】

『ハムレット』や『十二夜』で海賊を扱う以前に、シェイクスピアは『ヴェローナの二紳士』（一五九四年）や『お気に召すまま』（一五九九年）で山賊を登場させていた。どれも森の住人たちであり、「ロビン・フッド」伝説のようなロマンティックな幻想を同居させている。しかも彼らは、元貴族なので「森の紳士」という扱いをされていた。

『ヴェローナの二紳士』では、山賊たちは追い剥ぎをするとか、若い女性を追いかける犯罪者の面もある。その頭目のヴァレンタインは、心変わりをした友に裏切られたので世を捨てた。そして彼を騙した男プローティアス、その恋人ジュリア、さらにヴァレンタインの恋人シルヴィアも森にやってくる。やがて森という「緑の世界」（Ｎ・フライ）の中で、混乱を通じて最終的な和解に至る。男装していたジュリアが、女性であると正体が明らかになることでハッピーエンドになるのだ。

さらに、『お気に召すまま』では、追放された前の公爵がアーデンの森に暮らしていて、森はどこか独立小国の趣がある。山賊というわけではないが、アーデンの森の住民は現在の公爵の命令に従わない「アウトロー」の群れであることは間違いない。兄弟である前公爵と現公爵のそれぞれの娘たちが、宮廷から森へと逃げてきて、結婚相手を見つけて、二人の公爵に和解が訪れる。そして、『ヴェローナの二紳士』も『お気に召すまま』のどちらでも、ヒロインたちは道中の身の安全を守るために異性装をする。その意味で『十二夜』の先駆者であり、男装しているせいで、恋する相手に自分の気持を打ち明けるのが難しくなるという仕掛けを十分に利用していた。

同じ森でも、ギリシアのアテネを舞台にした『アテネのタイモン』（一六〇六年）は、人間嫌いの劇であるが、そこに出てくる山賊たちは改心してしまう。太守であるタイモンは、気前よく友人たちに贈り物をしていたのだが、資金繰りに困り、高利貸しに返済できなくなって破産する。それとともに友人などを失う話である。後半では森に隠棲し、タイモンは「人間嫌い」になってしまう。土を掘ったら金が出てくるのだが、もはや彼にとって、富としての価値はない。噂を聞きつけて、タイモンの金を目当てにいろいろな人物がやってくる。中でも三人の山賊たちはタイモンが隠している金を奪いに来る。だが、飢えているなら草を食べろとか、金を手に入れても盗みはやめるな、というタイモンの過激な意見に、「おれは山賊から足を洗う」とか「善人に戻れないなら世も末だ」と言って、改心してしまうのである。

【ロマンス劇と漂着】

　ハムレットが出会った海賊は、山賊たちと同じアウトローと言える。海賊は、国王を中心とする陸のルールに束縛されないがゆえに、「自由な共同体」を作り出しているように見える。それが山賊や海賊をロマンティックな存在に見せるし、彼らが行う略奪も、「義賊」や「愛国心」という言葉でごまかされてしまう。だが、キケロが「義務について」で指摘したように、海賊内にも陸地とは異なる法や文化が存在する。

　しかも、難破による漂着そのものは、イギリスから他の海岸へ到着するだけではなく、外国からイギリスへの漂着もあることを忘れてはならない。四方を海岸線に囲まれているイギリスは、ケルト人、ローマ人、アングロサクソン人、ノルマン人などさまざまな民族や文化が流れ着いたところでもある。(8) 北海からのヴァイキングの襲来をたびたび受け、砦を築いたのが、ダブリンなどあちこちの都市の始まりとなっている。

　また、ハムレットなどへの関心をもたらしたデーン人が北海を渡ってきたのも、ブリテン島が外に開いている場所だからである。『マクベス』が、スコットランドとノルウェーの戦争におけるマクベスとバンクォーの勝利で始まるのもそのせいなのだ。デンマークやイリリアの海岸をめぐる問題は、そのままブリテン島のことだと理解できるのだ。そのリアリティは当時の観客たちに共有されていたはずで、その裏づけなしには、民衆演劇が商業的に成功することはない。

難破という主題のおかげで、流れ着いた先で、異なる価値観や社会システムとぶつかり、主人公の運命が変わることに違和感を覚えない。『間違いの喜劇』や『十二夜』のようなエリザベス朝期の劇だけでなく、「ロマンス劇」と呼ばれる後半のジェイムズ朝期の作品群でも難破の使い方が顕著となる。

たとえば、『ペリクリーズ』（一六〇七年）では、タイア（ティルス）の領主ペリクリーズは、自分が結婚しようとした王女が、父親と近親姦の関係をもつことを察知して逃げ出す。秘密を知られたというので、殺害しようとする追手からペリクリーズは逃れたが、乗っていた船が難破して、リビアのペンタポリスに漂着する。ペリクリーズはその地の王女タイサと結婚するのだが、彼女は出産のときに亡くなってしまい、棺を海に流す。だが、棺はエフェソスに流れ着き、そこでタイサは蘇生する。また、二人の間に生まれたマリーナという娘は、海賊にさらわれ、売春宿に売られるのだが、やってきた客を説教して改心させる女性に成長する。このように主人公たちが、海に流されることが運命を変えていくし、ここには海賊も登場する。

そして『テンペスト』（一六一〇―一一年）では、プロスペロが魔術を使い引き起こした嵐によって、船が翻弄され、転覆する場面から始まる。そのため乗っていた者たちがばらばらとなり、とりわけ若い王子のファーディナンドは単身で、プロスペロの娘ミランダと出会うことになるのだ。解体や分裂が最後に和解へと向かうのがロマンス劇の定石だが、ここでは海がそれを導いていく（『テンペスト』に関しては第3章で詳述する）。

【チェコの海岸物語】

厳密に言えば海での難破とは言えないのだが、海岸が重要な役目を果たしたのが、『冬物語』（一六一〇年）である。シチリアからやってきたアンティゴナスは、「じゃあ、間違いないんだな、船が着いたこの荒地はボヘミアなんだな？」と船の水夫に念を押す（三幕三場）。内陸のボヘミア（チェコ）に海岸は存在しないが、アンティゴナスは、シチリアから連れてきた赤子のパーディタをそこに置き去りにする。

このようにボヘミアの海岸を設定したのは、地理的にありえない「錯誤」として知られる。シェイクスピア劇には錯誤はいくつもあり、古代のギリシアに近代的な時刻を知らせる時計を登場させる（『夏の夜の夢』）といった時代錯誤は有名である。また、時間の経過をめぐる不備の例として、『オセロ』は表面的には二日ぐらいの出来事に思えるが、実際にはオセロと結婚してからデズデモーナが殺害されるまで、かなりの時間が経つことが知られる。この矛盾は、わざわざ「二重の時間」と呼ばれるほどで、テキストの字句を修整した程度では収まらない。プルタルコスから学んだ象徴化の手法を使ったと考えるのがよさそうである。その反省からなのか、『冬物語』では「時」というキャラクターが登場し、後半は十六年後の出来事だと親切に観客に説明してくれる。

ボヘミアの海岸に関しては、ロバート・グリーンによる原話「パンドスト」にも出てくるので、シェイクスピアはそのまま踏襲しただけともされている。『シンベリン』（一六一〇―一一年）における地名の扱いから、シェイクスピアは地図を理解していたと指摘した上で、「シェイクスピアの地理学は象徴的だ」とパーク・ホーナンは擁護する（『シェイクスピアの生涯』）。ある程度意図的な誤用ではないかというわけだ。計算された意図的なものなのか、それとも思い込みによる錯誤なのかを判別するのは難しいが、いずれにせよ、ボヘミアの荒地の海岸に置き去りにされる展開が重要だった。

生まれたばかりのパーディタが海岸に流されたのは、シチリア王の嫉妬からである。妻であるハーマイオニーと、遊びに来てきていたボヘミア王とが密通したと思い込んでしまった。妊娠中の妻の体内にいるのが「不義の子」だと勘違いして怒り狂ったシチリア王の宮廷からボヘミア王は密かに逃げ出す。だが、それがまさに不義の証拠とされてしまう。

ハーマイオニーは牢屋の中で、パーディタを生むが、シチリア王は「母親と一緒に火炙りにしてしまえ」と言って殺害しようとする（二幕三場）。臣下のアンティゴナスのとりなしで、遠い荒野へ捨てることが決まり、そこでアンティゴナスが、他ならぬボヘミア王の領土へとパーディタを連れてきたのである。

パーディタを追放した後で、シチリア王が妻のハーマイオニーを不義の罪で裁く席に、アポロンの神託が送られてくる。その内容は、潔白だと告げるものだった。シチリア王は悔いるのだが、時はすでに遅く、マミリウスという世継ぎの息子は死んでしまう。さらに、ハーマイオニーも死んだと聞かされ、シチリア王は二人を墓に納めて葬ることを命令して、悲しみとともに自分は王宮の中に閉じこもってしまった。

パーディタが置き去りにされた後、ボヘミアの海岸に、羊飼いの親子が登場する。父親がパーディタを発見して助け出す。息子のほうは、アンティゴナスが不意に現れた熊に襲われて食べられてしまうのと、彼を連れてきた船が嵐で難破して海の中へと沈んでしまう二つの場面を見届けた。そして、「海と陸とですげえもんを見た」と父親に報告する。

先に船の話をおしまいにするとね、海がパクって飲み込んじまった。けどよ、先にあのかわいそうな人たちのことだ、わーってわめくだろ、そうすると海も馬鹿にしてわめくんだ。あの気の毒な旦那がわーってわめくだろ、そうすると熊も馬鹿にしてわめく、旦

那も熊も海や嵐よりでっかい声だったな。（二幕三場）

陸と海での死をめぐる悲劇的な状況が、パーディタが生き延びるための供犠のように扱われる。羊飼いの親子は、パーディタといっしょに置かれた金の魅力もあって、彼女を育てることにする。血も涙もない盗賊とは異なり、金だけとり生命を奪うことなどはしなかった。しかも証拠の宝石や手紙もきちんと保存していた。生き物を育てる羊飼いが、パーディタの生存にふさわしい人物なのである。

『冬物語』は、対比と反復をうまく利用している。劇の前半は「冬の夜の物語」という言葉が出てくるように、嫉妬が生み出す妄想と恐怖の凍りつくような展開を描いている。『ハムレット』のエルシノアの王宮をもっと寒くしたような話である。ところが、海をはさんで、パーディタが届けられた後半のボヘミアは、歌あり踊りありの祝祭的な気分に満ちている。

束縛されない生活を営む「ボヘミアン」という牧歌的な言葉が生まれたのは、十九世紀のフランスであった。ロマ（ジプシー）の民が、チェコ経由でやってきたことに由来する。シェイクスピアの時代には無縁の概念だが、『冬物語』では、南のシチリアのほうが陰鬱で、北のボヘミアのほうが牧歌的なのである。パーディタを海岸で拾い十六年間育てたのが羊飼いであり、まさに古代ギリシア以来の牧歌の伝統に則っている。羊飼いの男女の間の恋の戯れを歌い上げるのが牧歌だった。

地理的に間違っていたとしても、ボヘミアの海岸を必要としたのは、そこに流れ着いた者が、流した側の運命を変える神話的なパターンをとるせいでもある。折口信夫が日本神話やギリシア神話に指摘した「貴種流離譚」ともつながる。ユダヤ（ヘブライ）人の幼子モーセが葦舟に乗せて流されたのに、エジプトの王家に育てられた伝説とか、オイディプスが幼子の段階で山中に捨てられたのに、自分の故郷に帰ってくる途中で実の父を殺し、母と同衾する話のように、パーディタをめぐって運命的な物語が描かれる。送り出したものが予想もしない形で出発点に帰ってくる。この回帰を引き立てるために、シチリアとボヘミアの二つの場所が必要となった。

十六歳になったパーディタに、わざわざ羊飼いに変装して近づいたフロリゼルが婚約しようとしたときに、父のボヘミア王に発見され、逆鱗に触れてしまう。そこで、ボヘミア王をシチリアから逃した忠臣のカミローが、今度は逆にフロリゼルとパーディタをシチリアへと逃れさせる手伝いをする。シチリア王は自分の罪に悔いて、後添えも迎えずに、孤独な王として暮らしている。そこに光と温かみを与えるのが、追放同然にやってきたフロリゼルと、彼が伴う実の子であるパーディタだった。最初に会ったときに、シチリア王はパーディタを実の娘と認知できなかったのは、アンティゴナスも彼を乗せた船のどちらも帰ってこなかったので、行方不明になって死んだと思っているせいである。

海の彼方からシチリアに戻ってきたパーディタの役割が、ハムレットのように「復讐」ではなく、「和解」となるところにロマンス劇の特徴がある。日本神話で、生まれた神の中で醜いからと流されたヒルコが、恵比寿さまとして帰ってくるのにも通じるし、航海に出た船が宝物を積んで帰ってくる感覚にも似ている。「昔話のようだ」（五幕二場）と劇の中で自己言及されるこの劇の展開こそ、こうした神話的な繰り返しの感覚に基づいているのだ。

そして、とどめを刺すように、死んだはずの妻ハーマイオニーに似せた大理石の石像が登場する。彼女はじつは生きていて、音楽とともに動きだして台から降りて、夫の手をにぎるという奇跡を起こす。[9]「ああ、温かい！　これが魔法なら、魔法も食事と同じく罪ではないと認めよう」とシチリア王は述べる（五幕三場）。大理石の彫刻の女性が生命を帯びるというのは、ピュグマリオンの神話のパターンだが、ハーマイオニーは生身の少年俳優が演じているのだから、人工と自然の境界線がゆらぐことになる。

全体として、ロマンス劇という古臭くて筋の展開もわざとらしいジャンルのおかげで、「死」の世界から帰ってくるという話がもっともらしく見えるのである。ここで重要なのは、追いやったはずのパーディタが海の向こうから、次のボヘミア王という夫を連れて、二倍の価値をもって帰ってくるという幸福な結末である。

『ハムレット』や『十二夜』で難破や海賊を通じて描かれた陸と海との関係は、エリザベス朝末期の王権交替や拡張主義の不安をうまくとり込んでいた。そして、ジェイムズ朝になった『冬物語』のようなロマンス劇は、幸福や富が倍増して帰ってくるという幻想を掻き立ててくれる。海賊や山賊が自由な暮らしをする「ユートピア」に見える「森」や「島」という場所を、遠い植民地と重ねるのである。それは商業的な海をシェイクスピアが描いた体験に基づいている。次の章ではその点に焦点を当てることにしよう。

注

（1）当然ながら、大英帝国がいつ始まったのかに関しては諸説ある。そもそも一つの年号でおさまらない多元的な要素でできあがってきた複合体なので、どこで境界線を引くのかは至難の技である。T・O・ロイドは、一冊本の『大英帝国――一五五八年〜一九九五年』（一九九六年）では、エリザベス女王が王位についた一五五八年をあげている。これは標準型の説明と言える。またデイヴィッド・アーミテイジの『大英帝国のイデオロギー的起源（邦題『帝国の誕生』）』（二〇〇〇年）では、ヘンリー八世のアイルランド植民を重くみて一五四二年をあげているし、海洋に関しては、ジョン・ディーが「ブリテン帝国の境界線」をラテン語で書いた一五七六年をあげている。さらには、イングランドの価値観を最初に周辺に押しつけた「帝国」は、十三から十四世紀に遡るとアーミテイジは指摘する。こうした見解は、どの点に注目するのかによって変わってくるが、本書ではニューファンドランド島への植民を命じた日付を採用したい。

（2）どういうわけか、シェイクスピア別人説は周期的に出現する。フランシス・ベーコン説、オックスフォード説、ダービー卿説、そしてマーロウ説などさまざまある。最近はカトリック的出自を探るのが流行である。マージョリー・ガーバーは『シェイクスピアあるいはポストモダンの幽霊』の中で、アメリカでとりわけ別人説が隆盛したのは、「制度的権威」や「専門的ギルド」への反発と、「イギリスへの逆の植民」さらには「貴族階級への愛憎」や「シェイクスピアに新しい神を見る」といった動機があると指摘している。また、小説家で評論家でもあった吉田健一は、一九五四年の『英語青年』に寄せた「シェイクスピアの十四行詩に就て」でこうした説を一蹴している。もっと消息が不明のウェブスターやターナーの作品が本人のものではないと証明せずに、「シェイクスピアが我々が考えているようなシェイクスピアではなかったと触れて廻れば、新聞の学芸欄位は必ず取り上げてくれる」と考える功名心が背景にあると主張していた。

（3）はたして世襲というだけで、弟が王位をすんなりと継承できるのかをめぐっては、評論家の間にも議論がある。ここには「前王による指名ないし遺言」「血統に基づく王位継承権」「選挙による承認」という三つの要素が絡んでいる、とカール・シュミットは『ハムレットもしくはヘカベ』で指摘していた。先代のハムレット王は急死で、遺言を誰かに伝えることはできなかった以上、弟を指名したのかはわからない。ただし、血統主義において、確かに王の弟は王位継承権をもつが、それが議会の支持を得るべきかについては、デンマークの流儀とイギリスの流儀は異なる。レアティーズの反乱で、「レアティーズを王に」と支持する民衆たちが「選挙」という言葉を使っていることは意味深であり、デンマークでは選挙を必要とするとわかる。ハムレットは最後にフォーティンブラスを指名する。遺言の効力に関しては、メアリー女王が、異母妹であるエリザベスをイングランドの王として指名するのを、最後までためらったエピソードとも関係がある。前王の言葉にはそれだけの重みがあるのだ。そして、エリザベス女王が次に誰を後継者とするのかは、十六世紀末のイギリス社会において政治的な関心事であった。

（4）海賊版、海外の短縮版、『ハムレット』生成の初期段階のいずれかとみなされるのが『ハムレットQ1』（一六〇三年）である。そこでは、ガートルードはハムレットの訴えを聞いて、「私は知らなかった、お前の父が、あの男に殺されたなどと、神にかけて、つゆ知らなかった。お前が復讐のためにどんな計略をめぐらそうと、けっして漏らすようなことはしません」（安西徹雄訳）と告げ、共犯者となる。こちらのほうが、筋の展開としてはわかりやすい。だが、ハムレットが正気か狂気かの疑念を抱いたままで、結末にいたるほうが、孤立無援のままで悲劇性が高まるのだ。本作では、母親つまり妻に亡霊の姿が見えないのは、亡霊の言葉がよりハムレットに内面化してしまったことを明らかにする仕掛けだとみなしておく。

（5）現在でもこうした船の安全航行ができるかどうかは重大な問題となる。そこで、世界の経済動向を数値的に把握するために、バルチック海運指数（ＢＤＩ）のような指標がある。ロンドンのバルチック国際海上運賃先物取引所が、一九八五年を基準にして船賃の変化を毎日発表するものだ。この取引所自体が、一七四四年にコーヒーハウス内で誕生したものである。ハバーマスが指摘した情報を交換する「公共圏」が、そのまま現在まで引き継がれている。それは一六八八年ごろできて、海事ニュースを扱っていたことから、世界最大の保険会社となったロイズ・コーヒーハウスともつながっている。

（6）映像化作品においては、一幕一場と一幕二場を入れ替えて、ヴァイオラが漂着してすぐに「ここはどこか」と言わせて始まる演出がある。ジョン・シッケル演出の一九六九年のテレビ版、ケネス・ブラナー演出の一九八八年のテレビ版などが採用している。これは状況を手早く説明するのには便利だが、オーシーノ公爵が語る「退屈」がまずあって、そこにヴァイオラが流れ着くという物語の順序を無視してしまっている。入れ替えると、ヴァイオラを発見するオーシーノ、という図式が生まれないのである。

（7）『十二夜』はタイトルからストーリー展開が想像できないので、一種の「暗号」になっている。それはヴァイオラの「宦官」同様に相手を騙しているとも言える。侍女のマライアの手になる偽手紙には暗号が満ちている。執事のマルヴォーリオが主人のオリヴィアからもらったと思い込んだ偽手紙には「MOAI」と書かれているが、それを彼は自分の名前が書き込まれたものだと勝手に解釈する。そもそも似たような音と文字を組み合わせた登場人物たちの名前が暗号めいている。ヴァイオラは花の「すみれ」と「ヴィオール族の楽器」という二つの意味をもつが、舞台上では、五幕一場までシザーリオという名前の下に隠されている。その代わり、「マルヴォーリオ」は「悪いヴァイオラ（ロ）」とも読み換えられるし、「オリヴィア」は「私、ヴァイオラ（I, Viola）」ともなりえる。さらに、オーシーノの名前の中には「罪（SIN）」が入っている。エリザベス朝の文学では、こうした音の組み合わせの技巧が発達していたので、シェイクスピアが言葉遊びを利用していた可能性は高いのではないか。

（8）日本でも『ユダヤ人の歴史』や『キリスト教の二〇〇〇年』で知られるポール・ジョンソンは、

一九五〇年代はスエズ騒動などを取材するジャーナリストで、六〇年代には左派系雑誌の「ニュー
ステイツマン」の編集長だった。その後、保守主義的な価値観を打ち出していくが、啓蒙歴史家と
しての出世作となったのがイギリス史であり、その『沖にある島人たち』を、ローマの植民地支配
から脱した四一〇年から始めている。ここには、植民地からの脱却こそがイギリス国民の形成の始
まり、というアメリカ史をなぞらえたような指摘がある。さらに、北方ルネサンスの地として遅れ
ていたせいで、かえって「選民思想」をもつに至った過程が描き出されている。

(9)　この劇が発表された後の一六一三年に、ジェイムズ王の長女エリザベスはプファルツ選帝侯フ
リードリッヒ五世と結婚するが、彼はボヘミア王に一年限りしかも冬だけなったので、妻のエリザ
ベスは「冬の女王」と呼ばれたりした。シェイクスピアのロマンス劇に当時の政治的な状況を読解
することに関しては、フランセス・イエイツの『シェイクスピア最後の夢』が扱っている。

第2章　地中海世界と覇権争い

地中海世界を物語の舞台として採用したシェイクスピア劇はたくさんある。地名をたどっていくと、まるで地中海クルーズをしているようだ。すぐに思い浮かぶものでは、ギリシアのアテネ（『夏の夜の夢』）、イタリアのローマ（『ジュリアス・シーザー』）、ヴェローナ（『ロミオとジュリエット』）、パドヴァ（『じゃじゃ馬ならし』）といった場所だろうか。また、イタリアのヴェニスを扱った『ヴェニスの商人』と『オセロ』となると、作品の質も人気も別格である。さらにキプロス島はオセロの赴任地だが、地中海上のシチリア島や東方のエジプトが出てくる劇も書いている。[1] 劇にはイギリス以上にこのあたりの地理が詳しく出てくる。

しかしながら、シェイクスピア本人は、地中海世界を訪れた体験もないし、英仏海峡を渡った事実さえも確認されていない。もっぱらロンドンにいながら、原書や翻訳作品を通じて知った海外のストーリーを劇に取り入れてきた。翻訳出版が全盛となったのは、後進国イングランドが、先進国の文化をキャッチアップしようともがいた結果でもある。「文字による出版」と「音声による演劇」という二つのメディアを通じて、海外から新しい感情表現を描いた物語を数多く輸入した。シェイクスピア劇の材源（種本）を探すと、ラテン語をはじめイタリア語やフランス語から翻訳された作品にたどり着くことが多い。

この章では、シェイクスピアが、彼自身も商業演劇の座付作者として活躍し、ロンドンの劇場の観客層にいた商人たちの価値観と合う作品を発表していたことを明らかにしたい。『間違いの喜劇』では、東地中海の商業ネットワークを背景に難破による一家離散と再会の劇を展開している。しかも、双子たちのたどった運命が、一種の「利殖」行為であり、そのまま交易拠点の増殖ともみなせる。地中海の覇者だったヴェニス共和国を舞台にした二つの作品は、ユダヤ人やムーア人への差別も描き、シェイクスピアの代表作となった。

『ヴェニスの商人』は、タイトル通り商業世界を描くが、契約書に記載された金と人肉の交換を正当なものと認めるかをめぐる人肉裁判で知られる。また『オセロ』は、オスマン帝国とヴェニス共和国との地中海での覇権争いを背景に置いている。そこでは一つの島の領有をめぐる争いが一人の女性と結びつけられるのだ。そして、背後にはイングランドと覇権争いをするフェリペ二世の支配するスペインへの対抗意識が盛り込まれていた。

1　憧れとライバルとしての地中海世界

【先進国への憧れ】

当たり前だが、他国との戦争や植民地の拡張といった国家的事業を行うには、それに見合うだけの経済的な基盤が必要となる。そのため、イングランドは以前からフィレンツェやジェノヴァの商人たちに金を借りてきたが、やはり限度がある。借金は返済しないといけないからだ。エリザベス女王が引き継いだイングランドは、国庫が不足する状況にあり、それが海賊行為へと向かう主な要因となった（竹田いさみ『世界史をつくった海賊』）。

父親のヘンリー八世が余興やさまざまなイベントが好きで、浪費したことにも一因がある。ジェイムズ王の時代になって、シェイクスピアは『ヘンリー八世』（一六一二年）をジョン・フレッチャーと共作した。その中の王とアン・ブリンとの出会いの場面で、ヘンリー王はロミオと同じく、踊りの場に仮面をつけてやってきた（一幕四場）。そして、アンに一目惚れをした王の意向を受けて、ウルジー枢機卿は、スペインのアラゴンからやってきた正当な王妃であるキャサリンと王との離婚を推進するのだが、実現が難しかった。その間に、アン・ブリンは、ウルジーが離婚を妨げていると考えて、失脚させるのだ。現在のハンプトン・コート宮殿は、もともとウルジーの私館であり、難を逃れるためにいち早く王に献上した。そのおかげなのか、私腹を肥やしているとして処刑もされずに、ウルジーは隠遁生活を送ることができた。

エリザベス女王のルーツを探るこの『ヘンリー八世』のせいで、一六一三年六月にグローブ座が全焼した。上演時に、実際の大砲を使用したことが原因で失火したのだ。[2]派手な演出が劇的効果を超えて実害を与えてしまった。焼けたグローブ座は木造建築で、そもそもは別の場所に建っていた劇場を解体して、凍ったテムズ川の上を運び、一五九九年に建てられたのである。シェイクスピア自身が『ヘンリー五世』の中で「木で作られたO（オー）」と呼んだように、この劇場が「円形」だったのかに関しては異論もあるが、いずれにせよ翌一四年には無事再建されて、国王一座の劇場公演は続いた。

フランスやスペインやイタリアなどの先進国の文化や科学技術に憧れて、オランダやイギリスの後進国が摂取する。もちろん、関係は一方向ではないし、技術移転には相互交流もあるわけだが、十四世紀において、フィレンツェ、ヴェニス、ジェノヴァなど地中海世界が先端を走っていた。ロンドンが交易都市となっていく際に生じる課題が、自分たちには目新しく思えていても、先進国ではすでに体験ずみで、解決策をもっていたりする。消費社会に裏づけられた男女の恋愛観もその一つだろうし、新しい体験は「耳新しい言葉」として入ってくるのだ。

シェイクスピア作品の語彙数は一万七千以上と、通常の作家に比べて多いことで知られ、しかもその一割が初出である。シェイクスピアは目新しい事態を説明する新鮮な言葉を常に探すとともに、新しく作り出し、劇を通じて人々の間に広めた。そうした新語熱を称えることとは、当時のイギリス社会の人々がもつ興味や関心に応えていたのだ。

『恋の骨折り損』（一五九四年）に当時の世相を戯画的に表す人物が出てくる。田舎教師で、やたらに難解な語句を振り回すホロファニーズや、自分でも意味のわからない「ホノリフィカビリテュディニタス（名誉を獲得できる状態にある）」といったラテン語を口にする従者のコスタードなどは、新語流行に乗ろうとした人たちである。こうした耳学問を通じて、幅広い階層に新奇な知識や情報を届けるのが、民衆劇場の役割でもあった。だからこそ「芝居は聞く」ものなのである（『ヘンリー五世』）。

イギリスのように「大航海時代」に遅れてやってきた国には有利な面もある。文化や情報が、地域により差があることから、運ぶだけで利益を生むことができる。先進国の情報や技術はそのままでも十分に価値をもつ。たとえば、エリザベスのスパイ機関の要となったウォルシングハム卿は数か国語を操る達人だった。語学力がそのまま新情報の入手力と直結している。けれども、日常生活で情報をすぐに必要としたのは、高等教育を受けてラテン語やフランス語やイタリア語に堪能だった者だけではない。そこで、手っ取り早く身につけるために、紳士になるための礼儀作法や社交に必要な踊りの指南書、文明的な決闘術の案内書、園芸の手引書、さらには商業用の通信文のマニュアルなどが英語で作られた。[3] その際に「翻訳（トランスレーション）」や「翻案（アダプテーション）」が大きな役割を果たしたのである。

すでに先行していたイタリアやスペインの本を翻訳し、タイトルや表現を変更しただけで自著として出版するとか、著者の私的見解を混ぜて分量を膨らませて新しく流通させる。これは、出版物の「海賊版」の興隆ともつながり、知を粗暴に横領し消化することだが、その結果次の世代に成果を生み出す。まさにシェイクスピア（とその同時代）の戯曲こそが、そうした「錬金術」の産物に他ならなかった。翻訳や翻案が創作の原理となっていた。文字による過去の年代記や海外の物語の翻訳からネタを漁り、それを戯曲形式に書き直す。古典や外国物のネタが不足すると、国内の最近の殺人事件のようなニュースネタを取り込むのだ。

【チョーサーからシェイクスピアへ】

シェイクスピアに限らず、先行作を翻訳とか翻案する手法そのものは、「英文学の父」と呼ばれるジェフリー・チョーサー譲りなのかもしれない。チョーサーは十四世紀に活躍し、エドワード三世からヘンリー五世にいたる王に仕えた。途中のリチャード二世からヘンリー五世までの時期こそ、シェイクスピアが英国史劇の第二の四部作で扱った時代に他ならない。その間にヘンリー五世による政治的な統一と、フランスとの百年戦争におけるアジンコート（アジャンクール）の戦いでの勝利があった。フランスの王妃との結婚で領土を拡張した時期でもあり、チョーサーは「ナショナル」な文学を創造する使命をもつ作家とみなされていた。

一三七二年に、チョーサーは、ジェノヴァとフィレンツェを訪れて、借金繰り延べを交渉する外交使節へと加わった。そのときに、イタリアのダンテやボッカチオやペトラルカによる新しい文学と出会ったとされる。外交官としての功績もあり、ロンドンの港で羊毛の輸出税を担当する財務次官となった。チョーサーはエドワード三世の息子付きの小姓に始まり、宮廷に仕え、海外へも何度も足を運ぶ貴族官僚としての仕事をし、その傍らで詩作をしていたのだ。文学の商業化はまだ考えられず、チョーサーは生活上そうする必要もなかった。

チョーサーは、十三世紀のフランス語の『薔薇物語』の翻訳で文学者として出発したが、ダンテによる『神曲』など新しい詩の流れを意識しながら、オリジナル作品となる『カンタベリー物語』の執筆へと向かう。エピソードはあちこちから題材を得たものだったが、チョーサーはそれを英語という新しい革袋に盛ったのである。こうして先進国の手本を習得し咀嚼した過程は、そのままシェイクスピアの手法にも通じる。

たとえば、「ソネット」という十四行詩は、十三世紀前半にイタリアのシチリア派の詩人たちが創始した。地中海のシチリア島は東西の文化の交流点でもあったので、ソネットのアラブ起源説さえある。だが、定式化したのは、教皇庁のあるアヴィニョンなどを根城に活躍したペトラルカだった。ペトラルカを標準としたソネットの型が各国に入り、フランスのロンサールたちによって各国語に移植され、ヨーロッパでソネットブームが起きた。(4)

チョーサーも、ペトラルカのソネットを一つ翻訳していて、イギリスへの紹介者となった。

その後ワイアットら後続の詩人がさまざまな翻訳や翻案を行い、しだいにソネットを自家薬籠中のものとしていく。実在や観念の恋人へ呼びかける恋愛詩としての技法を高めていった。ダンのように神への宗教詩として展開すると、愛の対象は異なってしまう。イタリア語やスペイン語は母音で終わるのだが、フランス語やドイツ語と同じく、子音で終わる英語の脚韻の可能性が広がったのである。

シェイクスピアも、ソネットブームのさなかに、青年貴族とダークレディィの二人への愛を歌い上げた『ソネット集』を書き上げた。第十八番の「君を夏の日にたとえようか」という名句とともに、献上したパトロンへの愛が感じられる。ここから同時代のリリーやマーロウの作品のような同性愛的主題を読み取ることもできそうだ。しかし、シェイクスピアは「ダークレディィ」との三角関係を持ち込むことで、主題を変奏させていくのである。詩作を通じて、後に劇でも多用されるリズムを主体に言葉を増殖させ、アイロニーを含んだ脚韻のひらめきを鍛えることができたのだ。

しかも、チョーサーの作品はシェイクスピアへ直接影響を与えている。チョーサーが書いた長編詩『トロイラスとクリセイダ』（一三八六年？）は、問題劇『トロイラスとクレシダ』（一六〇一年）と直接つながっている。トロイア戦争の一エピソードという設定だが、ホメロスには見当たらず、フランスの詩人ブノワ・サント・モールが、十二世紀に創作したものだった。当時の観客にとり、トロイア戦争の知識は常識に属していた。すでに確認したように、『ハムレット』には、トロイの木馬の場面が引用されている。また、出世作の『ヘンリー六世・第一部』の最後では、王冠を手に入れる野心に燃えたサフォークが、「トロイ人よりうまくやってやる」とうそぶくのだ。これは、そのまま若いシェイクスピア本人の野心を宣言していると読めるほどである。

トロイの王の息子トロイラスと愛を交わしたクレシダだったが、ギリシア側にいる父のもとへと捕虜交換された。すると今度はギリシア側の男性と愛の言葉を交わすのである。シェイクスピアの作品では、クレシダは解放されると誰彼なしにキスをする「浮気な」女として描き出され、恋人のトロイラスがその場面を覗き見て、裏切りを知ることになる。クレシダは不実な女性として悪魔化されてしまった。この悪女クレシダと正反対なのが、夫に何をされても従順だった善女グリゼルダの話で、チョーサーは『カンタベリー物語』の「学僧の話」でこちらも語っている。

この『カンタベリー物語』の一エピソードである「騎士の話」に基づいて、シェイクスピアはジョン・フレッチャーと『二人の貴公子』（一六一二年）を共作した。『ヘンリー八世』に続くフレッチャーとの共作であり、現在のところシェイクスピアの関与が認められる最後の作品とされる。序詞役は「この物語をもたらしたのはチョーサー」と出典を語る。プラウトゥス（『間違いの喜劇』）やアリオスト（『から騒ぎ』）のようなイタリアの古典ばかりではなく、チョーサーやジョン・ガウアー（『ペリクリーズ』）といった英語で書かれた古典を仕立て直すのが、シェイクスピアの後半生（ジェイムズ朝時代）の仕事となった。

【商人ものと地中海】

前半生となるエリザベス朝時代のシェイクスピアが、地中海世界を好んで描いたのは、当時広く受け入れられた題材だったからである。ギリシア物として、アテネを舞台にした『夏の夜の夢』（一五九五年）がある。シーシアスとヒポリタの結婚話が中心だが、登場する妖精たちは、ブリテン島に土着の存在に見える。パックのようないたずら好きの妖精など、ケルト伝説につながる存在が多いからだ。アテネの郊外の森と言っても、実際には劇場に身近なロンドン近郊と雰囲気は同じである。ここに登場するのは、王侯貴族と、ふだんは鋳掛けや機織りに従事する職人たちであり、商人のような人物は姿を見せない。

ところが、イタリアを舞台にした劇となると、主人公となるのは王侯貴族でも職人でもなく、商人たちであり、彼らの結婚や財産の相続を描いている。『じゃじゃ馬ならし』（一五九〇―一年）は、パデュアを舞台に、じゃじゃ馬の姉とおしとやかな妹の結婚問題が描かれていた。見かけと実体が正反対だったという結末を与えるのは、喜劇の常道でありながら、結婚相手という「商品」の値踏みが重視される。財産の釣り合いをとり、遺産相続の保証を求めるとか、夫に先立たれた場合の保証など、細かな契約書が交される様子が描かれる。

また、『ヴェローナの二紳士』（一五八九―九一年）のタイトルは、正確にはヴェローナからミラノに出かける二人の若者を指す。二人は恋のライバルとなり、ひとりの裏切りで、他方は途中で山賊になる運命が待ち構えていた。そして、ヴェローナを舞台に据えた『ロミオとジュリエット』は、商人たちの結婚の事情を物語っている。モンタギュー家とキャピレット家は、ともに古い名家であるが、王家の結婚話ではない。しかも二人の恋人の死によって、二つの有力な家系は断絶してしまう。

さらに、『ヴェニスの商人』（一五九六―九七年）となると、タイトルにもはっきりと「商人」が入ってくる。チョーサーは『カンタベリー物語』に、「貿易商人の話」を登場させたが、これは語り手が商人というだけであり、商人の生活感情を背景にした内容ではなかった。けれども、シェイクスピア作品では商人の実相に近い話が展開するのだ。シェイクスピアの実家が商人だったことも関係しているのだろう。お手本となったのが、イタリアや地中海の商人たちを扱った物語だった。

イタリアの商人たちが活躍する作品群では、都市国家のようすが描かれていた。通商によって外に開いているので、運を求めて若者が来訪するとか、旅をしながら商売をする者が姿を見せる。こうした作品群はイギリスの商人がどのように振る舞うべきなのか、どのような難題とぶつかるのかを描いている。以下で扱うように、交易都市エフェソスを舞台にしてシェイクスピアの商人物の先駆的な劇となった『間違いの喜劇』と、ヴェニス共和国を舞台にした『ヴェニスの商人』と『オセロ』から、商人たちの活躍がもたらす悲喜劇が浮かび上がってくるのだ。

2　『間違いの喜劇』と海外交易

【東地中海のネットワーク】

シェイクスピアは、劇作家としてのキャリアを英国史劇と喜劇から始めたが、『間違いの喜劇』（一五九四年）は、その名の通り「喜劇」というジャンルへと手を広げた作品である。一五九四年の上演記録が残っているが、最初の喜劇作品かどうかは判然としない（本書が年代を依拠するオックスフォード版全集第二版では、『ヴェローナの二紳士』や『じゃじゃ馬ならし』が先に来る）。いずれにせよ、初期喜劇に入ることは間違いない。

劇作上のアイデアは、紀元前二世紀のラテン文学の古典であるプラウトゥスの二つの喜劇を応用することだった。その内の『メナエクムス兄弟』からは、双子の兄弟の取り違えという設定だけでなく、筋の展開そのものをもらい下敷とした。別の『アンピトルオ』では、ユピテル（ゼウス）が人妻に恋をして、その夫アンピトルオに化けて逢引きをする際に、時間稼ぎのために、メリクリウス（ヘルメス）がアンピトルオの奴隷に化けるのである。この本物と偽物の二組の主人と奴隷が出現する、という趣向を借用している。

シェイクスピアは両者を組みあわせて、双子の設定を主人と下僕の二倍にした。二倍にすると構成は複雑になるが、舞台上の効果も倍増する。しかも、背景として地中海世界での商業のようすを積極的に取り込んだ。その結果、『テンペスト』まで続く難破ものの先駆けとなっただけでなく、劇中に「遠いギリシアで五たびの夏をすごし、アジアとの国境をくまなく歩き」という商人のイジーオンの台詞があるように、ペルシアにまで広がる東地中海の商業ネットワークが浮かび上がるのだ[5]。しかも、劇のいたる所に海のイメージが浸透している。『ヘンリー六世』三部作にも海戦は出てきたが、『間違いの喜劇』では、交易が海の第一の役割となる。

海は登場人物たちを物理的に隔て結びつける媒体の働きをするだけではない。双子の主人公のひとりは「俺はひとしずくの水。もうひとしずくを探しに来たもののぽとりと大海原におちれば、相手をたずねまわろうにもまず自分の姿がまぎれてしまう」（一幕二場）と述べる。また、「私からあなたを引き裂くのに較べれば、さかまく海の中に一滴の水を落とし、その一滴を元どおり、増えも減りもしないまま、もう一度取り出すほうがずっと易しい」（二幕二場）と双子の片割れの妻が言う。彼女は前のセリフを口にした男を自分の夫だと錯覚していた。

この二つの海のイメージは似ている。海水の「ひとしずく」を個人になぞらえることで、無数の水滴の集合体としての海の姿が浮かび上がる。それは海洋国家へとのし上がるイギリスの人々がもつ、自分たちの姿のイメージとも重なる。古典古代から、「船」が国のメタファーとなってきた（E・R・クルティウス「アルゴナウテース達の船」）。だがその場合に、海はその船を載せる媒体でしかなかった。ところが、海そのものが国民全体のイメージとつながるのだ。

シェイクスピアは舞台設定をエフェソスというひとつの町へと絞り込んだ。現在のトルコのギリシア側に位置し、キリスト教の異端を排斥する公会議が開かれたので有名だが、ローマと戦った際のアントニウスとクレオパトラが軍事拠点としたことでも知られる。現在もローマ時代のアルテミス神殿の遺跡や、聖母マリアが晩年を過ごしたとされる家が残っている。エフェソスは、港湾都市として外に開いており、商品や商人がやってくるおかげで、トルコにあるこの町が抱える「国際性」が明らかとなる。

交易都市としてエフェソスと敵対するのが、イタリアのシチリア島にあるシラクサである。重要な場所として、エピダムナム（現ドゥレス）の名前があがるが、こちらはアドリア海に面したアルバニアにある。そして、ギリシアのコリントなども登場する。古代からさまざまな品物が行き交う多島海だからこそ、こうした設定が可能となる。

冒頭で、シラクサの交易商人であるイジーオンが捕縛され、二十四時間の猶予での死刑執行が宣告される。解放されるためには、保釈金として千マルクが必要だ、と大公は告げる。だが、イジーオンが調達できるのはせいぜい百マルクで、不足分を補おうとしても、見知らぬ敵地なので、借りる知り合いもいない。五幕一場で、通りすがりの商人はイジーオンを「人望あつい男」と評するが、彼の処刑を見たがっていて、ライバルを救済しようとはしない。こうして二十四時間という「刻限」と、冷酷な「法の執行」という枠が設定される。法を捻じ曲げることができるのは、千マルクという金銭の力だけなのだ。

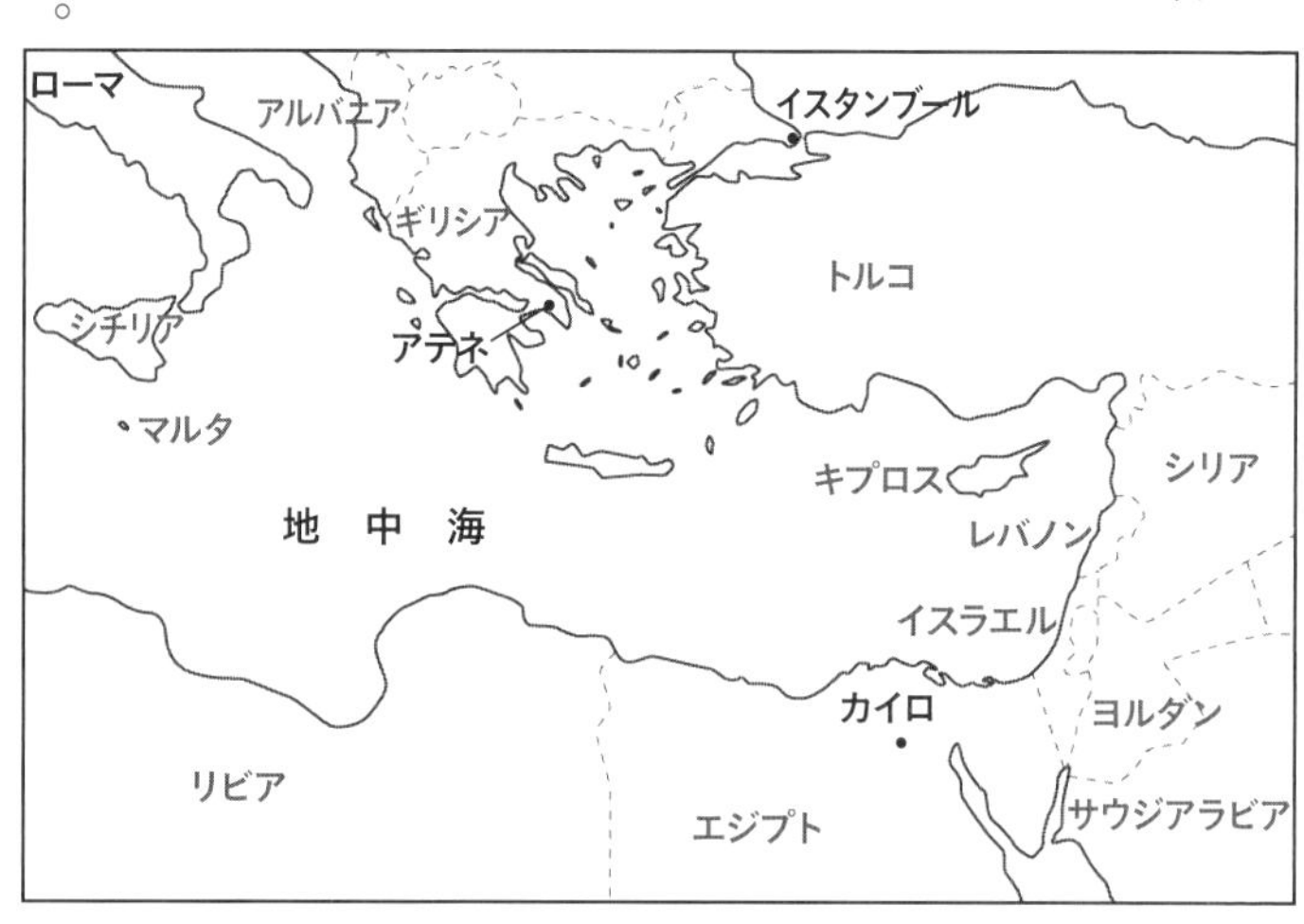

エフェソスの公爵に促され、イジーオンは身の上話をする。彼は故郷のシラクサとエピダムナムとの交易で財産を築いていた。だが、航海の途中で船が難破して、イジーオン夫婦と、妻が産んだ双子のアンティフォラスという同名の息子、さらに従者となったドローミオという同名の双子は、それぞれ散り散りになってしまった。双子に同じ名をつけるのは通常ありえないだろう。元のプラウトゥスには、片方が死んだと思った祖父があらためて同じ名をつける場面があった。ところが、いきなり錯誤が生じるように、シェイクスピアは端折ってしまった。

そして、シラクサのイジーオンのもとには、息子と従者の片割れが残った。息子たちがそれぞれの弟を探しに出かけ、イジーオン本人もギリシアやアジアを歩き回り、その途中でシラクサと敵対するエフェソスへと迷い込んでしまった。出身地を偽れない正直者のせいで、捕まったのである。

イジーオンを含めたシラクサの三人組は、商売をしつつ人探しをしていた。商人が動き回ると、そのまま商品も動くことになる。しかも、人間関係の構築が商売の基本なので、「商談がまとまるかもしれない」と昼食の誘いを断り、宿での夜の会食を約束する商人が出てくるし、別の商人は「ペルシアへ行く旅費のために支払いを求める」。ビジネスチャンスを広げ、交易相手とコミュニケーションをとる目的で、『間違いの喜劇』では、食事や宿での歓待の話が出てくるのだ。

商行為とは決して物と金銭の機械的な交換だけではなく、そこに交歓も伴うのだ。シラクサのアンティフォラスは、見知らぬ女から食事を共にするように求められ、見知らぬ男から首飾りをもらったことで、エフェソスがよそ者に寛容で豊かな町だと思い込んだ。だが、金銭による交換がすべての基本となる世界であり、そこから外れてしまうと、警吏による逮捕や、悪魔祓いが待っている。双子の入れ違いの騒動では、ホメロスの『オデッセウス』を下敷に、魔女キルケーの呪いや、船を難破させるサイレンの誘惑など、多島海の危険性が語られる。キルケーが船乗りを豚に変身させたように、双子たちは自分のアイデンティティを失ってしまう。商業的な交換がうまくいっている場合にはよいのだが、いったんそこから外れると地獄の状況に陥る。その落差が観客の目には喜劇として映るのだ。

そして、東地中海が舞台なのに、「グローバル＝球体」的な広がりを見せる箇所が出てくる。登場する宿には、ケンタウロス、タイガー、ポーペンタイン（ヤマアラシ）と動物に関連する名前がついて、食事もだしていた当時のロンドンの宿を連想させる。

さらに、エフェソスのドローミオの妻であるネルという「脂がのった料理女」の体が地球に擬えて描写される（三幕二場）。シラクサのドローミオは、初対面のネルから親しげに言い寄られ、自分が結婚しているという身に覚えのない事実を知らされ、「私はドローミオですか？」と自分の主人に質問する。そして、「縦の長さと横の幅が同じ」で「世界そのもの。真ん丸な地球」とみなすネルをめぐって、シラクサの主従は、こっけいな「国づくし」の問答を始める。[6] そこには女性の身体を笑いものにする蔑視的な視点もあるが、同時に、エフェソスのドローミオとは趣味興味が異なる、という双子の間での違いもしめされている。

シラクサ主従の問答によると、アイルランドはお尻、スコットランドは手の平といった具合に、地名と身体とが結びつき、さながら「人体地理学」の様相をおびてくる。イングランド、フランス、スペインときて、アメリカや西インド諸島、ベルギーやオランダも登場する。劇の舞台は東地中海だが、想像力は狭い地域を超え、いつしか「大英帝国」にとってのライバルたちへの言及を含むのだ。フランスの内紛やスペインの新大陸での行動へのあてこすりがある。そして、ベルギーやオランダを、性的含意をもつ「低地」とみなすのも、相手への蔑視からだろう。

こうした問答によって劇の進行は停滞するが、脱線して時世を茶化すのも喜劇の大事な働きである。しかも、ネルと身体との関連のように、画家のマーカス・ジェラーズはエリザベス女王の肖像画で、女性の身体をそのまま大地と関連づけていた。女王が乗っているのは、イギリス（イングランド）の地図なのだが、奥の地平線は丸みを帯びていて、「グローバル」の意識に基づいているとわかる。[7]

ネルの身体が地球の地理と結びついて理解されるように、『間違いの喜劇』の中にも、海洋国家としてのイギリスが拡張する意識が浸透しているのだ。シラクサやエフェソスといった点どうしがネットワークとなっていくのに立体としての空間把握が必要なのである。それを裏打ちするのが、ジェラーズが描くエリザベス女王が君臨している球体上のイングランドに他ならない。もはや世界一周の航海は、平面図によっては到達し得ないのだ。エメリー・モレヌーが大陸の学者たちに倣（なら）って作り出した地球儀のおかげで、ドレイク船長以降の航海者たちは、地球は球体だ、と安心して船を進めることができたのだ。

【双子と資産の増殖】

『間違いの喜劇』は、「時間・場所・筋」の三一致の法則に合致するように、処刑までの二十四時間で事件が収束し、エフェソスの町だけが舞台となる。種本となったプラウトゥス作品でのエピダムナムではなく、エフェソスが選ばれたことで、一族再会に宗教的なテーマが入り込んできた。尼僧院長であるエミリアは、イジーオンの妻で二人のアンティフォラスの母である。同じエフェソスにいても、母と息子が遭遇することがなかったのは、尼僧院が、女性たちが逃げてくる「避難所」となるからだ。そして、エイドリアーナたちは、そこへと逃げ込んだシラクサのアンティフォラスを追ってくる。

尼僧院長は、妻の役目とは聖書的あるいは善女グリゼルダ風に耐えることだと叱る。初期喜劇に横溢する、女性とりわけ妻は夫に従順であるべきという教えをエイドリアーナに述べるのだ。そして、三十三年目の再会も、ルカの福音書で、三十歳から布教を始め、三年半で処刑されたキリストとその復活を連想させる。もっとも、エミリアをマリアになぞらえても、原始キリスト教時代の「聖母マリアの家」がエフェソスで発見されたのは十九世紀であり、シェイクスピアが知っていたはずもないのだが。

時計が刻む切迫する時間が、アイデンティティの危機をもたらしている。二十四時間という枠組みの中で、当たり前だが時間は機械的に進んでいく。「あと一時間もすれば昼めし時だ」「五時ごろ」「もう二時よ」と登場人物たちは口にする。それどころか、エフェソスのドローミオは、二時の鐘のあとで、一つを聞いたとして、時間が逆行するとまで言い出す（四幕二場）。時間のもつれがこの劇を彩っている。

そもそも、同じ時空を双子が占めないからこそ錯誤が生まれる。タイミングの設定のおかげで、すぐれた喜劇が組み立てられる。歴史劇ではストーリーや劇的効果に合わせて、歴史上の順序は無視され、ときには年齢も変更される。だが、『間違いの喜劇』での時間は、社会での所有権の移行や、物の流通を成り立たせる基準となっている。そして、エイドリアーナは、混乱した事態を回復するために、ピンチという教師に「悪魔祓い」をしてもらう。

シラクサの人間たち、それも出身を曖昧にした双子の主従がこっそりと入り込んだせいで、エフェソスが「妖精の国」とか「魔女キルケー」の支配地になってしまっていた。この悪魔祓いが効果を発揮することはなく、ピンチ本人が反撃されてピンチ状態になってしまう。解決したのは、双子が隣どうしに並ぶという単純だが決定的な行為によってだった。

この劇での双子のアイデンティティのゆらぎは、登場する貨幣の状況と似ている。この劇の中で流通するのは、マルク、ダカット、ポンドなど金銭の単位もさまざまで、エンジェル金貨まで登場する。それが流通しているのは、物と貨幣だけでなく、異なる貨幣どうしが交換されることもしめすのだ。エフェソスの町では、商品は流通を経て、新しい価値を獲得する。金細工師が作った首飾りは、代金を求めてさまよい、財布に入った貨幣も、首飾りや保釈金の支払いに利用されるのを待っている。しかも代金が支払われると、すぐにそれを別な支払いにあてることで、経済を成り立たせている循環が浮かび上る。ただし、支払期限を「信用」によって延期できるので、金細工師がエフェソスのアンティフォラスに行ったような性急な代金の請求は、相手を信用しない態度となり、争いの種となる。

エフェソス側から見ると、シラクサから来た偽の双子が町に入り込むのは、この経済の循環に、偽造通貨が入り込むのにも等しい。こうした状態は経済の混乱を引き起こすし、金の首飾りも、そのままシラクサの主従によって、エフェソスの外部へと運び出されてしまったかもしれない。また、エイドリアーナからシラクサの者たちが受け取った財布と金も、そのまま持ち去られた可能性もある。演劇として、最終的に適切な所有者の手元に戻っただけでなく、さらに「利殖」がある。

エミリアは三十三年ぶりの再会の喜びを「長い産褥（さんじょく）」だったとみなす。イジーオンとエミリアの夫妻が失ったものが見つかり「一族再会」となるが、それだけではない。商人や軍人として活躍しながら、イジーオンの子孫たちは繁栄していた。エフェソスの公爵の後ろ盾をもつアンティフォラスはフェニックス亭という店をもち、妻のエイドリアーナがいる。下僕のドローミオにも、ネルという料理女の妻がいる。エフェソス定住組は、安定した生活をすでに送っていたのだ。それには尼僧院長となったエミリアも含まれる。それに対して、シラクサから商人として流れてきた者たちは、妻エミリアと再会したイジーオンだけでなく、アンティフォラスもエイドリアーナの妹のルシアーナと結婚することで安定する。ただし、こちらのドローミオだけが、結婚相手もない宙ぶらりんのままで終わってしまう。

この結末は、シラクサとエフェソスとの二箇所に、イジーオン商会の拠点が生まれたようなものである。そもそも、イジーオンが、交易相手のエピダムナムにいた「代理人が死ぬに及び、放置されたままの商品が気がかり」となってシラクサを出て、訪れたエピダムナムから帰路の船が難破したのが、一家離散のきっかけだった（一幕一場）。この劇が与える幸福感は、家族が再会しただけでなく、富や家族という利子がついて倍増したことによるものだ。

それとともに、この劇で不気味さが生じるのは、舞台上の多くの場面で、双子のどちらか一人しか登場しないせいである。二人なのに一人ずつ登場することで、錯誤を生み、その混乱が笑いとなる。そして、五幕の最後での謎解きは、アガサ・クリスティなどのミステリー小説の結末で、一堂に会した関係者の行動を時系列に並べて、名探偵が犯人を突き止める場面の先取りとも言える。ずっと見守ってきた観客にとっては、自明だったのだが、錯誤の謎は解かれ、その解放感が舞台に広がるのである。

イジーオンの命を救うには、千マルクの保釈金が必要だったのだが、結局のところ、エフェソスのアンティフォラスが、身元を保証することで解決する。ここでは、あらゆるものに値段がつけられるのであり、人間も例外ではない。しかも、公爵といえども「法」を曲げることはできず、せいぜい処刑の実行を二十四時間遅らせることができただけだった。この点を強く思い起こさせるのが、次に扱う『ヴェニスの商人』である。舞台をトルコからイタリアへと移すことになるし、時代設定もシェイクスピアの同時代にずっと近づくのである。

3 『ヴェニスの商人』と奴隷交易

【ヴェニスのユダヤ人】

シェイクスピアと同時代のヴェニス共和国(ヴェネツィア)を舞台とした『ヴェニスの商人』(一五九六年)は、差別されていて、裁判で屈辱的な判決を受けたユダヤ人シャイロックの悲劇だと誤解されやすいタイトルである。死後の一六二三年に編纂された『ファースト・フォリオ』と呼ばれる一冊本の著作集では、この劇は喜劇に分類されている。あくまでも、シャイロックは劇中の悪役なのである。この場合のヴェニスの商人は、裁判で争うことになる大商人アントーニオを指している。

この劇では、亡くなったベルモントの領主とポーシャ、ユダヤ人の金貸しのシャイロックとジェシカという二組の父と娘の関係が描かれる。娘たちは父親の束縛から逃れようと画策していた。そこに、ヴェニスの大商人のアントーニオと、彼の庇護を受けてポーシャの求婚者となるバッサーニオ、さらにバッサーニオの友だちでジェシカの恋人となるロレンゾといった若い男たちが絡んでくるのだ。

歴史上、ヴェニス共和国は、一五一六年にユダヤ人を隔離する「ゲットー」を生み出した場所である。しかも、コロンブスがアメリカに到着した一四九二年に、スペインがユダヤ人を国外に追放して、結果としてヨーロッパ各地に散り、ユダヤ人どうしのネットワークができ上がる。それとともに、「反ユダヤ主義」も広がるのである。ユダヤ人たちは、土地所有を禁じられているので、高利貸しのような商行為に従事する以外なかった。また、新たに追放される場合に備えて、宝石などの身につけて運べる財産に頼る必要があり、それが、娘のジェシカが持ち出したシャイロックの宝石箱のように、けちくさい蓄財に見えるのである。

シェイクスピアの住むイギリスには、十三世紀以来、ユダヤ人は、旅行者や商人のように外から訪れる者しかいなかったとされる。とは言え例外もある。一五九四年に、エリザベス一世毒殺の嫌疑をかけられたロデリゴ・ロペスは、ユダヤ系ポルトガル人の医師で、女王の主治医だった。劇中でシャイロックに対して「貴様の野良犬のような根性は狼に宿っていたんだ」（四幕一場）という揶揄が向けられるのは、ロペスにあたるラテン語が狼を意味するからだともされる。そうした事情も、エリザベス朝でユダヤ人を戯画化し、「反ユダヤ主義」が温存される理由ともなった。

社会におけるユダヤ人評価が大きく変わり「寛容」になるのは、十九世紀になってからである。ディズレーリのように、ユダヤ人の出自でありながら、首相にまでのぼりつめた人物が登場したことや、アイルランド併合対策として発布された、一八二九年のカトリック解放令の影響がある。宗教的な寛容の雰囲気が社会に広がったのである。そして、ロスチャイルド家のようなユダヤ人の実業家も、イギリス社会でしだいに受け入れられるようになった(佐藤唯行『英国ユダヤ人』、度会好一『ユダヤ人とイギリス帝国』)。

だが、「反ユダヤ主義」は決して過去の風潮ではない。ユダヤ人のシェイクスピア学者であるジャネット・エーデルマンは、一九六八年にカリフォルニア大学のバークレー校で、イギリスのルネサンス文学の専門家になろうと表明したときに、「ユダヤ人はルネサンス文学を教えることは許されない。なぜならルネサンス文学はキリスト教徒の文学だからだ」と博士課程担当の教授から忠告を受けた(『血縁関係――『ヴェニスの商人』内のキリスト教徒とユダヤ人』)。出自によって専門が決まるという雰囲気がまだ残っていたのだ。

アメリカ西海岸の、バークレー校という『いちご白書』で有名なラディカルな大学であっても、いや、だからこそ、こうした保守的な偏見が残存していた。しかも、皮肉にも、当時すでにルネサンス文学を専門とするユダヤ系の学者たちが、他ならぬバークレー校でたくさん活躍していた。さらに、シャイロックのようなユダヤ人が活躍し、社会にとり不可欠となった世俗的なヴェニスに対して、ポーシャがいる幻想的な「ベルモント」を、ユダヤ人のいない世界だからこそ理想化する、という考えもあった、とエーデルマンは指摘する。ベルモントが反ユダヤ主義の楽園に見えるというわけだ。イギリスとアメリカとの違いがあっても、さまざまな形で「反ユダヤ主義」は渦巻いてきた。その意味で、『ヴェニスの商人』は、現在でもアクチュアルな劇なのである。

【アントーニオの喜劇からシャイロックの悲劇へ】

シェイクスピアは、この劇を同い年でも先輩格にあたるクリストファー・マーロウによる『マルタ島のユダヤ人』（一五九〇年？）を念頭に置いて作ったとされる。マーロウ作品の主人公バラバスはユダヤ人であり、オスマン帝国とスペインの間での支配権の争いに揺れるマルタ島で、総督にのし上がろうと策を弄する。その過程で、娘を始め多くの者に死をもたらした悪党であり、最後は煮えたぎった油の入った釜の中へと落下し、自業自得の死を迎える。

それに対して、『ヴェニスの商人』のシャイロックはあくまでも脇役であり、ヴェニスの商人とはアントーニオを指している。また、バラバスの娘のアビゲイルは、自分の恋人を死へと追いやった父親の悪行を悔いてキリスト教の修道院に入り、自ら父親の計略の身代わりとなって死を選ぶのである。だが、シャイロックの娘のジェシカは、父親の宝物を手土産にキリスト教徒の恋人と結ばれてしまうのだ。随分と印象が異なる。

ヴェニス共和国にいるよそ者でありながら、経済的に不可欠な存在としてユダヤ人を考えると、たとえゲットーの中に夜間は閉じ込めたとしても、キリスト教徒たちの側から断ち切ることのできない依存関係が浮かび上がってくるのだ。それをしめすのが、まさにツバをかけて侮蔑していたはずのアントーニオが、シャイロックに頼らなくてはならない、という状況に他ならない。

ふだんは何の価値も見出さない相手を、必要なときには平然と利用して、最後には仲間たちが財産を没収し力を封じ込めてしまう。その運命のせいで、シャイロックを悲劇的にとらえる余地が、台詞や行動の中にたくさんある。後の俳優や演出家たちは、証文の行間を読むポーシャよろしくシェイクスピアのテクストの行間を読むことで、シャイロックの人物像をふくらませてきた。

シャイロックの言動は、喜劇というジャンルでの敵役をはみ出していた。当時流行になりつつあった「悲・喜劇」という悲劇で始まって喜劇で終わるともみなせる。ジャンルが混交してしまうが、当時のジャンル分けの理論にシェイクスピアは抵抗していたとみなす意見もある（レガット編『ケンブリッジ版シェイクスピア喜劇便覧』）。劇の中に収まりきらないのだから、シャイロックとその台詞は、劇を飛び越えてあちこちに流布する。敵役となるユダヤ人シャイロックの造形があまりに見事なせいか、十八世紀以来シャイロックをめぐる悲劇として解釈されてきた。十八世紀を代表する俳優エドマンド・キーン以来、シャイロックを演じることで名を挙げた役者も多いし、それだけの重みをもった役とされる。

とりわけ、第二次世界大戦でのナチス・ドイツによるユダヤ人の迫害や虐殺によって、作品解釈はさらにシャイロックの悲劇へと傾斜した。キリスト教徒たちによる「反ユダヤ主義」を告発するキャラクターともなりえる。シャイロックを使って、反ユダヤ主義を打破した見事な例として、エルンスト・ルビッチ監督による映画『生きるべきか死ぬべきか』（一九四二年）での引用がある。ナチス・ドイツに占領されたポーランドのワルシャワを舞台にして、ユダヤ人の演劇一座がロンドンへと逃げ出すまでの話である。その脱出行の際に、観劇に訪れたヒットラーに向かって「ユダヤ人には目がないんですかい」（三幕一場）というシャイロックの有名な台詞を叩きつける。戦時下であり、チャップリンの『独裁者』（一九四〇年）のころよりも、ヒットラーの勢力が強くなるなかで、皮肉たっぷりにシャイロックを利用していたのである。

確かに、シャイロックは劇中では四幕で消えてしまう敵役でありながら、劇の外にあふれ出るほどの力をもっている。ヨーロッパのマイノリティであるユダヤ人への差別の構造を体現しているがゆえに、その姿が彼を追い詰めた側への反省を迫る場合がある。そこで、シャイロックにシェイクスピア本人の声を聞き取る解釈さえも出てきている（ケネス・グロス『シャイロックはシェイクスピア』）。だが、ここまで来るとさすがに贔屓（ひいき）の引き倒しであろう。

【箱選びと選択肢】

このように『ヴェニスの商人』は、シャイロックというユダヤ人の悲劇として解釈されるように変化してきた。ただし、四幕一場の裁判の場面をクライマックスとして、「シャイロックの悲劇」とみなす読解をすると、その陰で忘れられがちなことがある。あくまでも発端はベルモントにいるポーシャへの求婚話であり、箱選びが置かれていた。そして、結婚式と遅延された初夜の成就というハッピーエンドに達するのである。箱選びをファンタジーとみなし、ベルモントを幻想的な場所とする解釈も多いが、それは見誤っているだろう。これはヴェニス社会を成立させている論理を裏から描く重要な場面なのだ。

散財のせいで借金まみれとなったバッサーニオは、「親友」で父的な保護者であるアントーニオの好意によって、シャイロックを通じて三千ダカットを用立ててもらう。それはベルモントにいるポーシャを獲得するための投資に他ならなかった。そのときに、バッサーニオは反復の論理を持ち出してくる。子供のころ矢をなくした際に、同じ方角にもう一度矢をいると、両方共見つかったというものだ。かつての軌跡をなぞると、手に入れるという理屈である。すべてを失う代わりに二本手に入るというのが鍵となる。

バッサーニオはかつてモンフェラート侯爵のお供として、ベルモントを訪れたことがあるので、その反復によって、ポーシャと財宝を手に入れる目論見を語るのだ。アントーニオは、バッサーニオに無担保で投資をしたのであり、その見返りは友情の持続だろう。だが、ポーシャという財産をもった女性と結婚したバッサーニオがアントーニオを頼ってくることはもはやない。

バッサーニオにポーシャをもたらしたのが「金・銀・鉛」の箱選びだった。バッサーニオも、選ぶのに失敗すると生涯結婚しない、と誓った上で参加する。これは、見かけと実体をめぐる古典的な教訓を告げている。金の小箱を開けると「光るものすべて金ならず」という欲望への戒めがあり、銀の小箱には「おのれの影にのみ口づけをする」ナルシストへの戒めがあった。正解である鉛の箱には、「この先も幸運を求め、真を選ぶべし」とある。これがそのまま、選んだ人物の内面の評価に見えるのだ。

しかも、箱選びが、二択ではなくて三択なのも重要である。正解は一つなのだから、不正解を当てる確率のほうが上回っている。ハムレットの「生きるべきか死ぬべきか」のような見かけ上の二択や裏と表といった、勝敗が五分五分の賭けとは異なる。フロイトはこの選択に注目し、『リア王』における三人の娘たちへの領土分配と、末っ子が正解なのに、選択を間違えたリア王の悲劇との関連を取り上げた（「小箱選びのモティーフ」）。コーデリアを排除した後に、ゴネリルとリーガンの姉妹はしだいに醜く争うことになる。二択ならば、今度はどちらかが相手を上回る可能性が高いからだ。

そして、失敗すると子孫を作る機会を失うというルールのせいで、この選択を試さずに退散する者もたくさんいたのである。召使が「四人のお客様方が、お嬢様にお別れのご挨拶をとおっしゃっておいでです」（一幕二場）と告げるように、ベルモントに来ても、箱を選択する以前に、その選択に参加するかどうかという別の選択もあったのだ。

この箱選びは、消費社会において複数の商品から選択する消費者心理ともつながっている。選択することで、他の二つを選んだ人生の可能性は消えるし、そもそも選択者は他の箱に何が入っていたのかを知ることはない。ヴェニス社会に資本主義の芽生えを読み取り、さらに「消費社会」や「バブル経済」の日本を予兆する劇と読んでみせたのが、経済学者の岩井克人による論文「ヴェニスの商人の資本論」（一九八五年）だった。その中で、異国の女性すなわち貨幣と結婚する男たちの物語、さらにトリックスターとしてのポーシャや貨幣の役割を明らかにした。死蔵されていては、資本は増殖しない。それを解放したのが、父親の蓄財した金を消費する女性たちだったというわけだ。

結局のところ、チャレンジした三人の男たちは、自分の信念に基づいて選択しているはずなのだが、箱に書かれている文言に誘導されていて、偶然に頼るところも大きい。バッサーニオがもっている二度目のチャレンジやリベンジの理屈だけでは、きちんと正解に達したのかは疑わしい。選択が完全に偶然に支配されているなら、バッサーニオが間違える確率は常に三分の二もある。では、自分の似姿の入っている鉛の箱を彼に絶対に選んでほしいと願うポーシャはどうするのか。間接的に正解を提示すること、つまりカンニングの実行である。

ポーシャは、父親の遺言をめぐって、テクストを読み替える技を発揮するのだ。ドイツのサクソニー公爵の甥御という酔っ払いを避けるためには、「私、何だってする」と侍女のネリッサに断言していた（一幕二場）。バッサーニオに正解を選ばせるためならば、何でも行うのである。そこで選んだのが歌を使ったヒントである。シャイロックの証文と同じように、父親の遺言には、選ぶときにヒントを与えてはいけない、と書かれてはいないのだから、歌を使ってバッサーニオの選択を支援するのである。これによって正答率はずいぶんと変わってしまうはずである。

バッサーニオが箱選びをする三幕二場から、歌や音楽がベルモントに流れるようになる。ヴェニスでは、法や経済の言葉の応酬が主だったとすれば、ベルモントでは、言葉づかいに金銭に絡む語彙があったとしても、そこで流れる音楽や語られる詩は、数学に基づいた「天体の音楽」がもつ秩序感を与えてくれる。(8) ヴェニスにはアドリア海があるが、ベルモントには星空があるのだ。そして、バッサーニオによる箱選びの場面で、前の二回とは異なり、こんな歌が流れる。

どこで生まれる（ブレッド）、気まぐれな恋
心の中か、頭（ヘッド）の中か？

この後で、バッサーニオは「鉛（レッド）」の箱を選ぶのだ。脚韻を踏む文化の中で育った者が、こうした連鎖を聞き逃すはずもない。

だが、これはあくまでもカトーの娘でブルータスの妻と同じ名前をもつポーシャによるトリックであり、バッサーニオによる選択への介入である。その証拠に「見かけに騙されなかった者」とポーシャの父親が箱の中に残した文章でバッサーニオはほめられたが、ヴェニスでポーシャの男装の正体を見破ることはできず、お礼にと指輪を催促されると、それに応じてしまうのだ。選択が自力ではなかった者の限界がそこに表れている。

バッサーニオが参加した箱選びがもつ正解を選ぶことの難しさは、アントーニオの船を襲った災難でもわかるように、ヴェニスにおける商売の不安定さと通底している。出資者を募り、投資をし、選択をし、一種の賭けに委ねる点で、この二人は態度が共通している。その点で両者は共鳴していたのである。

どうやらバッサーニオとアントーニオの「友情」の正体は、結果として大金を求める投資癖を共有している点にある。彼らはヴェネチア・ガラスを作るような工業生産を行う産業資

本家ではないのだ。そして、父の遺言を欺き自分の意思を貫いて、バッサーニオに正解を選ばせたポーシャは、アントーニオの裁判でも大きな役割を果たす。それによって、ヴェニス社会が一時的に抱えた不安定さを消し去るだけなく、ヴェニス社会がもっている不安や憂鬱を封印してしまうのだ。

【人肉裁判と奴隷交易】

そもそもの発端は、浪費好きで、借金まみれのバッサーニオに、金を借りるための担保が何も残っていないことだった。「一番の気がかりは、どうすれば大きな借金からきれいにこの身を解き放つかだ」とバッサーニオは、アントーニオに告白する（一幕一場）。まさに「裸一貫」になって再出発すべき状態であり、彼が担保にできるのは自分の身体や人間関係だけなのである。だからこそ、バッサーニオとアントーニオの間に友情以上の関係を読み取る読解も出てくる。人肉裁判でアントーニオの身体が危機に陥るのと、バッサーニオの危機が重なっている（『アテネのタイモン』で、太守のタイモンは栄華から一転借金まみれとなって破滅し、人間嫌いとなるが、バッサーニオの末路のひとつとも言える）。

アントーニオがシャイロックに自慢するのは、利子を取らずに互いに資金を融通し合う「兄弟盟約」だったが、それを実践するはずのキリスト教徒の商人たちが、三千ダカットをアントーニオに用立てた形跡はない。結局、バッサーニオが見つけることができた「金づる」は、悪名高いシャイロックだけである。アントーニオは「手元には現金もなければ、すぐ金に替えられる商品もない」状態だった。財宝などとして資産を持っていることと、流動的な現金の調達とは話が別である。そこに現在でも高利貸しが台頭する理由がある。

見過ごされがちだが、契約の時点でシャイロックも三千ダカットを自前では調達できなかった。「全額を用意するのはとても無理だ。いや、心配はいらん。テューバルがいる。私と同じユダヤ人の金持ちだ。そいつが用立ててくれるだろう」とバッサーニオたちにシャイロックは返答する（一幕三場）。キリスト教徒たちに「兄弟盟約」があるように、ユダヤ人の間にも資金を融通するネットワークが存在していた。他に仲間のユダヤ人としてチューズがいる、と娘のジェシカは証言している（三幕二場）。シャイロックはテューバルから不足分を借りたのである。証文に名もなく、裁判の場でテューバルは登場しないので、共同出資ではなかったようだ。しかも、借りたシャイロックに利子が発生していても不思議ではない。

このようなユダヤ人のネットワークがシャイロックの「高利貸し」を支えていた。仲間のテューバルはその後、シャイロックの代わりに、出奔したジェシカの行方を探して、ジェノヴァまで出かける。そして、一晩に八十ダカットなどと、あちこちで散財しているジェシカたちの情報を得て、シャイロックに知らせる。フランクフルトを始めとして、ユダヤ人のネットワークや情報網ができている。シャイロックによると、ジェシカが持ち出したダイヤモンドの指輪には二千ダカットの価値がある。そして、シャイロックにとっていちばん大切な、妻からもらった指輪を猿と交換したことを知って、シャイロックは、改宗した娘とその夫も含めたキリスト教徒全体への復讐者と化すのである。

アントーニオの船が軒並み難破し、債権者たちが押しかけている、というニュースが伝わり、三か月という返済期間も過ぎてしまう。シャイロックは、三千ダカットの担保として、アントーニオの肉一ポンドを手に入れようと、裁判の開催を公爵に訴えるのである。法律通りに正義をなせというのが、シャイロックの主張である。この主張の正当性そのものは、被告となるアントーニオも公爵も認めていて、ここから有名な人肉裁判が始まる。

裁判では、無事に箱選びを成功させたポーシャが、男装しローマから来た法学博士となって窮地を救いにやってくる。シャイロックから三千ダカットを借金するためにアントーニオが結んだ契約書を解釈し直すのだ。証文には「肉一ポンド」とはあっても「血」とはないことを指摘して、「血を流すな」「一ポンドきっかり切り取れ」とシャイロックの行動を宙吊りにしてしまう。刃物と秤を用意していたシャイロックなのだが、実行に至ることはない。ユダヤ人にとって血のついた肉とは、ふだんの調理でも忌避すべき存在である。血への嫌悪こそが、シャイロックに実行をためらわせるのに十分であった(9)。

そもそも、シャイロックがアントーニオと結んだ契約は、人間の生きた肉と三千ダカットを結びつける内容だった。実行すれば、アントーニオの生命を奪うので、おぞましい契約に思える。けれども、四幕一場での裁判の途中で、シャイロックはアントーニオの肉は自分のものだと主張する。その根拠として、「あなた方は大勢の奴隷を買いとっておいでだ。そして、ロバ、犬、ラバなみに卑しい仕事にこき使っておられる」と指摘する。ヴェニス社会が、奴隷の待遇を変えない理由は、「奴隷は俺のものだ」と考えているせいなのである。それと肉一ポンドの所有に違いがあるのか、というのがシャイロックの問いだった。だが、これに対するヴェニス社会からの具体的な回答はない。回答以前にポーシャたちが登場して、証文に書かれた文章の解釈へと話を限定してしまう。劇全体が、奴隷制度の是非には向かわず、法の厳格な適用と、「慈悲」をめぐる個人的かつ宗教的な意見の対立へと向かっていくのである。

その際に、シャイロックによって法廷に持ち込まれた「天秤」が象徴的な役目を果たす。もともとは、アントーニオの心臓付近から切り取った肉一ポンドの重さを量るのに利用する予定だった。だが、肉を量る道具としては使われず、法の言葉や罪の重さを量る道具へとイメージが転化した。天秤は星座にもなっているが、これは乙女座の由来となった女神アストレイアの持ち物で、正義を測定する道具である。天秤をもつ女神は、目隠しをし、片手に剣をもち、他方に天秤をもつ「正義の女神」として十六世紀に形象化された。その姿は、シャイロックが使わずにいた「剣と天秤」を手に入れたポーシャにふさわしいとさえ思える。シャイロックは契約をめぐる民事裁判の判決に自暴自棄となったが、ポーシャは、次に彼をヴェニスの公法による刑事事件の被告とみなすのである。「よそ者」であるユダヤ人が、ヴェニス市民の命を脅かした罪による裁きであり、契約書を交わしたわけではないが、「それがヴェニスの法ですかい」とシャイロックが質問するように、見えない法が課せられるのだ。民事から刑事への裁判の切り替えによって、シャイロックの脅威は完全に封じ込められ、無効化される。最後のシャイロックへの裁きそのものが、劇全体を勧善懲悪に見せるトリックなのである。

シャイロックの財産は、キリスト教徒になってしまった娘ジェシカの婿ロレンゾへと死後譲渡される。そして、シャイロック自身も改宗が強制される。これによって、「ユダヤ」の「商人」シャイロックという存在は、宗教的にも商業的にも完全に解体されてしまった。アントーニオはシャイロックの持っていた財産を委託してもらい、今後は管理を行う、と公爵に宣言することで、自分の財産へと組み込む。アントーニオ商会が、事実上シャイロック商会の資本を飲み込んでしまい、そこで得た利益は交易船の増強などに利用されるのだろう。

この裁判の背後に、シャイロックが告発しかけた奴隷交易の是非が課題として隠れているはずだが、不問のままで終わってしまう。ヴェニス共和国が奴隷交易によって栄えたことは知られている。そのため、シャイロックも市民たちも、奴隷制度が悪いなどとは思っていない。キリスト教徒とユダヤ人との間の民族や宗教の平等を問う劇に見えて、奴隷労働の件は隠されているのだ。しかも奴隷売買の市場は、大航海時代に世界に広がり、ポルトガルの改宗ユダヤ人の商人が、長崎やマニラで日本人を含めた奴隷を購入した記録が残っている（ルシオ・デ・ソウザ『大航海時代の日本人奴隷』）。改宗したシャイロックが、そうした事業に手を染めないとは言い切れないのである。

ギリシアやローマさらにスペインが、地中海での交易や戦争に利用したのがガレー船だった。その漕手は重労働であり、多くが「囚人」や「捕虜」の役目となった。こうした労働力は、戦争などで敵国から調達するか、金銭で外国から購入するしかない。

マーロウの『マルタ島のユダヤ人』でも、敵対するトルコの船団を撃退したボスコというスペイン人の船長が、一隻は沈めずに拿捕し、「船長は殺してしまい、残りはマルタ島で奴隷として売り払う」と告げるのだ（二幕）。捕らえたトルコ人たちは売却できる財産とみなされた。また、当時イングランドがスペインへの対抗意識からモロッコとの関係を重視し、その結果ユダヤ商人がそこで奴隷売買を行っていたことを観客たちも知っていた、と勝山貴之は指摘する（『シェイクスピアと異教国への旅』）。

アントーニオとシャイロックが結んだ契約は、人間を売買する証文と同じである。[10] シャイロックは、大商人アントーニオを三千ダカットで購入したわけである。人間にこのような値段をつけることは奴隷交易では当たり前である。海賊たちも、捕えたハムレットに「身代金」としての価値がなければ、そのまま殺すか、奴隷として売り飛ばすか、どちらかの選択をしたはずである。

ここには、後に「三角貿易」で大西洋に悪名を馳せるイギリスの論理が透けて見える。奴隷交易は、西アフリカと西インド諸島との間で行われ、ブリテン島本土を経由しなかったせいで、多くのイギリス人は現場を直接見ずにすんだ。そのため意識の底に沈んでしまうのだ。悪行が海の彼方で行われ、宗主国に及ばない、というのも植民地主義の特徴である。確かにヴェニス市民とよそ者であるユダヤ人とでは扱いが異なり差別がある。だが、その下に、どちらからも無視された人的な消耗品として「奴隷」がいる。そして、ヴェニスを舞台に、やはり消耗品に見える「傭兵」を扱ったのが『オセロ』だった。

4　『オセロ』とキプロス争奪戦

【傭兵と人材のリクルート】

ヴェニス共和国の東地中海での覇権は、イタリアのシチリア島とアフリカの対岸にあるチュニジアを結ぶ線が境界となった。東側にオスマン帝国があり、地中海の西側ではスペインなどが台頭してきた。十六世紀後半には、かつての勢いは衰えてしまうのだが、総督を置いていたヴェニス共和国の元老院は、一年交替の制度だったのだが、しだいに固定化して彼らは貴族となっていた。貴族とは言え、領地の裏づけをもつイギリスとは、成り立ちもかなり異なる。農耕地を欠くヴェニス共和国は、食料や必要な人材などを外部から調達しなくてはならない。

その際に生じる「傭兵」と「異人種間結婚」の問題を、もうひとつのヴェニス物である『オセロ』(一六〇三―四年)が扱っていた。ムーア人の将軍オセロと元老院議員の娘デズデモーナの結婚を、イアーゴが策略で破綻させていく悲劇である。浮かび上がってくるのは、オセロが軍人としてヴェニス共和国に仕えることと、結婚してその成員となることとの間に生じる齟齬(そご)である。異人種間の結婚だけではなく、外国人の傭兵が結婚を通じて、より上層の選ばれた身分へと入り込むのを社会が認めるのかが問題となる。

『ヴェニスの商人』では、ベルモントとヴェニスとの間に文化的な隔たりはほとんど見当たらなかった。金の箱を選んだモロッコ大公や銀の箱を選んだアラゴン大公の国々と比べると、宗教的にも法律を理解する上でもベルモントとヴェニスの差は小さい。ポーシャは、従兄であるベラーリオ博士から知恵と法衣を借りたが、彼はヴェニスにほど近いパドヴァ(パデュア）の大学で教えていた。ベルモントはヴェニスと背中あわせに存在すると言ってもよく、両者の論理は似ている。バッサーニオにとってベルモントが遠かったのは、文化的ではなく、金銭的な理由だった。同質な者どうしとして、バッサーニオとポーシャ、グラチアーノとネリッサが結ばれても不思議ではない。

ところが、ロレンゾとジェシカの結婚では、「異人種間結婚」と似た軋轢（あつれき）を生じる。ジェシカはキリスト教に改宗し、ユダヤ性を捨ててしまった。自発的な「改宗ユダヤ人」として、同化政策に結びつく順応する態度である。「あんた方とは飲み食いをしない」（一幕三場）とバッサーニオたちに言い放つ父親とは異なり、ジェシカは豚肉も食べるかもしれない。家出をし、ゲットーの境界線を越えるときに「お小姓」の姿に男装するのは、カーニバルの夜なので、仮装行列に紛れるためである。それとともに、男装するポーシャたちと同じく、女性のままでいるのとは異なる力を発揮するためであり、変装こそが旧弊な父親の束縛からの解放に見える。

それに対して、シャイロックは財産を事実上取り上げられ、裁判の場で、アントーニオの申し出で、キリスト教徒に改宗させられる。こちらも改宗ユダヤ人になったのだが、あくまでも強制であり、とても信仰を捨てるとは思われない。娘はゲットーから自発的に出て行き、父親は追い出される。ランスロットという従者が、シャイロックからバッサーニオのもとに主人を変更したように、彼らは所属する場所を移動するのである。

シャイロックの遺産を相続することになるロレンゾとジェシカは、ベルモントの屋敷でポーシャたちの帰りを待っていた。五幕一場で、美しい夜と天体の音楽をモチーフにしながら、二人は悲劇に終わった恋人たちの名前を列挙していく。「トロイラスとクレシダ」と「ピラマスとシスビー」はシェイクスピア自身もそれぞれ劇にしてみせた。さらに、「ダイドーとアエネアス」は先輩マーロウが劇にしている。また、「メディアとイアーソン」の黄金の羊毛は、ポーシャを形容するのに利用されていた。どれも当時の常識に入る逸話ばかりである。しかも、すべて最後に不吉な運命をたどるカップルなのだが、星空と音楽とで美的に説明される。ロレンゾとジェシカの二人と、こうした悲劇の恋人たちが関連するかのように語られることで、前途に不穏な影が漂う。元ユダヤ人であるジェシカと結ばれたロレンゾの不安を拡大すると、オセロとデズデモーナの悲劇とつながる。

父親を裏切って結婚に踏み切るのは、ジェシカもデズデモーナも同じなのだが、シェイクスピアは立場を入れ替えた。デズデモーナは由緒正しいヴェニス人であり、大貴族の娘である。しかも、求婚者を選べる立場にあったのに、「この国の裕福な貴公子さえも断って」（一幕二場）オセロを選んだことに父親のブラバンショーは嘆く。イアーゴにそそのかされたロダリーゴもデズデモーナの求婚者だったが、オセロよりも、彼に与えておいたほうが良かったとさえ父親は言う。オセロはムーア人であり、あくまでも傭兵の将軍にすぎないのである。

【オセロの過去とハンカチ】

どうやらデズデモーナよりも年齢がかなり上となるオセロだが、七歳から戦ってきたと言い、職業軍人としての誇りをもっている。じつは「王家の血を引く」とイアーゴに身分を明らかにするのだが、それが事実なのかどうかは、最後まで不明なままで終わる。『ヴェニスの商人』のムーア人であるモロッコの大公のように高貴な身分の出だとしても、雇われ将軍になってしまったのには、過去に何か事情がありそうだ。

その手がかりの一つがハンカチである。デズデモーナに渡したハンカチは、エミリアが拾い、夫のイアーゴが横取りをし、キャシオーの家にイアーゴが窓から投げ込み、それが最終的に娼婦のビアンカの手に渡る。そして、イアーゴは、デズデモーナがハンカチを所有していないことこそ「不貞」の証拠だとオセロに告げる。まさに疑惑の「物的証拠」となるわけだが、この小道具であるハンカチを、オセロは母親からもらったとし、そこにはエジプト（ジプシー）の女の魔法がかかっている、とさえ言うのだ。

オセロの北アフリカ的な出自が強調される。イアーゴは、本国からの命令によって、キプロスを離れたオセロは妻とともに「モーリタニアに帰る」と述べている（四幕二場）。これが正しければ、オセロはモロッコ周辺にあった古代王国の子孫なのかもしれない。その一族がヴェニスへと屈服した過去があることさえ想像させる。王族の血を引くのに七歳から戦い、アレッポでヴェニスを侮辱したイスラム教徒を殺害したと、オセロは自死する際に告げる。これは被支配者であるがゆえの過剰適応に思える。ナショナリズムを発揮するのが、こうした従属した側であることは稀ではないのだ。

このオセロの経歴は、どこか『間違いの喜劇』のエフェソスのアンティフォラスと重なる。アンティフォラスは、コリント人の漁師に拾われたところを、エフェソスの公爵の叔父に救われる。それ以降は公爵の片腕となり、戦いに従事した。その功績から、結婚をして商売についている。ただし、アンティフォラスは、オセロのように元老院議員の娘と結ばれたり、イアーゴのような悪意をもつ人物に妄想を植えつけられたりしたわけでもない。彼の混乱は、自分の双子の片割れが町に入ってきたせいで、本人と偽物が同じ町に存在することとなった結果なのである。錯誤による混乱はあっても、持病の発作を起こして倒れたオセロのような自己分裂の苦しみはない。

『オセロ』の第一幕でのヴェニス共和国は、東地中海の覇権をめぐり、オスマン帝国のトルコ人と戦うだけでなく、一種の競争社会である。出世競争の中で、「おれは自分の価値がわかっている」とうそぶくイアーゴは、オセロが自分よりもキャシオーを副官に抜擢したことへ嫉妬を募らせる。男どうしの嫉妬がすべての出発と言える。イアーゴの旗持ちとしての軍隊での身分は変わらず、副官へと推挙する周囲の意見をオセロは無視した。一方で計算ができるキャシオーは、「戦場で軍隊を指揮したことなど一度もない」し、「あるのは机上の空論ばかり」だとイアーゴは非難する（一幕一場）。現場の実行者と計画立案者のあいだの齟齬がそこにあるのだ。

人工島上の商業国であるヴェニス共和国を維持し防衛するためには、必要な人材を海外からリクルートしてこなくてはならない。そのため、建前の上では、ムーア人のオセロもフィレンツェ人のキャシオーも対等に扱われる。そして、上司である二人に文句を述べるイアーゴの名前は「サンチアゴ」の略であり、スペイン系なのである。国際都市ヴェニスは外部から人材を調達し、「傭兵」として扱っている。もちろん、国民軍の意識がなかった時代において、兵士が条件次第で仕える先を変更するのは珍しくはない。それでも、宗教的な枠組みがあり、キリスト教徒である彼らは、異教徒であるオスマン帝国との戦いに従事している。

イアーゴのライバルとなったキャシオーは、酒にも女にも弱い人物として描かれる。イアーゴの勧めに乗って酒の度を越して騒動を引き起こす。それに対してイアーゴは飲んでも歌を二曲披露するほど酒にも強く、騒動の状況説明もそつなくこなす。そして、さりげなく、キャシオーの酔態を前の総督であるモンターノに見せつけるのだ。

また、キャシオーが女性に弱く、ビアンカという娼婦と親しくしていることを利用して、ビアンカとの関係をデズデモーナとの関係のようにイアーゴはオセロに錯誤させる。十六世紀のヴェニス共和国には、詩集を出してフランス王の相手も務めた有名なヴェロニカ・フランコのような高級娼婦がいたので、ビアンカもそうした部類の娼婦なのかもしれない。

イアーゴは、オセロだけでなく、キャシオーの弱点をも押さえていたせいで、自分の計画に彼らの行動を当てはめていく。人間心理の計算は、机上の戦略家であるキャシオーよりも、イアーゴのほうが巧であることを証明した。そういう状況を利用して、シャイロックと同じく「復讐」を行った。オセロとキャシオーを同時に葬り去る計略だったが、オセロの代わりに将軍になりたいといった積極的な動機は見えないので、イアーゴには「動機がない」とする批評を生んだほどである。

イアーゴは快楽のために策を弄していると見えるので、かえって不気味なのである。そして、計略によってキャシオーを巻き込んだ争いが起きたとき、オセロが「我々はトルコ人になったのか？」（二幕三場）と疑問を述べたように、ヴェニス社会に亀裂が入っていく。その原因は、イスラム教のような異教徒の勢力とは無関係で、内部に潜む不安が顕在化することによるのである。それが階級を上昇するオセロというムーア人を通して、皆の前に浮かび上がった。もちろん、そのことに一番気づいていないのが、オセロ本人なのである。

【キプロスとデズデモーナ】

都市国家としてジェノヴァとの競争に勝ったヴェニス共和国は、オスマン帝国と対峙する。『オセロ』の世界においては、「オスマン帝国＝トルコ」との戦いが繰り返されている。『ヴェニスの商人』の舞台が交易の海だとすれば、こちらは軍事的な海である。そして、キプロスという島が戦略的にも重要な拠点なので、元老院はオセロ将軍に防衛を任す。

キプロス島が第二幕以降の舞台となり、『オセロ』はヴェニス共和国から切り離されたこの島で、猜疑心や嫉妬が高まり内部崩壊する物語となる。『ヴェニスの商人』で、ヴェニスから船でたどり着くベルモントが富の源泉であり、繁栄を約束する場所であったのとは異なる。また、キプロスは、ロードス島と比べると、砦も不十分で、あくまでも前線基地の役割を果たすにすぎない。

しかも、キプロスは、何よりもイギリスと因縁の深い土地である。十字軍に出かけたリチャード一世の船団が、ここに漂着したことを発端に、住民と戦いとなりイングランドが占有した。そして一一九二年にリチャードから貰い受けたフランス系のリュジニアン家が、その後三百年支配し、さらにヴェニス共和国のものとなり、オスマン帝国が奪取する。そうした争いの渦中にある土地を舞台にしたせいで、シェイクスピアと同時代の観客たちの関心をひいたことは間違いない。しかも、第一次世界大戦後にイギリス領となり、一九六〇年に独立した後も、トルコ系住民とギリシア系住民の対立が存続する土地である。

オセロとデズデモーナとの秘密裏の結婚が、イアーゴの告発によって明らかになる。デズデモーナを横恋慕するロドリーゴをたきつけて、父親のブラバンショーに言いつけ、娘の行方を捜させ、不在を確認させるのだ。娘の裏切りを知ったブラバンショーは公爵に訴えるのだが、シャイロックの場合のような裁判とはならない。ヴェニス共和国を守るという大義名分によって、緊急性が優先されるせいである。そのためオセロは将軍として、デズデモーナを伴って、キプロスへと赴任する。彼は、自分たちが「トルコ人になること」に怯えている。この不安は、当時のキリスト教徒が、改宗させられることへの心理的な抵抗でもあった。

ヴェニス本国で露呈しなかったものが、キプロスで明らかになる。イアーゴは酒が弱いというキャシオーに無理に酒を勧めて騒動を引き起こしたり、ロドリーゴをたきつけてキャシオーを襲わせたりして、キプロスの砦の内側に混乱をもたらす。幸いにもオスマン帝国側の船が嵐のせいで沈没したので、キプロス攻撃を行えない。副官が一時的に職を停止され、旗手が不正を働く状況では、軍隊も動きにくい。キプロス駐在のヴェニス軍は統制がとれずに混乱しているのだ。

九か月の休戦が、オスマン帝国側のキプロス攻撃によって破れ、デズデモーナとの結婚の初夜は、キプロスへの戦艦の派遣で延期となった。これは『ヴェニスの商人』でのポーシャとバッサーニオの結婚が、アントーニオからの裁判をめぐる知らせで延期になったのにも似ている。オセロはデズデモーナという女性と結婚制度による契約にまでこぎつけたのだが、それ以降の出来事はキプロスに持ち越されたので、イアーゴによる介入を許してしまう。

オセロが前線で戦う将軍としてキプロスという島の領有を確保する話と、同じくデズデモーナという妻の行動や意見を制御する話が重ねられているのが、この劇の力強さとなる。主人公を王侯貴族から商人たちへと移した「家庭悲劇（ドメスティック・トラジェディ）」というジャンルが流行するが、その流れと『オセロ』が通じるのは、主人公のオセロが雇われ将軍だからではない。「国内」と「家庭内」との双方をしめす「ドメスティック」に当てはまる脅威を描いたせいである。

キプロスで、オスマン帝国のトルコ人という外敵にではなく、イアーゴやロドウィーゴといった内部の敵により、オセロという有能な将軍の権力は崩壊する。妻殺しという内輪の理由で指揮官を喪失したので、副官のキャシオーが代理のキプロス総督に任命される。イアーゴは「簿記専門のそろばん野郎」（一幕一場）と揶揄した男の出世を助けてしまった。ただし、現場をまとめる旗手であるイアーゴがいなくなり、キャシオーの策が実行できるのかはわからない。こうして有能なオセロを自滅させたことが、ヴェニス共和国の衰退をはっきりと告げている。

イアーゴがオセロにしめす言葉の曖昧さや二重性が、秩序崩壊の一因である。しかも間接的な証拠を見せることで、イアーゴは言葉の隙間を埋めてみせる。オセロが他人の話を信じやすかったのも、オセロ自身がデズデモーナという若い妻を得る際に、戦場や異国の物語を語ることで魅惑したことに通じるのだ。しかも、オセロは、聞き手であるデズデモーナへの信頼を失ったことで、キャシオーの取りなしなどの対話を拒絶してしまい、他人に語りかける言葉の力を奪われてしまう。独白は悪をなすことを自分に向けて説得する言葉となるだけなのだ。戦場での武勇だけでなく、指揮官として決断した言葉の力を信じていたはずのオセロが、妻にも言葉が届かなくなったせいで、猜疑心を増す。そして、ついには自分をコントロールできなくなり、四幕一場でオセロは発作から倒れてしまうのだ。

こうした変化は一種の動物化にも見えてくる。イアーゴは、オセロとデズデモーナの関係を「お嬢さんにアフリカ馬が乗っかって」と皮肉る（一幕一場）。そして、キプロスに視察にきたロドヴィーコーに、「キプロスへようこそ、さかりのついた山羊か猿だ！」とオセロは性的な動物の比喩を使う（四幕一場）。さらには、デズデモーナに対して「けがらわしいヒキガエルがつるんだり」とか「屠殺場の夏のハエが卵を産んだとたんにもう孕む」といった虫を使った比喩でキャシオーとの「不貞」を責め立てるのだ（四幕二場）。しだいに、ヴェニスから離れたキプロスが、動物や昆虫が跳梁跋扈する世界となっていく。そうした言葉がオセロ自身に跳ね返って、本人の姿を現しているように響いてくるのだ。

しかも、「同士討ちはトルコ人もやらない」と戒めていたオセロが殺人を犯すようになることで、かつてデズデモーナに語った、互いに食い合うカニバル（食人種）＝「アンスロポファジャイ」に本人が化してしまった。キリスト教徒として身に着けた文明や共和国内での立場や名誉が、衣裳のように剥ぎ取られていく。オセロを襲うのは、トルコ人つまりイスラム教徒に「改宗」するという恐怖である。そして、彼が真相を知り、妻を殺したことを悔いて、自分の喉首を刀で切り裂いたときには、シリアのアレッポで、トルコ人に対して行った行為を自らへと向けるのである。そのとき、オセロはトルコ人となっている。あるいはイスラム教徒と同一視されるムーア人として、野蛮人へと退化してしまった自分を罰するのである。

【スペインへの対抗意識】

シェイクスピアの演劇が、東地中海世界の覇者としてのヴェニス共和国へ関心を向けている裏には、西地中海世界で勢力をもつようになったスペイン帝国への関心がある。一四五七年にアラゴン王国とカスティーリャ王国が統一されてスペイン帝国はでき上がった。一五八八年に、無敵艦隊との衝突で、イギリスがスペイン帝国と直接ぶつかったのも、ヘンリー八世の離婚問題のせいである。妻であるアラゴン王国のフェルナンド二世の娘キャサリン、通称キャサリン・オブ・アラゴンと無理やり別れるために、カトリックと断絶し、英国国教会を作ることになった。

このあたりの動きに関しては、『ヘンリー八世』としてシェイクスピアも劇作している。それでも、カトリックによる反動の動きは、フェリペ二世と結婚したメアリー女王によるカトリック回帰の断行や、一六〇五年のジェイムズ王に対する「火薬陰謀事件」などと続くのである。[11] 絶対王政に向かうプロテスタント側だが、ジェイムズ王はスペインとの関係を荒立てたいと思っていたわけではない。北大西洋において、スペインの力はまだ強かったからだ。

イアーゴが「サンチアゴ」に由来するスペイン系の名前であるように、スペインへの関心はシェイクスピア劇にも潜んでいる。最後にオセロがイアーゴを斬りつけ、さらに自害に使用したのは「スペインの剣」だった。オセロがモーリタニア出身のムーア人で、腹心の部下がスペイン系の名前をもつことからも、デズデモーナのヴェニスやキャシオーのフィレンツェというイタリア本土とは異なる価値観がそこにあるように感じられる。オセロとイアーゴが西地中海世界の出生であることが、最終的にヴェニス社会と相容れなかった原因かもしれない。

また、『恋の骨折り損』(一五九四年)の舞台となったのはナバラ王国だった。これはバスク地方にあり、歴史的にはスペインに帰属してきた。ただし、キプロス同様にイギリスのかつての領地だった「アキテーヌ」と隣接し、フランスの支配下だった時期もある。『恋の骨折り損』ではフランス色が前面に出ているのだが、ドン・アーマードというスペインの兵士を登場させている。これは手柄を偽る「ホラ吹き兵士」の系譜に属する人物だが、名前の「アーマード」が無敵艦隊をしめす「アルマダ」から来ていて、落ち目の兵士はそのままスペインへの揶揄とみなせるのだ。

しかも、スペインのアラゴンと関連したキャラクターは、シェイクスピア劇に二人登場する。『から騒ぎ』（一五九八年）のドン・ペドロはアラゴンの領主であり、その弟のドン・ジョンは兄やその仲間を陥れようとする。また、『ヴェニスの商人』でポーシャの求婚者の一人はアラゴンの王子だったが、銀の箱に目が行ったことで正解に達することはできなかった。どこか戯画的な役割が与えられているのである。

シェイクスピアの作品内に、スペインはさまざまな姿を取って潜んでいる。エリザベス朝のイギリスは、西地中海から大西洋へと軸足を移すスペインを意識せずにはいられなかった。ジェイムズ王になってスペインとの関係を改善しようとしたが、ライバル視せざるを得なかった。スペインを牽制し対抗する対策として、敵の敵は味方の論の通り、敵対するオスマン帝国やモロッコのムーア人を交易相手とし、交易所を設立する動きもあった。スペインは、イギリスにとりライバルでなおかつ脅威であり、だからこそ物笑いの対象とする必要があったのである。

【戦争の海から商業の海へ】

当時のグラマー・スクールで学ぶプラウトゥスの古典を基にして、東地中海の商業ネットワークを描き出したのが、『間違いの喜劇』だった。初期喜劇らしく、登場人物の舞台への出し入れで笑いをとり、錯誤を多用していた。双子の子供が誕生したシェイクスピアにとり、双子は「ダブル」という主題を深める契機となった。しかも、ダブル（＝倍増）が商業での貨幣の流通や投資や商業的な価値と結びついて理解される。シェイクスピアの父親は、ストラットフォードの商人でもあったし、シェイクスピア自身もロンドンに出て一攫千金を狙う冒険的な試みをしたので、「冒険商人」を理解する前提をもっていた。

こうした『間違いの喜劇』の延長上に、『ヴェニスの商人』と『オセロ』の二つのヴェニス物を通じて、シェイクスピアは同時代的な課題を浮き彫りにした。ヴェニス共和国は「異邦人」を利用することで、商業的にも軍事的にも利益を得ていた。海外との交易を維持する資金源のひとつが、ユダヤ商人のネットワークによる高利貸しだった。これはヴェニスのキリスト教徒だけで資金調達ができないときの安全弁となる。また、オスマン帝国の艦船からヴェニスの船を護るために、傭兵からなる艦隊が活躍し、敵の軍艦や海賊を通商路や領土から駆逐する。商業を継続するには軍事的な後ろ盾が必要となることがわかる。

ただし、シャイロックやオセロが「逸脱した借用契約」や「異人種間の結婚契約」によって境界を侵犯したとみなされると、ヴェニス社会の「自浄作用」が働き、契約関係を無効にしてしまう。シャイロックの証文もオセロの結婚もヴェニスの社会では合法である。そのため、証文による契約そのものの破棄や、口頭による結婚の約束から挙式に至る妥当性に、直接攻撃は加えられない。そこで、『ヴェニスの商人』では裁判で証文の解釈を変更することによって、『オセロ』では不倫関係にあると錯誤させることによって、契約そのものを台無しにしてしまう。

『ヴェニスの商人』と『オセロ』の二つのヴェニス物は、東地中海の覇者となったヴェニス共和国の裏側を明らかにすると同時に、帝国の支配を広げる際のリスクを教えてくれる。両方を結びつける証拠とも言えるのが、「Z」と「T」の一字違いの「グラチアーノ（グラシアーノ）」が共通して顔を見せることである。

もちろん、劇中に多数の人物を登場させたシェイクスピアは、同じ名前を使いまわすことも多い。たとえば、『じゃじゃ馬ならし』のじゃじゃ馬ケイトの妹はビアンカで、キャシオーの相手の娼婦もビアンカだった。アントーニオなど、『ヴェニスの商人』以外に、全部で五作品に姿を見せる。そのため、グラチアーノの登場は偶然にすぎないかもしれない。

けれども、どちらのグラチアーノも、主人公級の人物ではないにしても、共和国がもたらす利益を享受する一般市民なのである。『ヴェニスの商人』では、バッサーニオといっしょにベルモントへと出かけ、ポーシャの侍女のネリッサと簡単に結ばれる。グラチアーノも財産はないようだが、ロレンゾみたいに異民族間の結婚における苦悩はない。指輪の試練を除くと、同世代の三人の若者の中では、いちばん試練や苦労なしに結婚相手を手に入れるのだ。また、『オセロ』では、グラチアーノはデズデモーナの父親であるブラバンショーの弟であり、オセロとデズデモーナの死後に遺産を相続する。「この邸とムーアの財産を押収しなさい、あなたが相続すべきものだ」（五幕二場）とロドヴィーコーが忠告する。グラチアーノのような貴族階級の市民こそが、法律や軍事の力でヴェニス共和国が維持されることを願っていた。

シェイクスピアは、東地中海へと関心を向けた劇で、商人たちの交易だけでなく、「海難事故」「奴隷」「傭兵」といった海洋国家となる条件を探っている。実際に植民地経営をするときには、海から陸へと観点は移っていく。そのため、新大陸などの植民地で、どのような課題が生じるのか、何を行うべきかをシミュレーションした劇も書かれることになった。それを次の章で扱うことにしよう。

注

（１）　第二次世界大戦後のさまざまな分野において地中海世界への関心を新たにしたのは、フェルナン・ブローデルだった。代表作の『地中海』の原題は「フェリペ二世時代の地中海人と地中海世界」だった。十六世紀に、ヴェニス共和国が地中海での覇権を失い、代わりにスペインが台頭し、それがさらにオスマン帝国との戦いで覇権を握られてしまうことになる。そして、今度はヨーロッパの内海としての「大西洋」が新しくせり上がってくる時代になっていた（玉木俊明『海洋帝国興隆史』）。

（２）　宮廷内の余興の催しと深く結びついているのが、『十二夜』だった。ジェイムズ王の時代には、シェイクスピアが得意とする台詞劇ではなく、音楽や舞台装置で見せるパフォーマンスが主となる仮面劇が流行していた。仮面劇でベン・ジョンソンやジョージ・チャップマンなどが活躍する。さらにイーニゴ・ジョーンズなどの舞台設計家が活躍したのである。夫とともにイギリスを訪れたポカホンタスが、そうした仮面劇のひとつに参加したという記録もある。

（３）　紳士になるためのマニュアルとして、バルダッサーレ・カスティリオーネの『宮廷人』（一五二八年）がヴェニスで出版され、英訳は一五六一年に登場した。エリザベスの宮廷に集う者たちにとって必要な本となった。また「名誉のための決闘」という考えについても『宮廷人』とともに入ってきてはいたが、「決闘（デュエル）」という語が定着したのは一五九〇年代で、新しい価値観だった（マルク・ペルトネン『初期近代イングランドの決闘』）。それだけに、ジェイムズ王の時代にはマニュアルも必要となった。過渡期に位置する『ハムレット』のレアティーズと剣を交える際に、純粋なスポーツとしての剣術試合と、名誉を守り疑いを晴らす決闘との二面性が働いているのだ。そして、マニュアルに頼るのは貴族だけでなかった。商用文の技術が商人たちに求められた。十五世紀以来の「レターマニュアル」の歴史をたどった稲津一芳の『英語通信文の歴史』によると、フランス語やラテン語の手紙文の書き方を参考にしながら書式は徐々に作り上げられていった。またリン・マグヌセンは『シェイクスピアと社会的ダイアローグ』で、エラスムスなどによるラテン語での手紙の書き方が、しだいにイギリス社会に浸透したと論じている。商業用の実用文という新しい技術が、海外貿易に必要な要件となっていた。

(4) ソネットのイングランドによる受容を扱った本としては、アントニー・モーティマー編著の『イギリスルネサンスにおけるペトラルカの抒情詩集(増補改訂版)』がある。ペトラルカの詩がスペンサー、サレー、ダニエル、ワイアットなどの詩人たちにより翻訳されてきた歴史が見て取れる。アラブ詩とソネットの類似に関しては、マリア・ローサ・ミノカルが『中世文学史におけるアラブの役割』で指摘して、シチリアを文化の交流点とみなしていた。高山博は『中世シチリア王国』で、十二世紀ルネサンスを用意したものとしてシチリアを重視する。その後、ソネットの形式はキーツなどロマン派の詩人たちに愛される。そして、十九世紀末のオスカー・ワイルドは、「アルプスにたどり着いた。イタリア、私のイタリア、お前の名前だけで、私の内なる魂は燃える」と始まる一編のソネットをイタリアに捧げた。「イタリー」ではなく「イタリア」を使い、イタリアで生まれたソネットの形式を使ってイタリアを賛美する。しかもそれだけでなく、第二のペテロの殉教という語句で、シェイクスピアのソネット集がもつ同性愛的な主題へのオマージュをこっそりと忍ばせていた。

(5)　プラウトゥスを思い切り現代的に英訳したエイミー・リクリンは、『ローマと神秘的なオリエント——プラウトゥスの三つの劇』で、すでに東西の交流が描かれていたことを指摘する。とりわけ『ペルシア人』が、広範囲な通商路を浮かび上がらせている。しかも、シェイクスピアは、主人と下僕の主従関係という喜劇におなじみのパターンを取り入れたのである。劇団ではタールトンなどの道化専門の役者たちが活躍していたが、やがて人気が衰えていった。それが座付き作者であるシェイクスピアの作劇にも影響し、『リア王』の途中で退場した道化が舞台に現れない「道化の死」(野島秀勝)が訪れた。

(6)　「国づくし」はいろいろなところに登場する。『ヴェニスの商人』の一幕二場では、ポーシャの求婚者たちはヨーロッパ中から集まっていて、そこでポーシャは侍女のネリッサを相手にナポリの公爵やフランスの貴族などの品定めをする。「イギリスの若い男爵」は英語以外話せないし、ファッションもチグハグだと悪口を述べる。また『オセロ』では、イアーゴが、キャシオーに酒を勧めるときに、「イギリスの連中は揃いも揃ってうわばみだ」と断言する。イギリスへのこうした言及は一種の約束事であり、ハムレットがイギリスへ送られるときに「狂人たちの国」と称することで笑いを誘う。東地中海世界を舞台にしているので、後進国イギリスへの自嘲にも聞こえるが、自分を笑えるまで自信をつけてきた証拠だとも言える。

(7)　ネルの身体の比喩は、『ヘンリー四世』二部作と『ヘンリー五世』では、フォルスタッフの布袋腹として姿を見せる。彼は酒好きの「ほら吹き兵士」の系譜に属するが、身体的な特徴のせいで、正邪が共存するグロテスクな身体の持ち主とされる。また、『コリオレイナス』の冒頭で、アグリッパが、反逆する市民たちと「お腹」をめぐり議論するように、成員となることが身体と結びつくのである。フォルスタッフが最終的に追放されるのは、「政治的身体」としての王権から捨てられる立場であることをしめしている。

（8）ヴェニスでのグラチアーノのシャイロックに対する批判の中で、ピタゴラスの輪廻転生説が持ち出され、前世は「貴様の野良犬の根性は狼に宿っていた」と出て来る（四幕一場）。さらに、五幕一場で、「君の目に映るいちばん小さな星屑も空をめぐりながら天使のように歌っている」と天体の音楽への言及があるのは、プラトン＝ピタゴラス＝プトレマイオスの数学に基づく「天体の音楽」説が、ルネサンス期にリバイバルしたこととつながる。チャールズ・H・カーンは『ピタゴラスとピタゴラス学派小史』で、ピタゴラス学派がもつ合理性とオカルト性とがぶつかり、ピタゴラス学派だったケプラーが合理性を追求し、数学的に簡潔な説明を求めて地動説を述べた、と結論づけている。

（9）シャイロックたちがどのような解剖学的な知見に基づいて、肉一ポンドの切り取りを行おうとしたのかは興味深い。ハムレットに出てくる道化のヨリックの頭蓋骨は有名だが、ここでも金の箱から髑髏が出てくる。十六世紀の解剖図で有名なアンドレアス・ヴェザリウスは、パドヴァ（パデュア）大学の解剖学教授でもあったので、ポーシャの従兄であるベラーリオ博士の同僚だったかもしれない。ヴェザリウスはヴェニス艦隊に守られた聖地巡礼の旅に出てそこで亡くなった。また、ウィリアム・ハーヴェイの血液循環説が確立するのは一六二八年の『動物における血液と心臓の運動について』によるので、『ヴェニスの商人』の時期には、肉を切り取って流す血に関していくつもの考えが併存していた。心臓付近の肉一ポンドを乱暴に切り取ると死をもたらすのはわかっていただろうが、はたしてそれが血液循環を断ち切るからだ、と理解していたのかは不明である。

（10）奇妙な証文はこの劇の他の場面でも登場する。ポーシャの求婚者の一人であるスコットランドの貴族が、イングランドの貴族に殴られて、その仕返しをいつかする、という証文を取り交わすのである。イングランドとスコットランドとの対立なので、政治的な読解をしたくなるエピソードだが、『じゃじゃ馬ならし』でも知られるように、結婚の際にも、財産譲渡も含めて詳細な証文を取り交わすのである。

（11）これは首都ロンドンに密かに潜入したカトリック勢力による議会と王の爆破を試みた陰謀だった。この記憶が姿を変えて語り直されたのが、ブラム・ストーカーの『吸血鬼ドラキュラ』（一八九八年）だったと言える。アイルランド生まれのストーカーは、稀代のシェイクスピア役者ヘンリー・アーヴィングの秘書で、さまざまなシェイクスピア劇の引用とアリュージョンからこの小説を仕立て上げた。これに関しては拙著『ドラキュラの精神史』を参照のこと。

第３章　征服者の驕りと土着の反乱

エリザベス一世下のイギリス（イングランド）は、海賊による略奪行為などで富を獲得しながら、「海洋国家」を目指した。海外との通商には潤沢な資金が欠かせず、その航路を維持するには軍隊による護衛を伴う点を、『ヴェニスの商人』と『オセロ』の二つのヴェニス物は見据えていた。

外国との交易以上の富を手にするには、利益を定期的に、そして独占的に獲得できる植民地をもつことが有利となる。そこで植民地の設立とその「経営」が、エリザベス朝からジェイムズ朝にかけての国家的な課題となった。当然のことであるが、エリザベス朝の宮内大臣一座から、ジェイムズ朝の国王一座の座付作者として、シェイクスピアも植民地化の動きに敏感に反応したのである。

中でも有名なのが、絶海の島を舞台にした『テンペスト』（一六一一年）である。イタリアと北アフリカの中間に位置する地中海の島のはずなのに、大西洋のバミューダ島での出来事が重ねられている。そしてナポリの王とともに難破したゴンザーロという老貴族は、到着した島で自分のユートピア像を描く。「もしもこの島に私が植物を植えるなら」（二幕一場）と言いかけるのだが、そこには植民地化の意識がうかがえる。ユートピアとして植民地を構想することは、宗教的な弾圧から逃れる「現実逃避」のためだけでなく、経済的な理由での「海外雄飛」をも誘うものだった。

そうした植民の意識がいきなり生まれたわけではなく、古代から存在した。「ブリテン」という語を初めてギリシア語で記載したのは紀元前四世紀のピュテアスだった。彼はギリシア語を使ってはいるが、出身地はマッシリア（現在のフランスのマルセイユ）で、そこはギリシアのポカイア人によって紀元前六世紀に建設された植民都市であった。植民地人であるピュテアスは、マッシリアから帆船を操り、ブリテン島までやってきて、現地人の発音を地名として書き留めた。ブリテン島のコーンウォールで産出する錫などの鉱産資源は、古代の地中海にも知られていて、フェニキア人などが訪れて交易していた。すでに紀元前六世紀には、カルタゴのヒミルコが来訪していて、その記録にある「アルビオン」という記述が、イギリスに相当すると考えられている。

マッシリアのピュテアスは、探検をさらに続けて、北方の「トゥーレ」にたどり着いたとされる。このトゥーレという地名が北のどこを指すのかは不明なままである。ただし、幻想的な地名としてゲーテをはじめ文学に大きな影響を与えてきた。このピュテアスが育ったマッシリアのような海岸沿いの交易都市ではなくて、植民者が資源や富を求めて内陸に領土を拡張するときに、暴力的な征服が行われる。

スペインの征服者コルテスによる一五二一年のメキシコのアステカ帝国、さらに、一五三一年から五年にかけてのピサロによるペルーのインカ帝国の征服と破壊が有名である。被征服者となった先住民との対立や争いだけでなく、ピサロとアルマグロがペルーのクスコの領有をめぐって戦ったように、植民者どうしの不和や覇権争いも生じた。イギリスも、ポルトガルやスペインの植民地主義の流れに追随したのである。

この章では、北方のゴート族を隷属させるローマ帝国を描いた『タイタス・アンドロニカス』(一五九三年)をまず扱う。これはアンソニー・ホプキンスが主演した映画『タイタス』でも知られるようになったが、まさに流血の劇である。「復讐劇」と呼ばれる当時の流行に合わせたものだが、征服者ローマと被征服者ゴートの間での復讐の連鎖は、現在のテロリズムにつながる暴力の応酬を想起させる。狂言回しに、オセロと同じムーア人を置いているせいで、現代的な読み直しを迫る作品となっている。

次にイングランドによる植民の予行演習の場となったアイルランドの支配が描かれた『リチャード二世』(一五九五年)を取り上げる。アイルランドの反乱鎮圧に向かい成功する王でありながら、親戚のボリンブルックに王冠を剥奪されたリチャード王の姿は皮肉である。イングランドの王権にとって、アイルランドの帰属と併合は、今も喉元に刺さった棘となっている。すでに占領が完了したウェールズは、次の王の候補である王太子に「プリンス・オブ・ウェールズ」の称号を与える根拠となっている。

そして『テンペスト』において、植民地をめぐる課題が描かれ、現地の先住民の反乱をどのように無害化するのか、という操作が、「和解」のもとに語られる。さらに、資源もなく利益を生まない植民地の放棄までもが、幻想的に描かれているのだ。

1　植民地の管理と反乱

【海賊から植民地建設へ】

イギリスが植民地を建設するためには、先進国のポルトガルやスペインは、ライバルであるとともに、そこから学ぶことも多かった。植民地を建設するときの心得を、フランシス・ベーコンが書き記している。[1] ベーコンが死の直前の一六二五年に出した『随筆集』の第三版には、「植民について」と題する文章が載っている（以下渡辺義雄の訳による）。それによると、植民をすることは昔から「原始的で英雄的な事業」だったとして、方法に関して注文をいくつか述べている。これまでの植民地の失敗は「急いで利益を引き出したこと」が原因だとし、「国の植民は樹木を植えるようなもの」なので、二十年間利益が出なくても我慢することを求め、長期プランが必要だ、と主張する。

ベーコンが「植民について」を発表した時期には、すでに「プランテーション」という言葉は植民行為と理解されていた。しかも、植民を植林となぞらえる用法は、『テンペスト』のゴンザーロの「もしもこの島に私が植物を植えるなら」（二幕一場）という台詞に通じる。さらに、ベーコンは「私は処女地への植民を好む」として、先住民を排除しないで済む場所を求める。「国民の屑や邪悪な犯罪人」以外の普通の人々で植民を行い、利益を優先するような「商人を入れるな」と忠告する。そして「未開人」には「ガラガラで喜ばせるだけでなく、彼らを正当かつ親切に取り扱うがよい」と植民地経営への意見を短くまとめている。

ベーコンが指摘したように、エリザベス時代から行われた植民は何か所も失敗していたので、起死回生のために、北米の「ニューファンドランド」や「ヴァージニア」さらに南米の「ギアナ」といった場所を有力な植民地候補とみなす植民計画のパンフレットが、いくつも出版された。

たとえば、ベーコンの「植民について」とほぼ同じ一六二四年に、リチャード・エバンが著した『プランテーションへの平易な道』もそうしたパンフレットのひとつだった。ニューファンドランド島への入植を正当化して促進する提案が書かれていた。エバンは、農夫と商人の対話を通じて、植民は個人ではできず「議会」の手によるべき公的な行為だとして、その資金をどこから調達するかをめぐり、宗教的な意義をもつので教会が負担すべきだとする。

布教と植民が結びついていることがわかる。さらにベーコンと同じく、従来のように囚人などに頼っては、植民地建設が進まないので、幅広い人材が必要だとする。そして、イギリス社会を構成するいろいろな職業名を並べる。さらに、若者を教育するために教師も必要だとして、植民地の長期的な展望を述べている。ベーコンの意見と重なるところもあり、商人と宗教者に向けた具体的な提言も含まれていた。

こうした植民地建設において、領土を獲得する尖兵となるのが、暴力行為を担当する海賊たちだった。カリブ海や北米で活躍する「海賊の巣」となったのが、ロンドンから遠く西にあるデヴォンやコーンウォールの一帯だった。

十七世紀には、大西洋の両岸で海賊の扱いに関する意見が対立した。平和時の「私掠船」が戦争時には「軍艦」となって活躍することを肯定する者は、当然ながらイギリス側に多かった。十七世紀の重商主義経済学者であるチャールズ・ダヴェナントによると、イギリスの帝国的な姿はローマ帝国と似ていて、ローマも建国時には「泥棒や放浪者や逃亡奴隷や負債者や無法者」から成り立っていたが、その後秩序をもつ国民となった歴史があるのだから、ある程度長い目でみるべきだと主張する。これは明らかに自己を正当化する理屈だった（マーク・ハンナ『海賊の巣とブリテン帝国の勃興』）。ダヴェナントは、すでに「東インド貿易論」などの植民地論を展開していた。そこで、海外の富を持ち帰って、宗主国イギリスを豊かにするという大義を疑ってはいなくて、むしろ天命と感じていた。

　他方で、十六世紀末に、植民地が置かれたアメリカ側では、海賊を敵視するようになっていた。ペンシルバニア（ペンの森）に名を残すウィリアム・ペンは、過去の海賊行為が植民地に及ぼした悪影響を訴え、そこからの離脱を図ろうとした。イギリスからの独立を求めた背景には、海賊との決別もあった。とは言え、海賊行為自体が下火となるのは、一七四〇年ごろだとハンナは結論づける。十八世紀にスペインとの競争が一段落を告げたのが原因だとされる。イギリスが海上覇権を握ったので、「海賊」という不都合な存在の浄化に努めたのである。違法と合法の境界線にいた海賊が、本格的に排除された。

　帝国を拡張して植民地を経営していくには、海賊行為をコントロールする必要があった。長期プランに基づいて植民地建設を考える際に、「泥棒や放浪者や逃亡奴隷や負債者や無法者」をどのように扱うのか、あるいは先住民とどのような関係を確立するかに関してさまざまなシミュレーションが考えられる。劇やパンフレットの形でそれが提示された。こうした出来事は、アメリカで「西部開拓」を扱う「西部劇」で描き続けられてきた内容と共通する。その糸口となるものが、ロアヌーク植民地を試みたウォルター・ローリー卿や、ヴァージニア植民地のジョン・スミス船長の話として、すでにエリザベス朝からジェイムズ朝にかけて描かれていた。

【アイルランドから大西洋への拡大】

海外との通商や海賊行為だけでは、イギリスに流入する富は飛躍的に増えはしない。排他的な独占権をもつ自前の植民地を得るのが手っ取り早い。だが、それには、奴隷交易を含めた植民地を経営するノウハウを「先進国」から手に入れる必要があった。海外に植民地を建設するとしても、相応の準備がないと難しい。世界一周などの航海用の船を建造する資金とは投資の規模が違うのだ。どこかに土地を確保し、利益を直接得るには、個人の負担を超えた資金や人材を確保しなくてはならない。

そのために、王から特権を与えられた交易のための勅許会社が次々と設立された。現地との交易の独占権をもち、植民地建設に必要な資金とリスクを複数の投資家に分散することになる。これは近代的な株式会社の設立につながっていく。女王が海賊稼業に資金を提供をした手法とも通じる。

こうした交易会社としては、百九十一人のメンバーの出資により一五五五年に設立された「モスクワ会社」が皮切りとなった（勅許を獲得したのは一五七七年）。北回りで中国へと向から北東航路を模索するなかで、モスクワ大公国との交易を独占し、主としてシベリアの毛皮の輸入を行う会社となった。だが、タラ漁のために北海からロシアに進出したオランダとの競争が待っていた。

地中海でオスマン帝国と通商をするのが「レヴァント会社」（一五九二年）だった。地中海地域に毛織物を輸出し、ヴェニスからワインやオリーブの輸入も行っていた。さらにオランダやフランスのライバルとして、日本の平戸にも進出した「東インド会社」（一六〇〇年）がある。ウィリアム・アダムスが一時期ここに雇用されたように、日本とイギリスが直接接触する場となっていた。

北米の植民地向けとして、「ヴァージニア会社」（一六〇六年）、「マサチューセッツ湾会社」（一六二九年）、「ハドソン湾会社」（一六七〇年）が続く。そして、奴隷貿易を独占して悪名高い三角貿易を行った「王立アフリカ会社」（一六七二年）、さらには、貿易よりも投資に軸足をずらしたことで、バブル崩壊の語源となった事件を起こす「南海会社」（一七一一年）と次々と作られていった。

このような勅許会社は、文化や資源の情報を求め、利益を得るためのさまざまなノウハウを蓄積していった。それが十八世紀以降の「大英帝国」の発展に大きく寄与する。そうした植民の「予行演習」あるいは「実地訓練」となったとされるのが、アイルランドとの関係だった。十五世紀を舞台にした薔薇戦争でも、アイルランドの支配をめぐり、反乱を鎮圧する話が登場する。『ヘンリー六世・第二部』や『リチャード二世』といった歴史劇に、アイルランドへの言及がある。

それはなにも年代記に登場する遠い昔の出来事だからではない。忘れられがちだが、シェイクスピアと同時代のイギリス（イングランド）は、アイルランドと政治的にも軍事的にも緊張状態にあった。

エリザベスが君臨する一五九三年には、ヒュー・オニールが率いるアイルランド側が立ち上がり、「アイルランド九年戦争」と呼ばれる長い戦いが始まった。宗教的な代理戦争の要素もあり、カトリック国アイルランドの「反乱軍」をスペインが後押ししていた。最終的に、一六〇三年のエリザベス女王の死と、戦費による国庫の払底と、三万人と言われるイングランド兵の死（主に病死）のせいで、次のジェイムズ王は翌年に和解案を提示する。そして、オニールを破った功績でデヴォンシャー伯となったマウントジョイの下で統治が行われるのだが、彼の死後の一六〇七年には、アイルランド側の諸卿が大陸へと逃げ出してしまう。そこで、「アルスター植民地」と呼ばれる新たなイギリス（イングランドとスコットランド）による植民が進むのである。

現在まで続く「アイルランド問題」が深刻化したのは、シェイクスピア死後のいわゆる「ピューリタン革命」によってである。信者による「鉄騎隊（アイアンサイド）」を編成して勝利したクロムウェルが護国卿に上りつめていくなかで、重商主義的な性格を強め、交易をイギリス船に限定するという航海条例を出す。そして、一六四九年にはアイルランドへと侵攻し、さらなる収奪を行った。それは中世以来のアイルランド植民を強化する結果となった。

こうした状況の中、シェイクスピアと同時代の詩人のエドマンド・スペンサーやウォルター・ローリーも、アイルランドで戦った。とりわけスペンサーは、宮廷内での出世のために、アイルランドからエリザベス女王を露骨に讃える長編詩『妖精の女王』を捧げたほどだった。シェイクスピアが劇作をする傍らで、アイルランドとの争いや植民地支配が続いていた以上、劇中にアイルランドへの言及があるだけでなく、さまざまな支配関係の表現にも影を落とすことになる。

また、シェイクスピアが『ソネット集』を捧げたパトロンであるサウサンプトン伯爵とつながるエセックス伯爵は、アイルランド九年戦争に自ら志願して鎮圧に出かけた。だが結局失敗して、女王の不興を買い失脚してしまう。それが、一六〇一年のクーデターへとつながっていく。しかも決行の直前に彼らの前で上演されたのが、他ならぬシェイクスピアの『リチャード二世』だった。シェイクスピア作品が当時帯びていた王位簒奪の劇としての政治的な意味が明らかになる。劇中にアイルランド遠征問題を含んでいることが意味合いを強めたのだ。

【従属か、それとも同化か】

植民地支配では、征服し併合した相手と、どのような関係を結ぶのかが大きな課題となる。ひとつの現実的な解決策は、征服した相手との結婚による同化だろう。

アテネ郊外の森を主な舞台にした喜劇『夏の夜の夢』（一五九五年）は、アテネの公爵シーシアスとアマゾン族の女王ヒポリタの結婚が全体の枠組みとなっている。さらに二組の恋人たちが、森での混乱を通じて真の相手を見つけて結婚し、仲違いをしていた妖精の王と女王とが和解する。そして、月の満ち欠けを背景に、パックをはじめ妖精たちが活躍し、職人たちによるドタバタ劇が宴に花を添える。メンデルスゾーンが劇の付随音楽として作曲した「結婚行進曲」は日本でも有名だが、おかげで『夏の夜の夢』は、ハッピーエンドの祝婚劇とみなされてきたのだ。

このシーシアスとヒポリタから、「征服者＝男性」と「被征服者＝女性」という図式を読み取ることは難しくない。「ブリタニア」や両アメリカを表す「コロンビア」がラテン語による地名表記だけでなく、女神として表現されるように、土地は女性化されるのである。アマゾン族はギリシア神話に登場し、シーシアスとのエピソードは、チョーサーの「騎士の話」に由来するのだが、アテネに押し寄せてきたアマゾン族を平定したことで、シーシアスは英雄となったのである。

これはイングランドの新大陸植民地であるジェイムズタウンでのポカホンタスとジョン・スミス船長との出会いの神話と通じる。ポカホンタスは、ポウハタン「酋長」の娘で、ジェイムズタウンを救ったとされる。殺されかけたジョン・スミス船長を救ったのがはたして彼女の「心優しさ」だったのかどうかは、船長の回想録以外の証拠はない。

ポカホンタスは最終的に改宗して、イギリス人ジョン・ロルフと結婚し、レベッカと改名する。どこまでが自発的な行為なのかは明確ではないが、改宗し結婚したことで「プリンセス」として扱われた。これはポルトガル人がアジアやアフリカの家事奴隷を入手すると、まずは洗礼を行うのにも通じる（ソウザ『大航海時代の日本人奴隷』）。その儀式によって、自分たちの生活圏の一員とみなせるのである。ポカホンタスは英語を習得した後、夫とともに「教養ある野蛮人」として、ジェイムズ王の宮廷に連れてこられた。宮廷の仮面劇にも参加し、ケント州のグレイブゼンドで一六一七年に亡くなった。ただし、葬られた教会が失くなってしまったので、墓の所在は今も不明のままである。

植民地で苦しむ白人男性に共感し救済したのが「アメリカ・インディアン」という先住民の女性、というポカホンタスの図式は、元は首長の娘なのにコルテスに献上されて奴隷身分から洗礼を受けて通訳となったマリンチェの場合と似ていて、どちらも征服者側により都合よく語り直されてきた（ハイジ・ハットナー『植民地の女性たち——スチュアート朝演劇の人種と文化』）。野蛮な「食人種」が男性によって表現されるのとは対照的に、ポカホンタスは植民者を助ける魅力的で「心優しい」女性として描き出される。結果としてエキゾチシズムをかきたてる西のインドという「オリエント」にいる、白人男性にとって都合の良い女性となってしまうのだ。

しかも、十八世紀以降も、ポカホンタス神話は、他ならぬアメリカで生き延びてきた。ディズニーのアニメ映画（一九九五年）で、ポカホンタスと青年ジョン・スミスとの恋物語に読み換えられたように、現実の先住民との関係は、『夏の夜の夢』と同じくロマンティックなものへと改変されてしまう。そうした変換のパターンさえも、シェイクスピアの劇の中で用意されていた。

2 『タイタス・アンドロニカス』とゴート族

【征服者と被征服者】

『夏の夜の夢』のシーシアスと結婚したアマゾン族の女王ヒポリタが、征服者となったシーシアスへの反感を抱くのを止めることはできるのだろうか。現実のポカホンタスが、スミスとロルフの二人のジョンに対してどのような思惑をもったのかは記録にない。二人の息子であるトマスはアメリカに戻り、成功を収め、現在の子孫たちは出自を誇る。だが、ポカホンタスやヒポリタ本人が、復讐心や嫌悪感をもっても不思議ではない。そうした植民地や征服をめぐる軋轢を「復讐劇」の形で描いたのが、『タイタス・アンドロニカス』である。

日本ではあまり知られていない劇だったが、アンソニー・ホプキンスが主演した映画の『タイタス』（一九九九年）で知名度が上がった。ホプキンスの当たり役となったハニバル・レクターという殺人者の演技と重なるところを観客が感じ取ったのである。流血の残酷な場面をためらわず演出したジュリー・テイモア監督は、『ハムレット』を下敷きにしたとされるアニメの『ライオン・キング』のミュージカルの舞台演出でも知られ、後の『テンペスト』（二〇一〇年）では、プロスペロ役をヘレン・ミレンに演じさせて、男女を入れ替えたことで物議を醸した。たえず挑戦的な演出家の一人である。

『タイタス・アンドロニカス』は、一五九四年にクォート版と呼ばれる版本が出た後、生前に三回出版されたので、人気があったことをうかがわせる。ドイツでは一六二〇年代に最初の翻訳が出て、宗教戦争である三十年戦争の中で人気を得た（ヤン・フィリップ・リームツマ『信頼と暴力』）。それでいて、「見世物としての残虐性」から、上演の可能性を疑った十八世紀のサミュエル・ジョンソンや、「馬鹿げているので、シェイクスピアの手になったとは全く思えない」と全否定する二十世紀前半のT・S・エリオットなど、多くの批評家が手厳しい批判を加えた。そうした反発のせいで、現在に至るまで評価が低かった。

否定的な評価を招いたのは、娘の手や舌が切断されるとか、父親が自らの手を切り落とすとか、仇に「人肉パイ」を食べさせて復讐する、といった残虐な行為があるからだけではない。ローマ史劇なのに、狂言回しにムーア人がいるなど、議論を招く要素をたくさん含む。シェイクスピアが生み出した「おぞましい」劇として、かつてはほとんど上演されなかったが、二十世紀後半になって、支配と暴力をめぐる強烈な表現を伴う劇とみなして、再評価が進んでいる。

ローマの将軍タイタスが、ゴート族との戦いに勝利し、女王のタモラおよび息子たちを捕えて凱旋するところから、『タイタス・アンドロニカス』は始まる。タイタスは実在の人物ではない。ゴート族が東と西の王国に分離する前の時代なので、ゴート王国があった四世紀ごろの話とみなせる。劇中で、ゴート族は地理的にローマの北の「蛮族」とされ、平定した相手をローマがどのように扱うのかを描いている。

アンドロニカス一族の長で、将軍のタイタスが五度目の勝利を得て、いわば戦利品として女王タモラと息子たちを連れ帰った。勝者であるタイタスが、味方の犠牲を贖(あがな)うために、征服したタモラの長男アラーバスを見せしめに殺害した。母親タモラは息子の命乞いをするのだが、「みな殺された兄弟を弔うために生贄を求めている」として聞き入れられなかった。

そして、タイタスを元老院は戦功から皇帝に選ぼうと目論むのである。

それに対して、「権利を守れ」と呼びかける先代の皇帝の二人の息子は、皇位が自分たちにくるべきだと主張する。タイタス支持派の筆頭がタイタスの弟で護民官のマーカスでもあり、皇帝一族とアンドロニカス一族の争いとなる。ゴート族という外部とローマとの闘争が、ローマ内部の覇権争いへと転じていくのである。捕虜となったゴート族の王族による復讐と、ローマ人たちの対立との絡みあいが、この劇の骨格をなすのだ（こうした凱旋で始まる構図は『ジュリアス・シーザー』や『コリオレイナス』でも採用される）。

タイタスは身を引き、先帝の長男サターナイナスを推挙したので、彼が皇帝となる。サターナイナス皇帝は見返りにタイタスの娘のラヴィニアとの結婚を望んだが、彼女は皇帝の弟と恋仲であり、連れ去られてしまう。タイタスは、ラヴィニアを連れ去る息子たちの一人である末の息子を自分で殺して、皇帝への忠誠を見せつけた。抗議する長男のルーシアスに「貴様もこいつも俺の息子ではない、俺の息子ならこれほど俺に恥をかかせるものか」と返答する（一幕一場）。タイタスの忠義一筋のこのあたりの行動が周囲からは理解されないのである。

面子を潰された皇帝は、代りに捕虜であるタモラを妃に迎える。図式としては征服者シーシアスと被征服者タイターニアの婚礼と同じになる。しかも両者の利害は反タイタスで一致する。皇帝は自分が手に入れようとしたラヴィニアを弟へと渡したアンドロニカスの一族を憎む。皇帝の妃となったタモラは、嘆願したにもかかわらず、長男アラーバスを殺害したタイタスへの復讐心を燃やす。新しい皇帝と皇后の憎悪が、「いつの日かタイタスとその一族を皆殺しにする」という計略につながり、悲劇は進行していく。このように征服者と被征服者の奇妙に一致した憎悪が背後にあるのだ。

その後、アンドロニカス家に、実際はタモラの次男と三男が行った皇帝の弟の殺害の実行犯という濡れ衣を着せられる。そして、長男ルーシアスがローマから追放されると、復讐のためにゴート族の貴族たちと結託して、祖国であるはずのローマを襲撃する。ローマとゴート族の敵と味方の境界線が、変化する劇でもあるのだ。その過程で、次々と「供犠（きょうぎ）」のように死体が地面に転がっていく。

多くの死者が出るこの劇を整理するなら、征服者であるローマ内に、タイタスのアンドロニカス一族と皇帝側の対立がある。そして、皇帝と被征服者のゴート族の女王タモラが結婚する。そのために、タイタスの長男ルーシアスとその子を残して、弟であるクインタスやマーシアスは殺される。しかも、末の息子のミューシアスと娘のラヴィニアは父親であるタイタス自身が殺すのだ。

ゴートの女王タモラの長男であるアラーバスは、見せしめとしてタイタスによって殺された。タモラの次男と三男であるディミートリアスとカイロンの二人は、タイタスの娘のラヴィニアを狙い、彼女の夫である皇帝の弟を殺害し、彼女をレイプする。この二人は最後に復讐のために、タイタスとラヴィニアに殺されて、「人肉パイ」の中身となる。皇帝とタモラはその「人肉パイ」を食べさせられた上、タイタスに殺害される。タイタスもまた皇帝に刺されて死ぬのである。この劇は主要人物がことごとく死んでしまう陰惨な劇となっている。それは『リチャード三世』や『ハムレット』にも通じる救済のない結末に見える。

【ゴートのムーア人】

『タイタス・アンドロニカス』でシェイクスピアが利用しているのは、ゴート族とローマの対立である。

ゴート族という名称は、他ならぬ「ゴシック（ゴート風）」という語を通じて、十二世紀の中世建築に関連して定着した。ロマネスク様式とは異なるドイツ風の「野蛮」な建築様式として、ルネサンス時代になって画家のヴァザーリたちがそう呼んだのである。一五二七年の「ローマ略奪」で、ローマを破壊した野蛮な連中による建築様式とみなされた。しかも、イギリスに関しては「ノルマン・ゴシック」から何代にも及ぶ変遷がある。聖地巡礼で有名なカンタベリー大聖堂などもゴシック建築に含まれるが、ゴート族とは何の関係もない。

さらに、十八世紀後半のホレス・ウォルポール以降の「ゴシック・リバイバル」の建築によってイメージが固定した。ゴシックが再評価された背後には、ホイッグ史観がある。王権に対抗する議会主義の流れの中で、絶対王政の産物とは異なる中世のゴシック建築が見直され、意義が認められるようになった（サミュエル・クリーガー『イングランドのゴート族』）。そして、ゴシック建築の館を舞台に描かれたのが「ゴシック小説」で、ゴート族とはますますかけ離れた内容となる。まずは「蛮族」のイメージとして「ゴート」があり、それが政治議論や建築や小説やファッションなどを通じて拡大解釈されてきたのである。[2]

シェイクスピアの中にそうしたゴシック観はない。しかも、ローマ対ゴートの戦争を描いた『タイタス・アンドロニカス』では、大量殺戮の狂言回しとして、ムーア人のアーロンが活躍する。アーロンはゴートの女王タモラの愛人で、その存在を息子たちも認めている。アーロンは「心の中も顔と同様まっ黒なのさ」（三幕一場）と、自分が他人からどう見られているのかとか、肌の色がもつ効果を知り尽くして行動しているのだ。その自意識が観客にアーロンの姿を大きく見せる。独白を多用し、最後まで沈黙しない言葉の人である。

アーロンはラテン語も読め、剣も達者である。オセロが、自分は王族の末裔だとイアーゴに語ったように、これだけの知恵を働かせるアーロンも、どこかの貴族や王族といった貴種の末裔かもしれない。そして、アーロンは、計略によって、愛人であるタモラの息子たちも、タイタスの息子たちも等しく犠牲者としていく。とりわけ、タイタスが息子たちの助命のために自分の片腕を切り落とすときには、その手伝いまでする。[3] 彼にとって白人たちはどれも同じなのだ。

後に『オセロ』や『ヴェニスの商人』でも活躍するムーア人だが、ここでは、北方のゴートの国にまで来ている。いわゆる「ゲルマン民族大移動」の中で、やはり北方のヴァンダル族は、イベリア半島から北アフリカのカルタゴに達し、王国を作ってローマを脅かした。ヴァンダルの名前は、その後「野蛮」という意味でフランスで使われ、英語にも残った。ヴァンダル王国は六世紀には滅び、ムーア人と同化してしまったのだ。中世のスウェーデンの王家は、自分たちの先祖がゴート族やヴァンダル族を生んだという北方起源を主張していた（現在ではスラブ系とされる）。その意味で、ローマの周辺に位置する北方のゴートと南方のムーアとが、同じ「蛮族」とみなされても不思議ではない。

この劇のアーロンは、ムーア人がイスラム化する以前の設定だが、シェイクスピア自身は、執筆当時のイギリスの対外関係を意識して、ムーア人を取り込んだ可能性がある。『タイタス・アンドロニカス』の共作者とされるジョージ・ピールは、一五七八年にモロッコで、ポルトガルとムーア人が戦ったアルカセル・キビールの戦いを受けて、『アルカザルの戦い』（一五九一年）を書いた。時流に合わせた劇を書くのも処世術の一つであり、民衆劇場の座付作者の役目だったのである。

イギリスがスペインへの対抗から地中海交易へと拡大するときに、ムーア人やモロッコに関する情報を必要としていた。そこで世界情勢が演劇という形で表現される。古代ローマムーア人を登場させるという時代錯誤的なアーロンの導入も、そうした「新奇な情報」のひとつであった。しかも、ムーア人であるアーロンが登場人物のすべてを操る姿は、中世劇での「ヴァイス（悪党）」の造形を利用している。マーロウの『マルタ島のユダヤ人』に出てきた自分の娘を犠牲にしても平然としているユダヤ人バラバスや、敵ばかりか王位継承の邪魔となる甥さえも殺害するリチャード三世といった「悪役」とつながる。

【トロイア戦争の影響】

裏切りと復讐に満ちた『タイタス・アンドロニカス』にはギリシア神話の「トロイア戦争」が影を落としている。トロイア戦争は、紀元前十二、三世紀が舞台とされるが、考古学上の資料による確かな裏づけはない。だが、「文明対野蛮」という図式を持ち出すときに、ギリシア対トロイアの壮大な神話的な戦争話が役に立つ。しかも、神話を集大成したホメロスの叙事詩『イリアッド』以来、トロイア戦争を描くことは、後世の詩人にとり芸術的な目標でもあった。(4)

トロイア戦争を舞台にして数々の作品が作られてきた。トロイの木馬を発案し、戦争後イタカへと帰還する旅の途中で冒険に巻き込まれたオデュセイウス（英語名ユリシーズ）も、トロイ陥落から逃げおおせてイタリアへとたどり着き、現地の支配者となるアエネーアス（英語名イニーアス）といった英雄たちもトロイア戦争に発している。そして、アエネーアスと結婚する女性の名前が他ならぬラヴィニアなのだ。アエネーアスはローマ建国の神話の主人公となるのだから、この名前をタイタスの娘につけたのは偶然ではないだろう。

シェイクスピア当時、英雄物語を理解する共通の知識が、トロイア戦争だった。タイタスは、戦場で犠牲にできる息子の数を、トロイのプリアモス王と比べ、その半分の二十五人しかもっていないと嘆くのである。また、タイタスが亡くなったあと、マーカスは最後にバラバラになったローマをまとめるには、彼の甥でタイタスの息子であるルーシアスを皇帝にするしかない、とローマ人たちを説得する。そうすると、貴族の一人が、アエネーアスが地元の王女ダイドーに語ったように語るべきだと促し、トロイの木馬のような企みでローマを滅ぼしたのは誰だ、と問いかける。そこで、ムーア人アーロンの計略や、混血の息子のことが語られるのだ。

城内に引き入れられると、内部から敵を崩壊させる「トロイの木馬」のイメージが、『ハムレット』同様に巧みに利用される。トロイの木馬とつながる女王の愛人アーロンや混血の息子のイメージが、劇の出発点となったかもしれない。タイタス論を精力的に書いてきた村主幸一は、ローマに同化したようにみえるタモラが、ムーア人のアーロンの子を妊娠すること自体が、トロイの木馬のイメージを利用していると指摘する（『シェイクスピアと身体』）。このように『タイタス・アンドロニカス』に、トロイア戦争への言及が多いのは、チューダー朝において、トロイア戦争のイメージが積極的に利用されたせいである。

なぜなら伝説では、チューダー朝の先祖にあたるとされるブリテン王ブルートはトロイ人だった。ブルートは、さらにトロイア戦争陥落後にローマを建国したとされるトロイ人アエネーアスの子孫とつながる。トロイ人をめぐる二重の伝説が結びつき、こうした伝説がエリザベス女王の時代に、権威づけのために意図的に利用された（フランセス・イェイツ『正義の女神』）。北方の民に見えて、実は神話にも出てくるトロイ人の末裔である、という伝統を創造したわけである。

ひょっとすると『タイタス・アンドロニカス』でのトロイア戦争の利用には、共作者ともされ、シェイクスピアに影響を与えたジョージ・ピールの働きが大きいかもしれない。ピールに、トロイア戦争に関して注目すべき作品があるからだ。一五八八年の無敵艦隊の勝利後に、ジョン・ノリスとフランシス・ドレイクの二人の将軍は、今度はポルトガルなどを攻撃するためにイギリスを出港した。その際に、ピールは、その旅立ちを祝う序文や詩を書き、さらに『トロイア戦争――始まり、出来事、終結』と題した長編詩を合わせて、一五八九年に出版したのである。もちろん金銭的な見返りを期待して、時事的な題材を扱う「機会詩」だった。

添えられた詩では、海賊出身のドレイク、そして軍人としてアイルランドで戦ったノリスを英雄視していた。イングランドから出航する船団を讃えて、「黄金のタホ（テージョ）川、西インド、ポルトガルの広大な湾、（シチリアなどのある）ティレニア海、さらにローマへと進んでいけ」と大西洋から地中海の制覇を鼓舞している。まさにイギリス拡張主義の応援歌と言える。そして、トロイア戦争の流れを要約する長編詩が続く。自分たちの戦いをトロイア戦争になぞらえることは、スペインやポルトガルとの戦いにおいて、ひとつのメタファーとして機能していた。

また、ピールは、トロイア戦争の始まりを『パリスの審判』（一五八一年）という劇で描いたこともある。パリスが三人の女神のうちから美の女神ヴィーナスを選んでリンゴを手渡す話だが、上演の際にエリザベス女王に渡すというあざとい演出がなされた。シェイクスピアのライバルと目された詩人のリチャード・バーンフィールドも、『シンシア』という詩で、同じく女王にリンゴを手渡すと描いた。こうした作品では、女王崇拝とトロイア戦争とが交わっている。また、ヘミングウェイが小説のタイトルに採用したことで知られるのが、ピールの有名な「武器よさらば」という詩である。これは、一五九〇年のエリザベス女王の祝祭行事のために書かれたものだった。
シェイクスピアは、ピールから、こうしたトロイア戦争を題材にすることや宮廷内での処世術を学びとっていた。そして後に『トロイラスとクレシダ』（一六〇一年）で、トロイア戦争を描いた。ただし、それは『タイタス・アンドロニカス』でのトロイア戦争の利用法とは異なる。先行する中世のチョーサーやヘンリソンの真面目で教訓的な作品へのアイロニーを含むパロディ作品となっていた。そうした相対化の視点は、すでにムーア人のアーロンとして描き出されていたのだ。

【身体の切断】

トロイア戦争の故事だけでなく、『タイタス・アンドロニカス』には、さまざまな古典への言及が多い。それは、シェイクスピアの文学的な野心と、そうした台詞を聞いた当時の観客たちの感度の高さを物語ってもいる。
タモラの二人の息子による暴力で、両手と舌を切断されたラヴィニアは、オウィディウスの『変身物語』第六巻に出て来る、有名なフィロメラの物語を下敷にしている。復讐のためにタイタスがタモラと皇帝に食べさせる「人肉パイ」のエピソードも、実はそこに記載されている。『変身物語』は、アーサー・ゴールディングの訳が一五六七年に出版され、多くの文学作品の題材となっていた（さらにセネカの悲劇『テュエスティス』にも、復讐のために息子を食べさせる話がでてくる）。

　フィロメラの話の内容はこうである。トラキアの王テレウスが、妻プロクネの妹フィロメラに横恋慕し、小屋に閉じ込めてレイプしたあとで、露見を恐れて舌を切り取る。フィロメラは小屋の中で機織りをして、縫い込んだメッセージで姉に真相を伝えたので、プロクネはわが子をパイにして夫に食べさせ、さらにその生首も投げつけた。激怒したテレウスから逃げた姉妹は、神々のおかげで、姉はウグイスに、妹はツバメにそれぞれ変身した。まさに変身物語なのだ。

　しかも、それだけではなく、ラヴィニアの甥が読んでいた『変身物語』そのものが、謎解きの手がかりとなる。フィロメラを再現するラヴィニアが、叔父の杖を借りて、地面に犯人の名前を書き記すのである。そして、真相を知ったタイタスは、自分が皇帝たちを狩りへと連れて行った森こそが、娘が陵辱された犯行現場だと悟るのである。その森に対してタイタスは、「詩人がここ（＝『変身物語』）に書いてあるのを真似て、自然が殺人と強姦のために作り出した場所」（四幕一場）だと言い切る。こうしたタイタスの考えは「自然は芸術を模倣する」という主張に近い。すでに神話や伝説が本の形で存在し、それをお手本に模倣し変更することで新しい物語ができ上がっていくのである。

ここでのローマの森のあり方は、他のシェイクスピアの「牧歌喜劇」に登場する癒やしや回復を与える「緑の世界」の働きを欠いている。『ヴェローナの二紳士』で、森を通り抜けようとした女性を山賊が襲うが、ラヴィニアのような運命はたどらず、そこには救済があった。『夏の夜の夢』では、アテネの森は二組の恋人に混乱を与えるが、夜明けに狩りにやってきたシーシアスたちに発見されて、彼らの秩序は回復される。たとえ、森での怖い体験があっても、その後にハッピーエンドが訪れるのである。

ところが、ラヴィニアの場合には、そうした救済とか苦悩の解消はない。タモラの息子たちが「刈り取った」と言うように、手を樹木のように切られ、舌も切られた状態で、叔父のマーカスに発見される。人間が鳥に変身する物語を下敷にして、人間の野蛮性や暴力性が表出するようすを描きながらも、神話的な救済はラヴィニアには与えられない。ラヴィニアは父親に殺され、その父親の亡骸と一緒にアンドロニカス家の霊廟に葬られる。ある意味それが救済と言えるかもしれない。そして、この霊廟こそが、アンドロニカス家の歴史を体現している。タイタスが戦場で息子を亡くしても平然としていられたのは、ローマに勝利を得るための犠牲者が、五百年続くアンドロニカス家の霊廟に葬られることで、家系を支える英雄となりえるからだ。

ただし、一幕一場でゴート族の女王タモラの長男アラーバスが殺されたのはそれとは異なる。タイタスの指示で殺害されたのは、ローマ側が「殺された兄弟を弔うために生贄を求めている」ためだった。それ以降の劇中で生じる死は、戦場での英雄的な死などではない。平時におけるローマ内の暴力であり、『オセロ』の場合と同じである。政治的な劇であるとともに、「国内悲劇（ドメスティック）」であり得るのだ。

【混血の誕生】

『タイタス・アンドロニカス』では、タモラとラヴィニアという二人の女性が大きな役割を果たした。二人は立場が大きく異なるし、互いに反発もしている。タモラはわが子の肉を食べさせられて敵対者のタイタスに殺されるし、ラヴィニアは子を産むことなく父親であるタイタスに命を絶たれた。タイタスが葬り去った二人は、ローマの栄光のために犠牲となる女たちの過酷な運命をしめしている。どちらも汚辱にまみれている者として、男尊女卑的なタイタスに殺害された。『タイタス・アンドロニカス』を含めたローマ史劇で、実際には女性たちが重要な鍵をにぎっているのに、ジョンソン博士をはじめ、「ローマ人性」を男性だけと結びつけて議論してきた点をコッペリア・カーンは批判する（『ローマのシェイクスピア』）。

ムーア人アーロンと愛人のタモラとの間の子が誕生したことで、ローマは危機的な状況を迎える。形式的には皇帝の子であり、同時にムーア人の特徴を継ぐものだった。「自然がおふくろの顔の色だけをお前に与えていれば、悪党め、お前は皇帝になれたかもしれないんだ」とアーロンは言う（五幕一場）。アーロンの立場は、シェイクスピアの他のムーア人たちとは異なる。『ヴェニスの商人』では、モロッコの大公は金の小箱を開けたことで、くじが外れてしまい、ポーシャを手に入れられずに一生独身を貫く破目になる。また、『オセロ』では、オセロとデズデモーナの死によって、子供の出産の場としてベッドは使われないままに終わった。

タイタスの長男で追放されたルーシアスは、ゴート族の貴族を従えた反乱軍としてローマへと進軍する途中で、ゴート族の兵士が発見したアーロンと取引をする。タモラが産んだ子供を殺さない代わりに、さまざまな計略の裏を話させるのだ。ローマにとって皮肉めいた救済となるのが、皇后としてのタモラが出産した「私生児」に他ならない。秘密を守るために産婆も乳母も殺害されてしまう。新しく皇帝となったルーシアスは、父親であるアーロンに生き埋めの刑を与え、母親のタモラの死体を野ざらしにする。だが、アーロンとの取引のせいで、この私生児は最後まで殺害されずに生き延びるのである。

タモラから生まれた混血の子は、映画『タイタス』での最後の場面のように、一種の希望として扱うこともできる。北のゴートと南のムーアという「野蛮人」の血を引き、タモラの一族が死に絶えたあとでは、ゴートの王族の直系の子であり、形式的にはローマ皇帝の子でもある。名もないこの「混血児」が、喉に刺さった棘のようにローマに残っている。ルーシアスは殺そうとしたが、命と引き換えに秘密を話すというアーロンとの誓いを守ることになる。もっとも、サターナイナス皇帝のもとに、すぐ近くで生まれた白人の別の子を届けて、「取り替え子」とする計略をアーロンは抱いていた。だが、それも皇帝の死によって無駄になった。

ローマ側でこの混血児と敵対する運命にあるのは、タイタスの孫で、新皇帝ルーシアスの息子となる「小ルーシアス」だろう。祖父はゴートを打ち負かし、父はゴートを手下に連れてローマに帰ってきた。そして、アンドロニカス家の一員として、タモラの息子たちへの復讐の手伝いをし、祖父タイタスによる復讐や、その死さえも見届けている。過酷な体験をした子供である。この小ルーシアスが、もしも父親の後を継いで皇帝となったときに、「野蛮人」であるゴートやムーア、とりわけ混血児をどのように扱うのかは、ここではわからない。

だが、次の世代において、征服者と被征服者の一種の「和解」が必要となることは間違いない。内部によその人種や民族との混交の可能性を抱えずには、外へと開けない「植民地時代」の国のあり方をしめしている。ヴェニス人とムーア人との「異人種間結婚」の行方を、『オセロ』は死で終わる悲劇によって宙吊りにしてしまった。征服が長期にわたると、次世代が誕生する可能性が生まれる。それこそが植民地主義にとり、新しい課題となってくるのだ。

3　『リチャード二世』のアイルランドとウェールズ

【歴史劇の流れの中で】

『タイタス・アンドロニカス』で、皇帝のサターナイナスが、結婚によりゴート族の女王を取り込む作戦は、タイタスの復讐とアーロンの計略によって失敗してしまった。イギリスから見て、ゴートとローマとムーアの対立や、内部の復讐の連鎖は、あくまでも時間的・空間的に離れた世界の出来事だった。そうした設定ならば、当時の観客もファンタジーとしてどこか無責任に楽しむこともできたかもしれない。

だが、『リチャード二世』（一五九五年）における「アイルランド遠征」となると、当時のアクチュアルな話題であった。すでに触れたように、九三年からアイルランド九年戦争が始まっていて、アイルランドをめぐる騒動は、イギリスには他人事とは思えない出来事だった。シェイクスピアは、スペインの無敵艦隊を倒すなどの時勢で、歴史劇がブームになっている渦中に活躍を始めた。イングランドを舞台にした歴史劇が、初期の代表作となった。一連の作品は、フランスとの百年戦争を背景にしたプランタジネット朝の没落とランカスター朝の成立、そして終結後の内乱である薔薇戦争とヨーク朝の勃興とチューダー朝への交替を、虚実を織り交ぜて歴史ドラマに仕立て上げている。しかも歴史劇の中心が四部の連作二つとなった点に、シェイクスピアの独創性がある。

歴史劇を通じて、王朝が変転していくさまが描かれ、それとともに、フランスとの対外的な戦争、さらにイングランド、ウェールズ、スコットランド、アイルランドから成る現在の連合王国につながる地域間の関係も浮かび上がる。フォルスタッフをはじめ多くのキャラクターや名台詞が盛り込まれ、イングランドひいてはイギリス人により、四百年にわたって絶えず参照される連作劇となった。

創作順にではなく、扱っている歴史年代順に並べるならば、シェイクスピアが部分的に書いた作品と近年認められた『エドワード三世』（一五九四年）から始まる。エドワード王の恋愛話や、フランス王ジャン二世とエドワード黒太子との戦いが描かれる。ファースト・フォリオにおける正典リストから漏れたのは、スコットランド批判が盛り込まれていたので、ジェイムズ王の機嫌を損ねる可能性が高いからだと推測できる。このエドワード三世から、ランカスター家、ヨーク家、さらにチューダー家が生じているので出発点と言えるだろう。

この単独作に続いたのが、ランカスター朝の成立を描く四部作（『リチャード二世』『ヘンリー四世』二部作、『ヘンリー五世』）である。黒太子の子であるリチャード二世から王冠が奪われ、ランカスター朝が新しく生まれる。フランスとの百年戦争を背景にしているのだが、このころは停戦期でもあり、追放されながらフランスから帰ってきたランカスター家のヘンリーがヘンリー四世となり、息子のヘンリー五世が英仏戦争で勝利する。フランスから王女と領土を手に入れる内容であり、愛国心をかき立てる劇として人気が高い。

次の四部作では、後に「薔薇戦争」と呼ばれる時期を扱っている。ランカスター家（赤薔薇）とヨーク家（白薔薇）の争いが題材となる。『ヘンリー六世』三部作と、『リチャード三世』が該当する。両家はエドワード三世の血を引き、ランカスター家のヘンリー六世の地位が脅かされ、ヨーク家のエドワード四世、五世、さらにリチャード三世が王位につく。そのリチャード三世を倒したのが、ヘンリー七世で、ここにチューダー朝が成立する。そして、その後の繁栄をしめす『ヘンリー八世』（一六一三年）へと続くのである。

執筆年代としては、薔薇戦争を扱った四部作のほうが先に書かれ、ランカスター朝を扱った四部作が続いた。このように歴史的な因果を遡る「前日談」が作られるのは、現在のエンターテインメントでも珍しくはない。前日談を描くことによって、エピソードに歴史的な根拠が与えられ、動機や因果関係が補強されるのである。[5] もちろん、一連の歴史劇は、年代記などの歴史書から生み出された虚構作品である。史実を語っているわけではないが、過去の人物への偏見や同時代の価値観などを色濃く盛り込んでいる。

【王朝の交代劇として】

『リチャード二世』の一幕の冒頭でプランタジネット家の末裔となるリチャード二世の前で、ボリンブルックとモーブレーが、互いに相手を罵り争い始める。

ボリンブルックは、ランカスター家の次期当主で、後にこのリチャード二世から王冠を奪いヘンリー四世となる人物である。それに対してモーブレーは、リチャード二世の支持者で、王の血を引いたグロスター公の殺害に加わり、ボリンブルックの父であるランカスター公の命まで狙った人物である。明らかにボリンブルックは、叔父や父親の恨みを晴らそうとしていた。

両者は決闘にまで至るのだが、王が職杖を投げ出して争いを止め、ともにイングランドから追放となる。その結果ボリンブルックは、フランスへと逃げることになった。その間に、弱体化した父親のランカスター公は死に、その財産を王が没収してしまう（二幕一場）。それはアイルランド遠征の軍資金を捻出する目的からだった。この所業に、最後には叔父のヨーク公までが、リチャード二世を見捨てて反抗することになる。この時点ではランカスター家とヨーク家は共闘していたのだ。

ボリンブルックとリチャード二世が血のつながった従兄弟で同年齢だとわかると、この対立に別な意味合いも見える。王と臣下と身分の上で上下があるが、同世代の若者の覇権争いでもある。ボリンブルックが追放された後、ランカスター公の領地は王に接収され、彼の帰るべき領地が消失する。そこで六年間の追放という禁を破り、途中で帰国し、自分の領地の奪還と王の追放を目指すのだ。

こうして『リチャード二世』は王朝交替劇となる。リチャード二世自身が「王たちの死にまつわる悲しい物語をしよう。ある王は退位させられ、ある王は戦争で虐殺され、ある王は自分が退位させた王の亡霊に取り憑かれた。妻に毒殺された王、寝ているうちに殺された王」（三幕二場）と、王冠にまつわる歴史を語って聞かせ、「虚ろな王冠」という印象的な台詞が登場する。王冠は王の頭を囲む物質であるとともに、井戸の口のようにそこから権力や富を汲み出す穴だとみなされる。歴史劇とは、たった一つの冠を頭に戴く王の役を、次々と交替しながら演じ続ける者たちの物語に他ならない。「虚ろな王冠」という言葉が、現実の歴史以上に象徴的に思えるのだ。

しかも、このリチャードの台詞は、上演順では前作となるもうひとりのリチャードの物語である『リチャード三世』の四幕四場で、夫に先立たれて「貴族未亡人」となった三人の女性たちが交わす台詞とつながる。元女王や公爵夫人が、それぞれの子供たちが殺されてしまったことを嘆く場面である。とりわけ、「私にはエドワードがいた、リチャードが殺すまでは」と前の女王マーガレットが言うと、「私にもリチャードがいた、お前が殺すまでは」と公爵夫人が罵る。人名には二世とか三世という数字の違いしかないというわけだ。

個人をこうした「記号」と化した表現は、王を美徳と悪徳の基準で判断するのではない、当時流入して俗解された「マキャベリズム」にも通じる。そして、ポーランド人のヤン・コットは、二十世紀の全体主義的な現実政治を踏まえて、「シェイクスピアはわれらの同時代人」と呼んだのである。コットによると、シェイクスピアの劇には、政治的なメカニズムが、強い王だろうが弱い王だろうが、暴君だろうが善王だろうが、支配者であるはずの王たちを飲み込むようすが描き出されている。

だが、同時に、古い王としてのリチャード二世と、新しい王としてのヘンリー四世の違いが浮かび上がる。暗殺者のエクストンが新しい王の意を汲んで、先王リチャード二世を殺害し、棺に入れて運んできたときに、次のヘンリー四世となったボリンブルックは「私が彼の死を望んだのは事実だし、彼が殺されたのは嬉しいが、殺害した者は憎い」(五幕六場)として追放してしまう。暗殺者の口封じは珍しくないが、ヘンリー四世が口にする主君の意向を忖度して実行した相手を「憎い」という感情は、現実政治の過酷さをしめしている。

こうした王権の揺れ動きに、エリザベス朝の終わりとなる一五九〇年代の不安がにじんでいる。社会に広がる不安を払拭し、内部を統一するには、共通の敵を作るしかない。それが、リチャード二世の、ひいてはエリザベス女王によるアイルランドへの介入でもあった。アイルランド侵攻が現実だけでなく劇の中でも反復されているのだ。

【アイルランド遠征と王位簒奪】

『リチャード二世』は、冒頭のウィンザー城をはじめ、多くが城の内部で話が進み、アクションに満ちた戦場の場面を欠いている。一幕の決闘は、王の命令で中止されるし、追放されていたボリンブルックのフランスでの体験も語られず、アイルランドでの王の勇猛さも舞台上では描き出されない。劇は、城の内部に閉じこもり、さらにブリテン島に閉じこもって展開される。最後には、リチャード二世の棺までもが登場する。この劇は、閉塞感にあふれていて、「虚ろな王冠」が連想させる内部を欠いた円のイメージとともに、囲まれた土地が人間を束縛し支配するというイメージに呪縛されている。

囲まれた土地というイメージは、『リチャード二世』の中で、イングランド、ひいてはブリテン島をたたえる箇所に出てくる。後世において政治的な場面で何度となく引用し言及され、シェイクスピアの台詞でもとりわけ有名である。

この歴代の王の玉座、王笏の支配するこの島
この代々の君主の領土、この軍神マルスの座、

この地上の楽園、第二のエデンの園、
大自然の女神がみずから築き、
悪疫を防ぎ戦争の手をはねつけるこの砦、
この幸多き民、この小宇宙、
幸薄き国々の敵意に対抗する
防御の役目を果たし、
館の周囲に巡らした堀とも言える
銀の大海原にはめこまれたこの宝石、
この祝福された土地、大地、王国、このイングランド。（二幕一場）

ブリテン島は海に囲まれた場所で、ノルマン人の王ウィリアムの征服（一〇六六年）以来、他国からの攻撃はあっても、侵略を許してはこなかった。他ならぬスペインの無敵艦隊も攻略に失敗した。そしてナポレオンもヒットラーも退けてきた。この歴史的な事実こそが、H・G・ウェルズの『宇宙戦争』（一八九八年）のような火星人の侵略小説を生み出し、さらには、二〇一六年に「欧州離脱（ブレグジット）」を成立させた背景ともなってくる。

ところが、皮肉なことに、「イングランド＝天然の要害」論を述べるのは、ヘンリー四世となるボリンブルックの父であるランカスター公ジョン・オブ・ゴーントなのである。そうした天与の土地を汚す悪い「地主」として、リチャード二世を非難する文脈においてだった。土地を守るはずの王、つまり自分の甥リチャードが、国土を食い物にしているとみなし批判している。

リチャード二世は、ボリンブルックに王冠を手渡し、その後殺害されたことで、犠牲となった弱い王に見える。けれども、この劇の前半のリチャード二世は、そうした弱さは見せない。父親の黒太子同様に宴会などの遊興にお金を使い、国庫を空にしたので、悪名が高いのだ。そして、死にかけているランカスター公の財産を「私腹を肥やした金庫」（一幕四場）とみなした。

リチャード二世は「余は彼の金銀の食器類、彼の家財、金、領地をすべてこの手に没収する」と宣言し、アイルランド遠征の戦費へと回した（二幕一場）。そのせいでボリンブルックには称号だけが残り、貴族としての収入源は奪われてしまった。リチャード二世の振る舞いは、まさに陸上の海賊行為にあたる。さらに戦費調達のために重税をかけたことで、貴族たちからの反発を招き、これがボリンブルックによる王位簒奪を正当化したのである。

リチャード二世のふるまいの背後に、強い父親の影があった。父親のエドワード黒太子は、対仏戦争で名をあげたが、王位を継ぐことができずに早逝した。この優秀な亡き父親の重圧と、その兄弟で権勢をもつ叔父たちの権勢の間に、リチャード二世は置かれていた。ハムレットにも通じる「強い父」をもった息子たちに共通するコンプレックスをもち、四部作の後半での王位を簒奪した側であるボリンブルック＝ヘンリー四世と、その息子ヘンリー五世の父子関係にも通じる。

こうした父子関係に、ストラットフォードの町長までつとめながらも、経済的に衰退をした父親ジョン・シェイクスピアと息子のウィリアムとの私的な関係を読み取れるかもしれない。年上のアンといわゆる「できちゃった結婚」をして、大都会ロンドンに出て、「商業演劇」という新しいエンターテインメント産業に従事したシェイクスピアは、「時代の子」だった。その父と子の相克が、作品のあちこちに潜んでいても不思議ではない。

アイルランドから帰ってきたリチャード王が滞在するフリント城は、ボリンブルックを中心とした敵対する軍勢に囲まれ、交渉が行われる。ボリンブルックは次期公爵として奪われた財産の回復を主張したにとどまらず、圧倒的な数の味方と武力とを背景にリチャード二世の退位を迫る。こうして「リチャードの夜から、ボリンブルックの晴ればれとした昼へ」（三幕二場）と交替が行われ、王冠がボリンブルックの手に渡るのだ。アイルランドを平定した前半のリチャード二世の雄姿はどこにもない。

二人の立場の交替に挟まれた三幕四場に印象的な場面がある。ヨーク公爵邸の庭で、庭師が徒弟に向かい、リチャード王はイングランド内の雑草をきちんと取り除かなかったので失敗したのだと告げる。この考えは庭と国家の状態を結びつけていて、ゴーントの台詞にあった「第二のエデンの園」としてのイングランドに対応する。国を乱れさせたのは、有能な庭師であるべきなのに、整然と管理ができなかった王の責任とされるのである。

庭師が述べるこうした秩序観は、ベーコンの『随筆集』にある「庭園について」というエッセイにも通じる。ベーコンは植民地経営だけでなく、庭の作り方に関しても指南していた。「全能の神は初めに庭園を作った」とし、念頭にあったのは、きちんと形式が整った大きな庭園だった。そこでは、新年用のヒイラギやイトスギにはじまり、十一月用のナナカマドや遅咲きのバラまで、四季折々に愛でるために植える草花を指示していた。それはイギリスで「常春」を目指すためだった、と川崎寿彦は指摘する（『庭のイングランド』）。そして、王侯のための庭園ならば、三十エーカー以上の広さが必要だ、とベーコンは主張する。これは十二ヘクタール（日本のメディアの好きな表現では東京ドーム三個分くらい）となり、国家のメタファーとなり得るくらいの大きさである。

庭師が指摘する論を敷衍（ふえん）するなら、ブリテン島の外にあるアイルランドという雑草の退治にかまけて、イングランド内部にある実をつける枝を残さずに切り落としたのが、リチャード二世の敗因だった。リチャード二世がその点に気づくのは、ポンフレット城の牢獄に入れられてからだった。そして、牢獄に聞こえてきた音楽のリズムが乱れているのを聞きわける耳をもっているのに、「私の王国と私の人生に関しては／不協和な音を聞き分ける耳がなかった」（五幕五場）と嘆くのである。音楽における調和は、「天体の音楽」として、『十二夜』や『ヴェニスの商人』や『シンベリン』に登場する。リチャード二世は、聞き分ける耳が欠けていたという苦い認識をもちながら、暗殺されてしまうのだ。そして、その殺害こそが、イングランドという庭園の管理に余念がないヘンリー四世の暗黙の指示によるものだった。

【イングランドとしてのウェールズ】

イングランドを「庭」にたとえたように、土地と王国との関係はチューダー朝のナショナリズムを形成する上で重要な鍵となる。リチャード二世がアイルランド遠征から帰ってくるときには、地理的にも近いウェールズの海岸に到着する（三幕二場）。ところが、すでにボリンブルックが王の定めを破りフランスから帰ってきて、亡き父を継いでランカスター公爵の地位を確保するために軍勢を集めていた。しかも、リチャード二世がアイルランドで死去したという虚報のせいで、ウェールズの軍隊二万人も、ボリンブルック側についてしまった。

ウェールズでは、リチャード二世を出迎える軍隊もなく、まさに裸の王様状態となってしまう。彼はアイルランドに勝利した指揮者であり、最後に暗殺者に襲われたときにも、先頭の一人を打ち倒すほどの勇敢な王だった。だが、このあとは、城も、王冠も、聖油も、王という称号さえもはぎ取られてしまう。歴史的な裏づけがあるとは言え、リチャード二世の敗北の地がウェールズであることが、象徴的な意味をもつように改変されている。

まず、リチャード二世は、四代前の先祖であるエドワード一世が建てたバークローリー（ハーレフ）城をながめつつ進んでいく（三幕二場）。歴史上の到着地は別の場所だが、ここに定めたのは、エドワード一世との関連からだろう。エドワード一世は「失地王」の悪名を帯びた父親のジョン王の汚名をそそいで、プランタジネット朝を始めた「偉大な」王である。ここは薔薇戦争のときに、オーウェン・グレンダワーが占拠したことでも知られる。しかも、リチャード二世がプランタジネット家の最後の王となるのである。

リチャード二世は、早逝した父のエドワード黒太子を継いで、「プリンス・オブ・ウェールズ（王太子）」となった。この称号は本来ウェールズ大公に等しいのだが、次期国王の称号としてエドワード一世が採用した。息子（後のエドワード二世）が、侵攻中のウェールズのカーナーヴォン城で生まれたことで、正当性を獲得したと見せかけるためだった。誰の子供かという家系だけでなく、どこで生まれたかという出生地を支配の根拠としたのである。ハーレフ城もカーナーヴォン城も「グウィネズのエドワード一世の城郭と市壁」として世界遺産に一九八六年に登録された。

次にリチャード二世はフリント城へと向かう。イングランドとの境界線近くにあり、エドワード一世がウェールズ侵攻用に砦として作った。史実では、途中で捕まり連行されるのだが、シェイクスピアは、リチャード二世が自らの意思で向かい忠臣たちと立てこもるように描く。そして、敵であるボリンブルック勢に囲まれると、リチャード二世は城の上から、庭へと降りていくのだ。演じる舞台を上下にもつ劇場の構造を利用した下降によって、王の失墜が視覚的に浮かび上がってくる。その後ロンドンのウェストミンスター大会堂へと連行され、貴族や司教たちの前で、王冠を剥奪されるのである。

ウェールズの支配は、リチャード二世がわざわざ遠征して押さえつけたアイルランドとは歴史的な事情が異なる。ウェールズは、十五世紀からイングランドの一部として考えられ、イングランドと自称するときに組み込まれた「内部」として扱われている。北ウェールズの貴族である、オーウェン・グレンダワーが反乱を起こすが、ヘンリー四世と後に五世となる親子が協力して鎮圧した。

続く『ヘンリー五世』でのウェールズは、もっと明確にイギリスの内部に取り込まれている。この劇はランカスター朝の成立を描く四部作の掉尾を飾り、フランスとの百年戦争の終結を祝う劇である。それに続く薔薇戦争で、リチャード三世を倒したヘンリー・チューダー（七世）は、ウェールズ出身でヘンリー五世の未亡人の血筋を引いていた。その末裔こそ、エリザベス女王に他ならないのだから、シェイクスピアが、ウェールズ性を称賛しないはずはなかった。

4　『テンペスト』と大西洋

【プロスペロの島】

歴史劇『リチャード二世』の中で、地続きのウェールズは、すでにイングランドの支配下にあった。そして、地続きではないが、対岸のアイルランドは争いがあっても軍隊を派遣して平定できる場所とみなされていた。リチャード二世は、アイルランドからウェールズに着くと、「愛しい大地よ、お前に挨拶する」と地面に触れる。これはボリンブルックが追放されるときに「では、イングランドの大地よ、お別れだ」（一幕三場）と述べたのに対応する。どちらも大地が自分たちを生み出す「母体」と信じている。そして、リチャードがモーブリーとボリンブルックの決闘を止めたのも「わが王国の大地を、その大地が育んだ貴重な血で穢すべきではない」（一幕三場）からだった。

では、海の外へと版図を広げるときに、征服者と土地あるいは先住民との関係はどのようになるだろう。「海洋国家」が将来の植民地経営で抱える課題を、シェイクスピアなりに答えてみせたのが、『テンペスト』だった。そこでは植民地をめぐる意識や経営が大きな柱となる。しかも、王や大公が登場しても、もはや中世のように、戦場で騎士のトップとして戦う姿は見当たらない。歴史劇のヘンリー五世のような、戦場での指揮官としての王は次第に消えていく。

お雇い将軍や傭兵を必要とするのも、王が先頭に立つ時代ではなくなったせいである。歴史劇の王たちのように、エリザベス女王やジェイムズ王が戦場で敵の王と戦うという場面は考えられない。その意味で、戦う王を登場させる歴史劇は、過去をノスタルジックに描いた虚構なのである。

戦場に自らは立たない点でエリザベス女王やジェイムズ王は「弱い王」なのだ。そして、海賊稼業への女王の投資も間接的であり、関与の痕跡を隠して名誉が守られる。実際に手を汚すのはドレイクのような海賊あがりの軍人たちなのである。戦争でも、オセロのような将軍のもとで、キャシオーのような算術家が立てたプランに基づいて、イアーゴのような現場の人間が戦うことになるのだ。

王が植民地経営者となる変化の中で、『テンペスト』(一六一一年)は、植民地とイギリスの関係をシミュレーションしてみせた。チュニジアの王とナポリ王の娘クラリベルとの結婚式帰りの船が、突然の嵐で遭難するところから始まる。船にはナポリ王と弟そして王子、さらにミラノの大公が乗っていた。船団を組んでいた他の船は、散り散りとなったが、王の乗った旗艦が沈んだのを見届け「今頃は地中海の波の上、ナポリに向かって悲しみの航海をたどっている」（一幕二場）。

　ナポリ王の娘の結婚は「異人種間結婚」の可能性を秘めている。チュニスは、カルタゴ、ヴァンダル王国、オスマン帝国と支配者が交替してきた。ナポリ王国がチュニジアと結ぶことで、前述した（一七六ページ）ピールの詩でドレイクの艦隊に占領しろと勧めたティレニア海と、北アフリカのチュニジアがつながる。このラインは地中海の東西を分けるので、ナポリとチュニスの結婚が持つ意味合いは大きい。

　結婚を通じた和平締結から帰還した船を転覆させたのは、追放されたミラノの前大公プロスペロの魔術だった。船に乗っていた一行は「プロスペロの島」へと漂着する。そこには、プロスペロと娘のミランダ、そして先住民で魔女の子であるキャリバン、さらに妖精のエアリエルが住んでいた。島は地中海に位置し、アエネーアスとの連想から、ヤン・コットは「カルタゴ／チュニス」と「クーマエ／ナポリ」の間に存在すると想定した（『シェイクスピア・カーニヴァル』）。たしかに劇中に、ヴェルギリウスの叙事詩の『アエネイアス』やカルタゴへの言及があり、アエネーアスとダイドーの話も出て来る。これはトロイア戦争神話をイギリス王室へと結びつける内容でもあった。

ところが、島の位置や風景は、「新世界(大西洋)」と「旧世界(地中海)」の合成物となっている。コットが「大西洋コネクション」と呼ぶ情報があちこちにちりばめられている。大西洋上の「バミューダ」に、妖精エアリエルは「露」を取りに行かされた。一六〇九年におきた「海の冒険」号が嵐で難破した記録がバミューダ文書と呼ばれ、これが劇の材源となった可能性が高い。(6)

またトリンキュローが、地面に伏したキャリバンを見かけて「死んだインディアン」のような見世物にしようと考える(二幕二場)。これは、実際に「西のインド」から人を連れてきて見世物にするなど、奇妙な文物がロンドンに入り込んでいることが、スイス人の旅行者トマス・プラッターによって記録されている。そうした西インド観は、『ウィンザーの陽気な女房たち』で、フォルスタッフが女性を「金と富にあふれたギアナの土地」と表現するのともつながる(アーニア・ルンバ『シェイクスピア・人種・植民地主義』)。

そして、キャリバンが信じる「セテボス」の神は、南米パタゴニアの神であり、マゼランの世界一周に同行したピガフェッタが記録したものである。この記録は英訳され、一五五五年には、再編集したものが出ている。さらに、モンテーニュの『随想録』から、新大陸のユートピアについての一節が、ゴンザーロの台詞としてそっくり引用されている。これも、一六〇三年に英訳が出た。つまり、シェイクスピアはイギリスの情報網の拡大の中で、英語を通じて世界情勢についての断片的な情報を数多く手に入れ、それに基づいてかなり恣意的に劇を作り出していた。

情報が合成され混同されるのは、地理的な内容だけではない。時代の錯誤もある。ナポリ王国は一五〇四年に、スペインのアラゴン王フェルナンド二世が支配し、総督（副王）を派遣して運営していた。ミラノ公国も一五三五年にスフォルツァ家が滅びてしまい、神聖ローマ帝国そしてスペインのハプスブルク家のものとなっている。だから王と呼べば、フェリペ三世が相当する。つまり、『テンペスト』を執筆した時点では、ナポリとミラノのどちらもスペイン領と言ってよい。ここから反スペインの態度を読み取ることもできる。

しかも、クラリベルの結婚相手がいるチュニスも、オスマン帝国の州総督が支配し、バーバリー（バルバリア）海賊の根拠地の一つとなっていた。それを裏づけるように、『テンペスト』の翌年である一六一二年に、ロバート・ダボーンが『トルコ人に変じたキリスト教徒』という劇を発表した。主人公のモデルとなったジャック・ウォード船長は、無敵艦隊との戦いで活躍し、その後私掠船稼業からヴェニス公使にまで成り上がりながら、その船ごと地中海のバーバリー海賊に転じ、ついにはイスラム教徒に改宗した人物である。オセロが恐れた「トルコ人になってしまう」行為を地でゆく人物だった。そのウォード船長の出撃基地のひとつが、チュニスだったのである。

地理的にも歴史的にも、プロスペロの島や周辺の国家情勢を、シェイクスピアの同時代の現実と一対一で対応させるのは無理である。「私らは夢と同じ素材でできている」(四幕一場)という台詞をもつ劇らしく、こうした合成や変更によって、すべてが「夢＝架空」だと言い訳できるのである。劇中セレスなど神話の女神が登場する「仮面劇」があり、音楽や歌に満ちている。こうした幻想こそがキャリバンが自慢する島の魅力となっている。そして、支配者となったプロスペロから、命令を理解して労働し、同時に呪いにも使える言葉を教わる前に、キャリバンは島の鳥の声やさまざまな音を聞くことで満足していたのだ。それが彼の台詞がどこか詩的な理由となっている。

プロスペロが書物に没頭する姿は、学問好きで悪魔学の本などを書いたジェイムズ一世を連想させる。彼が使う魔術の源泉は、「プロスペロの本」(グリーナウェイ)として知られるが、所有しているのは一冊だけではない。キャリバンが「本を奪え」と言うときに、必ず複数形で語っている。しかも、プロスペロの蔵書は、どうやら魔術書だけではない。キャリバンによれば、ミランダが「月のなかの男が犬を連れ柴の束をもった姿を見せてくれた」(二幕二場)ように、神話や伝説を図版つきで記載した本も含まれている(この月の男は『夏の夜の夢』の劇中劇に登場する)。さらに、忘備録や歴史を書き連ねた本がプロスペロの書庫にあっても不思議ではないはずだ。

【島の植民の歴史】

プロスペロの島は、支配関係が幾層にも重なった歴史をもつ。その「歴史」の厚みこそが、『テンペスト』に対して、プロスペロが魔術を捨てる姿をシェイクスピアの引退と結びつける自伝的な読解から、その後四百年の植民地主義と解放の歴史を踏まえたポストコロニアル的な読解まで生み出してきた。[7]

この島の歴史を地層にたとえるならば、いちばん下にあるのはエアリエルたち妖精だけが住んでいた時代である。そこにキャリバンを身ごもった魔女のシコラックスが流されてくる。水夫たちによる置き去りの刑によるのである。エアリエルはシコラックスの支配に抵抗したので、十二年間木の間に閉じ込められていた。そこにプロスペロとミランダが流れ着き、シコラックスと支配権をめぐる争いが始まる。プロスペロの魔術が勝利してシコラックスが倒れ、キャリバンは奴隷となり、救われたエアリエルは年季奉公を約束する。そこに、仇敵であるミラノとナポリの関係者を乗せた船が近づき、プロスペロが引き起こした偽の嵐によって島へと流れ着くのだ。

キャリバンも出自をたどると、オスマン帝国支配下の北アフリカのアルジェから追放されたシコラックスという魔女と水夫の間の子供である。彼女を連れてきた水夫たちもバーバリー海賊の可能性があるし、シコラックスも島に漂着した一人なのだ。ウェールズで生まれたエドワード二世以降が「プリンス・オブ・ウェールズ」と主張したように、キャリバンは、プロスペロに簒奪される前のシコラックスの島で生まれたのだから、その土地の権利をもっている。キャリバンが自分の島と考えるのは、土地に根ざした所有意識のせいである。だが、この劇で純粋な先住民を想定するとすれば、エアリエルなど妖精たちがそれにあたるだろう。『テンペスト』の特徴は、先住民と植民者となる外部の者との出会いが繰り返されることにある。プロスペロの魔術で遭難した者たちは、ここが無人の島だと当初は思っていたが、先住民がいることに気づく。

島の中で、ミランダがファーディナンドを見かけたときに、妖精の一人かと思い、父親から訂正される。「神の造ったものでこれ以上気高いものはない」（一幕二場）として前大公の娘ミランダは、ナポリの王子ファーディナンドと恋に落ちる。ファーディナンドは「同じ言葉を話す」と驚いて、ミランダを受け入れる。ここから正統な結婚への秩序回復の道が開かれる。そして、薪を運ぶ試練を経たファーディナンドとの恋が三時間で実ったときに、バラバラにされていたナポリ王やミラノ大公の一行が誘導されてくる。

集まってきた彼らを見かけて、ミランダはこの世に人間がたくさんいることを知るのだ。「なんてすばらしい新世界」とミランダは口にする（五幕一場）。だが、すかさず、プロスペロは「お前にとってはな」と娘の発言の相対化を忘れない。このミランダにとっての「新」が、見解の違いにあることがわかってくる。旧世界に住むファーディナンドたちからではなく、島で長年暮らしたミランダの口から「新しい世界」と発せられることに意味がある。

新旧との出会いが、ミランダの場合は視覚優先だとすると、キャリバンの場合は、直接的な身体のふれあいに基づいている。島に上陸した道化のトリンキュローが、雷の音に怯えた先住民のキャリバンが地面に伏せたのとぶつかり、正体を探る前に折り重なってしまう。舞台上に二人の俳優が重なったことで、「遭遇」する。そこに酔っ払いの従者ステファーノが登場して、その姿を見て「四本の足に二つの声」と怪物性を強調する。これはオセロがデズデモーナに話して聞かせた「アンスロポジャファイ、つまり人食い人種や頭が脇から生えた人間」に近い。中世の想像力が生み出し、海図の端などに描かれた怪物たちの仲間となる。またプロスペロの脱出を助けたナポリ王の忠臣ゴンザーロは、「人種によっては胸に頭がついている」という話を持ち出すのだ。

キャリバンたち三人組は意気投合し、酒が入るとキャリバンは歌を歌いだす。プロスペロに命じられた労働を放棄すると宣言し、「バン、バン、キャ、キャリバン」と歌う。「バン」とは「呪い」を指し、そこから「禁止」の意味が生じた。まさに教わった言語による呪いと、新しい主人への帰属を語っている。ステファーノを選んだのは、キャリバンが母親のシコラックスとプロスペロ以外に支配者を知らないせいなのだ。そしてステファーノが与える酒に溺れ、靴を舐めるとまで言い張る。

何かに従属しないと不安なキャリバンの姿に、人間とサルの中間の「原始性」や「後進性」を読み取る議論がある。そして、キャリバンを「カニバル」のアナグラムだという説が出て以来、南北アメリカの先住民と結びつける読みが主流となっている。「カリブ」の原形の「カリベ」族とのつながりを読む考えもある。

イギリス内部とのつながりを重視する中野春夫は、これがジェイムズタウンでの「飢餓の表象」と結びつく可能性のほうが高いと指摘する（『恋のメランコリー』）。あるいは、タラの漁場を北大西洋に求めていた当時のオランダやイギリスの文脈から、魚臭いキャリバンたち三人組が、エアリエルの手で泥だらけにされたりするのが、「干しダラ（ストックフィッシュ）」の製造過程を彷彿させるという興味深い指摘もある（越智敏之『魚で始まる世界史』）。いずれにせよ、地中海を下敷にしながらも、『テンペスト』が大西洋コネクションをもち、それがイギリスの植民地拡大の欲望と結びついていることがわかるのだ。

【ユートピアと不安の監視】

では、もはや植民地のための島は残っておらず、大西洋に目を向けざるを得ないときに、そこでどのようなことが起きるのか。そのシミュレーションこそが『テンペスト』の働きとなる。新しいユートピア観を提示し、それを維持するために不安を監視し除去するのである。

海外雄飛的な植民をする意欲をかきたてるのが、ゴンザーロが二幕一場で述べるユートピア思想であろう。このユートピアは植民をするプランテーションと考えられていて、地中海世界にある「牧歌的」な場所へのノスタルジーではない。その点で、プロスペロの島は、テオクリトスの牧歌とつながるエーゲ海のコス島や、ロンゴスの『ダフニスとクロエ』の舞台となったレスボス島とは異なる。ゴンザーロの主張は、モンテーニュを転写しただけにすぎないが、それは「高貴なる野蛮人」とつながる、新大陸のアメリカ・インディアンのもつ「自然」への賛美だった。

「植林」と「植民」を重ねるユートピア像を語っているのだが、ゴンザーロの台詞の途中で、植えるのは、「イラクサの種」「ギシギシ」「ビロードアオイ」といった雑草や安い草だろうという茶々が入り、相対化される。『リチャード二世』で庭師が述べたように、放置すると雑草が生えてくる世界というわけだ。この悪口を述べたのは、ナポリ王の弟のセバスチャンと、プロスペロの弟で現ミラノ大公アントーニオだった。

セバスチャンとアントーニオが、ゴンザーロを批判するところにアイロニーがある。コメントを投げかける二人の弟は、制度の人工性を意識している。なぜなら自然の序列や位階のままでは、王位が自分のところへは転がり込まない立場だからだ。アントーニオはナポリ王と結託し反乱を起こして、プロスペロを追放してしまった。そのナポリ王の忠臣で、ミラノでの反乱を手助けしていたゴンザーロが、同情から父プロスペロと娘ミランダが逃れる手はずを整えたのだ。二人の弟が茶々を入れた庭の雑草とは、他ならぬ邪悪な計画を練った自分たちのことなのだ。そして、島でも、弟のセバスチャンは、兄のナポリ王を殺害して王位を奪うことを画策するほどだった。

ゴンザーロの台詞自体が、次第に過激になってくる。「旧世界とあべこべ」で、「消費の取引」「貧富の差」「契約や相続」「領地」なし、さらに「君主」もなしとする。すべて必要なものは自然が供給してくれる世界である。ところが、ゴンザーロが宮廷人の身分を辞するはずもないし、戯言としてナポリ王に片づけられてしまう。

キャリバンたち三人組は、ステファーノを中心に酒の力も借りて、プロスペロの殺害と、ミランダの奪取を、決行しようとする。だが、そのたくらみも、妖精のエアリエルを通じてプロスペロは見通していて、挫折させる。三人組は妖精たちにいじめられ、泥だらけになる。きらびやかな衣服という目先のものに騙されて、失敗してしまう。キャリバンは間違った指導者に従属したことを嘆くのである。

奴隷のように扱われてきたあとで、「自由だ」と反乱の機会も手に入れたキャリバンが、プロスペロに再従属化するところに、この劇の眼目がある。反乱の意思も奪われて従属が続くことになる。キャリバンはミラノの宮廷に新大陸の「インディアン」のように連れて行かれ、「見世物」か「奴隷」として扱われることになるのだろう。

　このように眺めると、『テンペスト』は、植民地に反乱を生み出す三つの要素を内包している。結合することができたならば、強力になりそうな要素なのだが、劇の「筋（プロット）」の展開の中で、巧みに分断されている。そうした分断自体が、シェイクスピアの「企み（プロット）」に見えてくる。

　第一は、王や大公の弟たちの企みである。血をめぐる位階秩序への挑戦と言える。この秩序は旧世界の論理であり、中世の王権につながる血筋の論理だった。ジェイムズ王はそのことにこだわり、絶対王政を敷こうとして議会を軽視し、王権神授説を唱えた。だが、他方で序列は「自然」ではなく、解体可能な人工的な制度である、という考えが渦巻いている。それは『リチャード二世』におけるリチャードからボリンブルックへの交替にも現れていた。

　第二は、ゴンザーロのユートピア思想である。それは新大陸を背景に、別の価値観を見せていた。現存する政治や経済の制度からの脱却を目指すという意味で、古代からのユートピア思想ともつながりながら、論理的に王の追放にまでたどり着いてしまうゴンザーロの台詞はアイロニーとなる。ナポリ王からは戯言として片づけられてしまう。だが、同時に、誰もが推論するとたどり着く普遍的な意見ともなりえるのだ。

第三は、キャリバンたちの直接的な暴力による権力奪取の計画である。薪運びの仕事をキャリバンが放棄するというストライキから始まり、植民地の奴隷と宮廷の道化や賄い方といった下層の者たちとが連携した行動である。結局これは、酒の力を借りたもので、エアリエルによる反撃と、彼が用意した新しいガウンのような目くらましとなる物品を前にすると、潰えてしまうのだ。

『テンペスト』において、序列への反逆、ユートピアの希求、暴力的な行動という反乱に至る要素は分断された状態で置かれている。プロスペロは魔術を使い、それぞれの働きを担うキャラクターを巧妙に分けてしまう。三つの「企て（プロット）」が、「筋（プロット）」の中でバラバラになっているせいで、最後まで互いに意見を交流させたり、結びついたりしないように工夫されている。そのため、現実的な力を持ちえないまま、挫折してしまう。ナポリ王殺害計画は中止となり、プロスペロと和解することになる。島が無人ではないとわかったゴンザーロは植民地計画をあきらめ、宮廷人に戻ってしまう。道化的三人組の道化は、酔いが醒めたようにプロスペロに平伏してしまう。

プロスペロの島に張り巡らされた監視装置の役割を果たすのが、エアリエルであった。妖精なので神出鬼没で、しかも怪鳥ハーピーに変身するなど、プロスペロのシナリオどおりに、和解に至る「平和」な道をたどる手伝いをする。さらに「年季奉公」という労働観に基づいて、契約の終了とともに、プロスペロとの主従関係を解消してしまうのだ。エアリエルという先住民である妖精をうまく使って、住民たちの反乱を起こさせない予防措置をとっていた。『テンペスト』は、一六一一年十一月一日にジェイムズ一世の御前興行が行われた記録が残っている。それを観たジェイムズ王がどのように考えたのかはわからない。だが、この劇の中で分断されている要素が結びついたとき、いわゆるピューリタン革命が起きてしまう。そして彼の息子チャールズ二世は、一六四九年一月三十日に、公開処刑で斬首されてしまった。王位簒奪や王位継承の騒動どころではない、「市民革命」という別の出来事の到来だった。その可能性を『テンペスト』が指ししめしていたわけである。ジェイムズ王は、観客として征服者のプロスペロに感情移入したかもしれないが、エアリエルをもたない王たちは、反乱の要素が結合するのを防げなかったのである。

注

（1）ベーコンはシェイクスピア別人説の最有力候補となってきたが、実証主義的な科学を提唱し、「知は力なり」の標語で知られる「人文学者」である。仮面劇などの宮廷での催し物に関して、自分なりの意見をもってはいたが、そうしたパフォーマンスは政治的な見解に比べると価値をもたない、と低くみなしていた。当時の知識人らしく、ベーコンはラテン語で持論を執筆した。もしも、シェイクスピアの正体がベーコンならば、著作集の編者であるベン・ジョンソンが「ラテン語が少しばかり出来て、ギリシア語はもっとだめだった」と評するはずもない。もっとも、別人論者によれば、そうした特徴さえも、ベーコンの巧妙な偽装と了解されてしまうのだろうが。

（2）ゴシック小説の隆盛の時期には、他ならぬシェイクスピアの作品がもつ幻想性だけでなく暴力性や暗さが再評価されることにもなった。しかも、ゴシック小説はロマン派の重要な散文と位置づけられ、詩人たちのシェイクスピア崇拝ともつながっている。メアリー・シェリーの『フランケンシュタイン』の序文には、『テンペスト』からヒントを得たとある。実際にその序文を書いた夫のP・B・シェリーは、五幕の『チェンチ一族』という劇を執筆した。暴力的で近親姦も行う父への復讐をする娘や妻を描く「チェンチ家」の主題は、多くの文学者に影響を与え、シェイクスピアと同時代のフィリップ・マッシンジャーがすでに劇化していた。このころの残虐趣味をしめしているし、シェイクスピアも舞台上で暴力性を発揮するのにためらいはない。『リア王』での目潰しから、生首を舞台に転がす『リチャード二世』まで、こうした主題はエリザベス朝からジェイムズ朝の演劇に広く見られたものである。二十世紀になって、「残酷演劇」を唱えるアルトーが、『チェンチ一族』を取り上げたのも暴力性が大きな魅力となっている。こうして暴力表現が見直される中で、『タイタス・アンドロニカス』への評価も変わってきたのである。

（3）イスラム教と結びついたイメージを湛えるムーア（モーロ）人を悪役にする手法は、消えることはなかった。たとえば、モーツァルトが作曲したシッカネーダー脚本のオペラ『魔笛』（一七九一年）

でも、高僧ザラストロに仕える奴隷頭のモノスタトスはムーア人である。モノスタトスはヒロインであるパミーナに横恋慕をして、寝入っている彼女のレイプ未遂にいたる。その際に「私は醜いから恋とは遠ざかっている」という内容の歌を歌うのだ。ここには白人女性を黒人男性が襲うという十八世紀末ウィーンのステレオタイプが作動している。

（４）マーガレット・シェーラーは、フランスのロンサールやイタリアのタッソーといった大詩人たちに並んで、エリザベス朝の詩人たちも競ってトロイに関する伝説を作品化していたことを明らかにする（『美術と文学におけるトロイ伝説』）。さらには、タペストリーなど、トロイア戦争をモチーフとした装飾品にあふれていることが明らかになる。

（５）ジョージ・ルーカス監督の「スター・ウォーズ・シリーズ」が、エピソードⅣから始まってから、前日談に戻ったのは、シェイクスピアの歴史劇の構造の借用ではないかという点に関しては、拙著『スター・ウォーズの精神史』で説明した。ダース・ベイダーの造形に『リチャード三世』が影を落としているし、何よりもその声を当てているのはシェイクスピア俳優である。そして主人公ルークを鍛えたオビ＝ワン・ケノービーを演じたアレック・ギネスもシェイクスピア俳優なのである。

（６）このバミューダ事件が、シェイクスピアやウォラーそしてマーベルに与えたインパクトに関して、川崎寿彦は『庭のイングランド』で、「島と大陸」さらに「小英国主義と大英国主義」の対立の観点から分析している。それによると、自給自足のユートピア的な社会生活は現実には裏切られた。船といっしょに入ってきたネズミによって島の食物が不足するようになったのだ。皮肉なことに、バミューダが自立できたのは、タバコを栽培して、交易によって外から食料などを購入することを通じてだった。

(7)『テンペスト』と植民地主義に関しては、ポストコロニアリズムの隆盛の中で二十世紀末に議論が進んだ。ピーター・ヒュームは『征服の修辞学』でカリブ海の歴史の中に『テンペスト』を位置づけてみせた。さらに、エリック・チェイフィッツは『インペリアリズムの詩学』で、翻訳と植民地主義の関係を扱い、『テンペスト』をターザンと結びつけている。そして、ジョナサン・ゴールドバーグは『カリブ海のテンペスト』で、エメ・セザールやジョージ・ラミングといった作家たちによる『テンペスト』の書き換えのもつ意義を論じている。

第4章　王政か、共和政か、問題はそこだ

イギリスが海洋国家として、世界に植民地を広げていく場合に、モデルとして過去のローマ帝国や、ライバルとしてポルトガルやスペインがあったとしても、自国の王政をどう維持するのかは、常に悩みとなる。政治が処理すべき対象は、対外戦争の戦費の調達から、日常の業務まで幅広い。そのために官僚組織が必要となる。しかも、エリザベス女王からジェイムズ王にかけて、エセックス伯のような有力貴族による反乱や、火薬陰謀事件のようなカトリック勢力によるクーデター未遂があり、内外の統治をどう維持するのかは、頭の痛い問題でもあった。

政治の統治において王はどう行動すべきか、という試練を、シェイクスピアは歴史劇を通じてシミュレーションしてみせる。この章では、理想的な名君を描いた愛国劇とされる『ヘンリー五世』（一五九八―九年）、特異な主人公を登場させる流血劇としても知られる『リチャード三世』（一五九二―三年）、暴君の暗殺とその後を描く『ジュリアス・シーザー』（一五九九年）を取り上げる。どれも日本でも比較的知られている劇ではあるが、それぞれがもつ政治的な意味合いは異なる。

日本では看過されがちだが、『ヘンリー五世』の人気は本国では高い。フランスとの戦いに勝ち、領土と王女を手に入れる愛国劇であり、『ヘンリー四世・第一部』以来放蕩者と思われていた王太子ハルが、王としての巧みな能力をしめす。統治のために、ハル時代には民衆と交わるが、腐敗した要素を断ち切り、戦場で変装して「お忍び」で視察する。それは遍在する王の視線となる。

民衆を統治するには、恐怖もひとつの手段となる。『リチャード三世』でリチャードが王冠を獲得するために暗殺が利用され、民衆に人気を得るための演出までする。しかも、身体的な不自由を逆手に取り、他人から低く見られている状態をうまく使い、物事を有利に進める。雄弁の才能を発揮し、相手の心理の隙間に入り込むのである。当時理解されていた「権謀術数」としてのマキャベリズムをここに読み取ることもできる。

そうした視線と弁舌のレトリックは、『ジュリアス・シーザー』で存分に発揮される。シーザー暗殺後に、アントニーとブルータスによる二つの演説を通じたレトリック合戦がある。共和政を守り、維持するためだった暗殺が、結果としてシーザーの甥のオクテヴィアスによる「帝政」を招いてしまう。イギリスの強力なライバルであるオランダが共和国であることも視野に入れながら、王政を守ることの危うさが描き出されている。そして、人々が事実よりも、見たいものを見る「噂」や「別の真実」が跳梁跋扈する世界が浮かび上がるのだ。

1　国家の舵取りをする

【船長としての王】

ブリテン島を「第二のエデン」（『リチャード二世』）と表現するように、全体をひとつの島国として認識するならば、絶海の孤島は、支配する上での理想空間に見える。実際はブリテン島上には、イングランド以外にスコットランドやウェールズがあるし、隣のアイルランド島はもちろん、チャンネル諸島からオークニー諸島まで入れると、多島である。だが、ひとつの「島」としての統一感で認識されることが多い。

まとまりとして、島という比喩は大きな力をもつ。比較文学者のマーク・シェルは、島に関するさまざまイメージや論点をまとめた『アイランドロジー（＝島イデオロギー）』の中で、スカンジナビア半島や、半島と島からなるデンマーク国や、ヨーロッパ大陸全体すらも、それぞれ図像の上で単一の島として描き出されてきた歴史を明らかにした。しかも、「ブリタニア」のように人格化され、人間のように表現されるのだ。

そこにあるのは「孤島」という意識である。海に囲まれた島のイメージは、『ハムレット』のデンマークと無縁ではない。王宮が置かれたエルシノア（ヘルシンゲル）の対岸に、名前もよく似たスウェーデンのヘルシングボリがある。そして、エルシノアはドイツと地続きの突き出たユトランド半島にではなく、現在の首都コペンハーゲンと同じくシェラン島に属している。そうした地理的な環境が、島国デンマークを想起させる根拠になっている。シェルによれば、数学の集合論で使われる、要素を円で囲んだ「ヴェン図」が、島の形象的なイメージを作る。共通する要素が何らかの境界線で囲まれてさえいれば、囲まれた庭や城塞都市と同じく、領土を「島」として認識できるのである。これは「縄張り」とか「しま」という語で、支配領域をしめす日本の場合にも通じる。

ところが、交易や植民地を支配するためには、島の外部へと進出しなくてはならない。別の島との交渉が視野に入ってくる。その文脈の中で、プラトンのアトランティスに倣(なら)ったトマス・モアのユートピア島以降、ユートピアや冒険家が漂着する島がたくさんあり、シェイクスピアでも描かれたのは第1章で触れたとおりである。

ブリテン島と異なるもうひとつ別の島は、抑圧から解放されたユートピアから、現実の状況を転覆させた風刺まで、さまざまな隠れた欲望や願望を映し出す鏡となる。まさに「避難所(アジール)」である。そして、ガリヴァーの小人国やロビンソンがたどり着く島から、ピーターパンのネバーランドまで、数多くの島が描かれてきた。スティーヴンソンやコンラッドやサマセット・モームによる南洋小説群も、また島への幻想に支えられている。大陸ではない島への憧憬がそこにある（拙著『太平洋の精神史』参照）。

それに対して、出発点であるブリテン島は、確かに海により守られてはいるが、何かのきっかけで、内部はマクベスの魔女たちが煮立てる「大釜（コルドロン）」にも似た混乱状態となってしまう。閉ざされているからこそ、内圧は余計に高まるのだ。そして、「きれいはきたない、きたないはきれい」となり、政治的な「嵐」が吹き荒れる。そのため、島は本来不動のはずなのに揺さぶられる。

揺れ動きながらも統一を保とうとする国家のあり方の表現に、島と同じく海に囲まれている船が比喩として利用されてきた。王や統治者を、舵取りをする船長になぞらえる表現は今も珍しくはない。『テンペスト』でも、船長の命を受けている水夫長は、文句を言うゴンザーロたちに、「嵐を制御してみせろ」（一幕一場）と逆に啖呵（たんか）を切る。船上では素人の指図など受けない、という態度を取るのだ。しかも、嵐を乗り切ったあとで再会したとき、ゴンザーロは、船長たちが「陸に絞首台がある限り、海で死ぬような手合ではない」（五幕一場）と言う。陸の絞首台で裁かれるとは、海賊行為による処罰を連想させる。どうやらこの船は王族を乗せた旗艦というだけでなく、「私掠船」のイメージも重ねられている。

船の運航の判断をする船長は、海の上では絶対の権限をもつ。そのため、プロスペロも、自分の島の支配者でありながら、立ち去るときには風を吹かせる魔術もなくなり、船長以下の船乗りたちに船を任せるしかないのだ。国家を船にたとえる比喩は、プラトンの『国家』

以降定着してきた。その第六巻で、水夫は、自分の技のために、時期や天候からあらゆる条件を考慮して船を操る、と指摘される。こうした操船術は「ガバメント」とつながる。現在、ガバメントは「政府」などを表すと考えられるが、企業統治をしめす「ガバナンス」と同じく、「舵を取る」を意味するギリシア語を起源としている。

ガバナンスとガバメントのどちらの語もシェイクスピアの時代から存在し、近接した意味で使われていた。しかも、ガバナンスは、すでにジェフリー・チョーサーが使っていた（マーク・ベヴィア『ガバナンスとは何か』）。また、シェイクスピアも『ヘンリー六世・第二部』で、マーガレット王妃が「ガバメント」と同じ支配するという意味で口にする。そして「領土の統治（governance of realm）」という表現は、スコットランド王のジェイムズ五世がヘンリー八世へ出した書簡に登場する。

けれども、その後、支配をしめす語は、「ガバメント」へと傾斜していくのである。ベヴィアによると、ガバメントは「統一した国家のもとでの均質な国民」つまり近代の国民国家の理念にふさわしい。それに対して、ガバナンスは、「道徳的で経験に基づく複数のヴィジョン」を掻き立てるので、均質性に乏しい表現とみなされ、多様性が課題となる二十世紀まで日の目を見なかったのである。

もちろん、舵をとる船長が有能とは限らないし、船長が不在の場合さえある。プラトンも、船長の「耳が遠いとか、目がしょぼしょぼしていたのなら」判断を誤るだろうと指摘していた。この考えに基づき、十五世紀には、人文学者のセバスチャン・ブラントの手により、木版画と合わせた風刺詩集の『愚者の船（阿呆船）』が出版された。英訳もされたし、ヒエロニムス・ボシュ（ボス）による絵の題材にもなった。[1]

こうした船の比喩をもつプラトンの国家論は、シェイクスピアにもさまざまな影響を及ぼしている。それは、海洋国家としてイギリスが進展したので海や船の表現が増えたせいだけでなく、船の比喩の中に、国家の運営の秘訣が隠されていると思ったせいである。それをシェイクスピアとその同時代の劇作家たちは、ギリシアではなく、民主政、君主政、帝政といった経験をつんだローマの歴史を使って表現したのである（バーバラ・パーカー『プラトンの国家とシェイクスピアのローマ』）。

【人文主義と新しい官僚群】

もちろん、船長だけでは船は動かず、実働部隊としての水夫長や水夫たちが必要なように、王には貴族を中心とした新しい官僚群が不可欠となる。当然のように、彼らよりも古い価値観をもつ守旧派の貴族や官僚たちとの間で軋轢が生じる。流行好きのリチャード二世とその取り巻きを、叔父のヨーク公は「豪華絢爛たるイタリアの流行の噂」にかぶれた若者たちだと非難していた（『リチャード二世』二幕一場）。単に世代だけではなく、受けた教育や、必要な教養の違いも大きなものだった。

イタリアからの知的流入のひとつが「人文主義」である。主にグラマー・スクールや大学を通じて広がっていった。古典教育の一部として、読む演劇であったセネカの悲劇作品などを読み、雄弁術のトレーニングとして、演劇教育が広く採用されていた（カートライト『劇場と人文主義』）。十六世紀の演劇が、道徳劇や宗教劇から、より広範囲な題材と観客を対象にした商業的な民衆演劇へと広がったのは、教育の効果もあった。

しかも、新しい人材を確保するために、オックスフォードやケンブリッジ大学の定員も増やされ、奨学金などにより、下の階層の者から人材を抜擢した。恩恵にあずかったひとりがクリストファー・マーロウである（あずかれなかったのが、学問へのコンプレックスが強いベン・ジョンソンだった）。この「上昇世代」は、高学歴バブルのせいで、定員が三倍になった大学へと入れたのだが、卒業後には思うように宮廷内のポストにつけなかった。結果として、そこから落ちこぼれて、エリザベス朝の民衆演劇の台本や政治や宗教のパンフレットを執筆する人材も出てきたのである。

こうした一団を、十九世紀末にジョージ・セインツベリーが「大学才人」と名づけた。受けた教育が、優秀な学校だったとは言え、グラマー・スクール止まりだったシェイクスピアと彼らはライバル関係にあり、同時に共作者としてのつながりも深い。ケンブリッジ大学を出たのが、クリストファー・マーロウ、ロバート・グリーン、そしてトマス・ナッシュだった。オックスフォード大学を出た劇作家には、ジョン・リリー、トマス・ロッジ、そしてジョージ・ピールがいる。この内、マーロウとピールはシェイクスピアに大きな影響を与え、共作をした可能性さえある。彼らは、劇作の基礎を人文主義教育から学んだのである。

人文主義の台頭は、たとえば「大法官」の地位にまで及ぶ。王権における法的秩序を保つのが、枢密院に属する大法官の役目だった。従来宗教者がその地位に就き、『ヘンリー八世』ではカンタベリー大司教だったウルジー卿が担っている。ウルジーは王の懐刀の役割だったが、離婚問題でローマカトリックとの交渉での不手際により不興を買い、大法官と大司教の地位から引退させられた。

ウルジーの失脚後に大法官となったのは、ウルジーからも信任され、外交交渉を担当したトマス・モアだった。モアは、大学卒業後、司法関係の職につき、議員になるという、聖職者とは異なる流れで地位を上り詰めていく。イギリスを訪れ、モアとも交流を深めたエラスムス同様に、世俗の権力に関わり、そのトップの地位へと野心を向けたのだ。モアは、自分の考えや理想を政治的に実現する、という新しい人文主義者の態度を体現していた。『ユートピア』を書き、その『リチャード三世伝』はシェイクスピアの種本となった。

このモアに関して、一五九二年ごろに書かれた劇『サー・トマス・モア』が、手書き原稿のままで残っている。シェイクスピアの手になる直筆部分が三ページあり、六人の共作者のひとりとされる。劇の冒頭で、まだロンドンの行政官だったモアは、一五一七年に起きた外国人排斥の反乱と遭遇する。「邪悪なメイ・デイ」と呼ばれる事件である。モアは、暴動を起こす首謀者のリンカンたちに、外国人の排斥をするようでは、「どこの国が港を与えてくれる」のだと疑問を述べ、訪れた外国人が「こんな野蛮な気質の国民に出会って喜ぶのか」と暴徒を問いつめるのである（二幕四場）。交易のためには海外に門戸を開かなくてはならないし、相互性が必要だ、という論をモアは展開する。この暴動の鎮圧によって、大法官となる道がひらけた。ところが、その後、モアはヘンリー八世の正統とは言えない世継ぎの選定や国王至上法（最高首長法）を定めたことに反対して失脚し、濡れ衣を着せられた上で処刑されてしまう。

劇は一応モアの死までを描くのだが、執筆当時の宮廷祝典局長による削除や書き直しの指示が、生々しく記されている。ヘンリー八世がモアの処刑を命じた部分はぼかされ、エリザベス女王の気分を害さないように、という配慮がなされている。こうして脚本の事前検閲を行う制度ができ上がっていた。王の離婚問題に関して、ウルジーは生き延びたが、モアはヘンリー八世によって処刑された。

そのモアを追い落とした人文主義者で、宗教上の総監督代理にまで上り詰めたのがトマス・クロムウェルだった。クロムウェルは、王の離婚のためにカトリックから分離する法律を制定し、王権を安定させたまさに腹心の部下だった。ところが、五人目の妻をめぐる騒動の不手際で処刑され、モアと同じくロンドン橋にさらし首となる。理由はホルバインに描かせた花嫁候補の肖像画と、実際に迎え入れた花嫁本人の容貌とにギャップがあったからだと、まことしやかに伝えられている。

次々と替わったヘンリー八世の六人の妻たちの運命も過酷なものだが、それをお膳立てした官僚たちにも厳しい結末が待っていた。しかも、「国王至上法」という王権の絶対性を保証する法律を自分たちが生み出したせいで、王の命令によって簡単に処刑されてしまう、という皮肉な結果を招いたのだ。

【人文主義と植民地主義】

カトリックからの分離独立という動きと、他方でルターなどのラディカルなプロテスタントへの忌避が、イギリス独特の「英国国教会（アングリカン・チャーチ）」を作り上げていった。世俗と宗教のすべての権力が王へと集中していくことが大きな問題となっていた。しかも、それはジェイムズ王の「王権神授説」によって、さらに一極集中型の「ガバメント」が高まっていく。留学組である人文学者たちのイタリア語（マキャベリ）や古典語（プラトンやアリストテレス）の知識が、その補強に役立ったのだ。

けれども、「人間中心主義」を謳う人文主義者は、本来なら別の目的をもっているはずだった。大法官となる以前に、トマス・モアが『ユートピア』（一五一六年）を書いたように、人文主義者たちは、ギリシア以来の「公共善」の考えに基づく「レス・プブリカ」の実現を念頭に置いていた。この語は、元来「公共に関するもの」を意味するのだが、英語では「コモンウェルス（commonwealth）」となり、日本語ではプラトンの書物の題名のように「国家」とも「共和政」とも訳される。現在も「イギリス連邦」の名称に「コモンウェルス」を使っているが、これは「国や地域」をまとめるという意味にとどまっている。それでも、権力が一極集中する「大英帝国」ではなくて、あくまでも国どうしが対等の関係という建前を維持している。

コモンウェルスが指ししめす範囲をめぐっては、シェイクスピア内でも揺れ動いている。共和政という意味でのコモンウェルスは、十五世紀のジャック・ケイドの乱あたりで使われ始めたという説もある（フィデラー＆メイヤー『政治思想とチューダー・コモンウェルス』）。まさにそのケイドの乱が『ヘンリー六世・第二部』に登場する。

そこでは、ジャック・ケイドが「みんなが王様だよ。俺が言っているのは、セイ卿がこのコモンウェルスを去勢しやがったせいで、玉抜き宦官になっちまったってことだ」（四幕二場）と述べる。みんなが王様であるという表現には、共和政とつながる響きがあるが、王政の国というイメージがまだ強い。上演された時期がエリザベス朝だという点を考慮すれば、これ以上の直接的な表現は難しかったのだろう。そして、『ヴェニスの商人』で、シャイロックの娘のジェシカが、恋人のロレンゾを「コモンウェルスのあまりよい一員ではない」と表現する場合には、明らかに「ヴェニス共和国」を指すと考えられる（三幕五場）。

さらに、人文主義者たちは、エリザベス朝からジェイムズ朝にかけて、国王至上法のある本国ではなくて、植民地で「コモンウェルス」を実現しようとした。ユートピアの理想を別の島へと求めていくのである。だから『テンペスト』において、プロスペロの島にたどりついたゴンザーロは「そのコモンウェルスでは、私はあらゆるものを逆さまにします」と言い、ついには王のいない共和政を夢想してしまう（二幕一場）。しかも、無人島なら最初から理想郷は作りやすいというわけだ。

こうした人文主義者こそが、じつは植民地主義に加担したことを、トマス・モアを糸口にして、アンドルー・フィッツモーリスは強調する（『人文主義とアメリカ』）。イギリスの植民地主義を理論的に支え、なおかつ実行してきたのが、詩人で軍人のフィリップ・シドニー、それにハンフリー・ギルバートとウォルター・ローリーの義兄弟といった人文主義者だった。

古典のレトリックによって、植民地主義を正当化し、さらに法的な根拠を与えたのである。まさにルイス・ハンケが『アリストテレスとアメリカ・インディアン』で、アリストテレスを援用した中世キリスト教の神学が、スペインのインディオ征服を正当化した、と述べたのと並行している。モアの「ユートピア」も規律や秩序が際立っているせいで、島での生活はディストピアと紙一重となる。

実際、フィッツモーリスも取り上げているトマス・モアの義弟にあたる印刷業者ジョン・ラステルの事例は興味深い（玉泉八州男「大学才人登場」）。ラステルはニューファンドランドでの植民地を計画して船出をしようとするが、船員の反乱で失敗した。イギリスに戻ってきて、劇などを印刷するだけでなく、植民計画失敗の裏事情を述べるために書いた『四大元素』などの自作劇を上演する劇場を始める。

これが民衆劇場の始まりともされるが、しだいにラステルは過激なプロテスタントとなっていった。その中で、彼の義兄のモアを追い落として次の権威者となったトマス・クロムウェルと敵対していく。そして、ラステルはクロムウェルに財産なども奪われて、亡くなってしまう。これは、ラステル「自らが殉教劇の主人公を演じてしまう」（玉泉八州男）のであり、程度は違えども、義兄のモアが「最期に選んだ演目は、受難劇だった」（高田康成『クリティカル・モーメント』）のを継承したのかもしれない。いずれにせよ、彼らの「自己成型」に、演劇が大きな役割を果たした結果と言える。

人文主義者は、モアのように計画上、あるいは現地に出向いて、理想の「コモンウェルス」を植民地に重ねる。また、国内で人文主義は官僚となるのに必要な知識や学問の体系となった。さらには、他人の前で別の自己を演じるとか、内面の声にさいなまれる、といった演劇的な想像力を掻き立てる教養ともなったのである。

トマスの遠縁にあたるオリヴァー・クロムウェルが、そうした中で、いわゆるピューリタン革命によって、王の首を切り、「コモンウェルス＝共和政」を打ち立てることによって、植民地だけでなく宗主国でも可能だと証明してみせた。「言葉よりも、実践だ」というのが植民地経営を行う現地の人間の態度だったのだが、それをクロムウェルは実践したのだ。

演劇的な想像力が人文主義によって培われ、劇の中で貴族や民衆に演説をするとか、語りかける場面は、王の武器が剣からペンへと替わっていく時代の到来を思わせるのだ。これは、エリザベスやジェイムズが、貴族たちと交渉する際に利用するレトリックなど、宮廷内でのレトリック全般とも関わってくる。

そうした理想の君主とその陥穽を、古典作品やタネ本以上に巧みに描いてきたのが、シェイクスピアの演劇だった。しかも、他の作家のように単発の歴史劇ではなくて連作を書き上げている。当初からの構想だったのかは疑わしいが、結果として百年戦争や薔薇戦争に関する二つの四部作をまとめて、連続性を打ち出したのだ。ローマ史劇でも、『ジュリアス・シーザー』の続編として、十年後に『アントニーとクレオパトラ』を発表し、前作の勝者アントニーを敗者という別の角度から見ることを可能にしている。このようにある作品が別の作品を相対化しつつも、全体として連続性や統一性を保つことになる。その中で王政から共和政までのさまざまな政治形態に関するシミュレーションを表現しているのだ。

2　『ヘンリー五世』と強い王

【強い王への成長】

シェイクスピアの劇の中でも、『ヘンリー五世』は最大級に強い王を主人公にしている。原題の五世の五を表すローマ数字の「V」が、どこか「ヴィクトリー」の「V」を連想させる。元ネタとなった作者不明の『ヘンリー五世の赫々たる勝利』（一五九四年）では、「フィフス」という言葉を使っていたが、その代わり「勝利（ヴィクトリー）」の語が入っていた。どうやら勝利とヘンリー五世とは切り離すことができないようだ。

元ネタとなった『ヘンリー五世の赫々たる勝利』の台詞を踏まえて改変し、敷衍しながら、シェイクスピアは自分の歴史劇を作り上げた。コロス（＝序詞役）が幕前に内容の説明や導入をし、歴史劇の四部作を二つ並べた最後の締めくくりにふさわしい「叙事詩」的な構成をもっている。それだけに、イギリスが新しい戦争を体験するたびに、存在が思い出されて引用され、上演される愛国劇なのだ。

この劇が迫力をもった理由のひとつは、第四幕すべてを費やして、一四一五年のアジンコート（仏名アジャンクル）の戦いが描かれているせいである。臨場感に訴える「戦場劇」の構成をとっている。長弓のおかげもあり、九千人のイギリス軍で六万人のフランス軍を撃退したとされる（劇ではその数字はもっと誇張される）。フランスに勝利したことで、王妃キャサリンと結婚し、その息子がヘンリー六世となる。結婚とともに、失った領土も持参金として手に入れたことで、ナショナリズムや植民地主義的な気分を掻き立てる要素をもっている。そのため、時代ごとの観客が体験した実際の戦争と、劇の中での戦争とが二重写しとなる。

公演における劇の解釈や演出は、外的な条件によって変化してきた。戦後のロイヤル・シェイクスピア・カンパニーの演出をたどるだけでも、イギリスが関与した戦争からの影響がわかる。映画にもなったローレンス・オリヴィエ版は、第二次世界大戦後のイギリスの統一への望みを強く打ち出していた。それに対して、ヴェトナム戦争時には、反戦気分の作品として扱われた（六四年、ピーター・ホール演出）。また、フォークランド紛争時には愛国主義を力強く唱えた（八四年、エイドリアン・ノーブル演出）。そうかと思えば、イラク戦争時には一方的な勝利を自ら相対化するもの（二〇〇三年、ニコラス・ハイトナー演出）と変わってきた（サイト『『ヘンリー五世』とＲＳＣ作品への戦争のインパクト」参照）。

このように解釈の幅が生じるのは、作品内に相対化できる要素が入っているせいでもある。敵側のフランスの王太子は、ヘンリー五世を見くびり、子供扱いすることで使者を通じてテニス・ボールを送りつけてくる。しかも、フランスは、アジンコートの戦場で、従者となっている少年たちを殺害する非道な存在として悪魔化される。フランス宮廷内にも暗さが満ちていて、フランス王は否定的な言葉を発する。イギリス側も不安な要素を抱えている。王への裏切りや、戦場での略奪行為などがある。兵士の間のアイルランドとウェールズの対立などもあり、足並みは揃っていない。ところが、戦争そのものと勝利後の結婚による領土の獲得を経ることで、こうした内外の憂いは洗い流され、まさにカタルシス（＝浄化）をもたらすのである。

ヘンリー五世の言動を効果的にするために、四部作の連続が必要だった。『リチャード二世』に始まり『ヘンリー五世』に終わる百年戦争をめぐる連作を通じて、世継ぎの王太子ヘンリーは、市井の者と交わる放蕩者のハルから、しだいに理想的なヘンリー五世へと成長していく。薔薇戦争を舞台にしたこの四部作は、ヘンリー五世が一貫して登場するので、「ヘンリアド」とも呼ばれる。

この「ヘンリアド」としての一作目の『リチャード二世』で、王冠を奪取した父親ボリンブルックが「余の放蕩息子の行方をだれも知らないのか」（五幕三場）と問いかけ、自堕落な連中と付き合っていることを嘆く。それに対して、「二日前にお会いしました」と消息を知らせるのが、同じ名をもつヘンリー・パーシーだった。こちらのヘンリーは勇猛果敢で「ホットスパー（熱い拍車）」とあだ名をつけられ、ヘンリー四世が、息子のハルよりも世継ぎにふさわしいと思い込むほどの人物である。フォルスタッフなど放埒な取り巻きをもつ自分の息子の姿に、かつてのリチャード二世の再現を恐れた。自分が王位簒奪をした相手に、息子のハルが似てきていることが、自分への復讐に思えてくるのだ。そしてホットスパーとハルとが「取り替え子だったら」とまで口走るのである。

『ヘンリー四世』二部作の主人公は、タイトルとは異なり、世継ぎの王太子ハルになる。これは、為政者への民衆的な願望を表現している。(2) 放蕩者が改心するという図式は、反キリストの尖兵だったサウロが、護教の柱の聖パウロになったように、あるいはジョン・ダンが若いころは「ジャック」という暴れ者だったのに改心して「ジョン」になった話ともつながる。オセロやマクベスのような転落や堕落とは逆向きなので、「若いころのやんちゃ」からの離脱は、人間的な「成長」とみなされて肯定される。

ハルの取り巻きの中でも、とりわけ有名なのはフォルスタッフという大酒飲みの借金王で、国庫奪取を計画する悪党である。[3]　一応「勲騎士（ナイト）」の称号をもつ下端の貴族で、しかも名前が「偽りのつっかえ棒（フォルス＋スタッフ）」を意味している。偽物は外される運命がすでに名前に予告されているわけだが、この取り巻きという暗雲があるおかげで、太陽としてのハルの「野心」は守られてきた。最後には、この寄食者たちがハルの罪を飲み込み、身代わりに犠牲となってくれる。「ヘンリアド」を通じて、フォルスタッフやその仲間たちは、ハルの隠れ蓑として働いている。それを最終的に切り捨てるのが、『ヘンリー五世』での戦争に他ならない。

【イギリスを言語で統一する】

「ヘンリアド」の四部作を通じ、シェイクスピアは、チープサイドの居酒屋から王宮までを舞台にし、王侯貴族から庶民までの「階級」を横断してみせた。当時のグローブ座がシティから見てテムズ川の対岸の「リバティ」と呼ばれる歓楽街にあることで、多くの異なる身分の者が観劇していた。多彩な登場人物たちは、男女を含めた当時の幅広い観客層を反映している。

『ヘンリー五世』では、劇を進行させる序詞役が姿を見せて、自分たちの劇場を「木製のO（オー）」と呼ぶ。昔からグローブ座の形をめぐって議論を呼んできた台詞である。現在では、多角形の壁材の配置によって円形に近い様子を持っていたと推定されている。はたして、劇場が建築学的に円形だったのかどうかは、それほど重要ではない。この図像的な表現が、「孤島」と同じく囲まれた場所を指し、壁に囲まれた劇場が、舞台と観客席の間に一体感を生み出す装置となり得たことが重要なのだ。

現在でも、ドアによって観客を室内に閉じ込める劇場や映画館は、古代ローマやギリシアの野外の円形劇場とは異なる効果をもたらす。明かりを落とせば、闇を生み出すことができる。当時のグローブ座には青天井の部分もあったが、今よりも光害が少なかっただろうし、夜になればそこには星空が見え、月の光も射すことになる。『ロミオとジュリエット』や『夏の夜の夢』のように、シェイクスピア劇の五幕に印象的な夜の場面が多いのは、時間の経過とともに夕闇が訪れる実際の劇場空間を利用するせいでもある。国民の統一に至るプロセスを描き出す『ヘンリー五世』では、こうした劇場が与える一体感が有効に作用している。

序詞役は、「0とは数字ならゼロだが、末尾につけば百万にもなる」と言い切り、観客に想像力を働かせろと言う。第四幕のアジンコートの戦いの場面では「役者一人が千人となる」とし、イギリスとフランスが敵対する戦場を思い浮かべてほしいと観客に乞う。一人の俳優が千人を表すという数の増殖は、かつてフォルスタッフが、『ヘンリー四世・第一部』で述べた台詞を連想させる。ギャズヒルで国庫の強奪に失敗した際に、言い訳として、「ゼロ」だった相手の数を「二人」から「四人」さらに「七人」と増やし、自分の腕前を誇張した。手法としてはそれと同じである。

序詞役は、想像力の名のもとで数を水増しすることが、歴史を補完する手法だとして積極的な評価を与える。しかも、こうした想像力をフォルスタッフのような悪徳の側にではなく、正義をなす側に利用するのを正当化しているのだ。そして、共感するには想像力が不可欠だとして、ともに劇を作り上げる仲間として観客をとらえ、その共犯関係を利用して、歴史に関するフィクションを舞台上に繰り広げるのである。

だが、実際の観客層は均一ではなかったからこそ、劇中でも多様性を統一する仕掛けが求められた。対仏戦争に勝利するには、階級だけでなく、地域差を超えた統一が要請された。あくまでもイングランド中心ではあるが、ウェールズ、スコットランド、アイルランドという現在の連合王国につながる「イギリス」の地理的な結合を浮かび上がらせる。その統一感を、「ヘンリアド」全四作を通じて、「島」や「庭」や「劇場」といった閉域をあらわす比喩を使って描き出そうとしてきた。ただし、スコットランドの扱いが相対的に弱いのは、エリザベス朝のときにはまだ別の王国であったので、上演時の政治的な思惑もあった。

すでに触れたように、『リチャード二世』では、アイルランドの反乱を鎮圧した王がブリテン島に帰還すると、ウェールズが舞台となった。その地で、後にヘンリー四世となるボリンブルックにリチャード二世は王冠を奪われる。その後のウェールズでは、グレンダワー、さらにスコットランドの勢力を背後にもつノーサンバランド伯による反乱が起きた。ヘンリー四世は手こずりながらも、息子たちとともに遠征してウェールズでの反乱を鎮圧した。その戦いに参加して、ハルは自分の分身のようなホットスパーを倒し、自分こそが世継ぎの王太子で「プリンス・オブ・ウェールズ」であることを証明する。

『ヘンリー五世』では、地域的な横断と統一がなされるときに、すでに併合されてしまったウェールズが要となる。劇中で、アイルランドとウェールズの対立が表面化する。イギリス軍はフランスのハーフラー砦を攻めるために、地下に坑道を掘って爆破を試みていた。そのときに、アイルランド人のマックモリス隊長のやり方を、ウェールズ人のフルーエリン隊長が「戦争の原理に従っていない」と批判する（三幕二場）。フルーエリンは、理論の裏づけのない行動を拒否し、ローマ兵法に関して討論しようとマックモリスにもちかけるのだ。

『オセロ』では、戦争における「算術家」のキャシオーと、現場第一主義であるイアーゴとが対立することが、戦場を離れて起きる悲劇の遠因となっていた。フルーエリンは、イアーゴのような単なる現場主義の叩き上げの兵士とは異なるのである。明らかに人文主義的な教養をもち、「年代記」も読んでいて、過去の王の業績を知り、古代からの軍事理論にも精通している。

さらに、ウェールズのモンマス生まれのヘンリー王の生涯が、マセドン（マケドニア）生まれのアレキサンダー大王の生涯と暗合するという説をフルーエリンは唱える。まさにプルタルコスの『対比列伝』の応用である。どちらの生誕の地にも川が流れ、アレキサンダーは友を殺したが、ヘンリー王はフォルスタッフたちを追放した、と強引な理屈づけをする。そして、王は自分と「同郷」のウェールズ人なのだと強調する。

この同郷人フルーエリンは、アジンコートでの勝利のあとで、ヘンリー五世に「ワイ川の水をすべて使っても、陛下からウェールズ人の血を洗い流すことは出来ません」（四幕七場）と断言する。さらに、「リーキ（ポロねぎ）」を、ウェールズの聖人デヴィッドの日にモンマス帽につけると誓いあうことを通じて、王とフルーエリンは連帯するのだ。ウェールズ訛で話し続けるフルーエリンはコミカルな存在だが、フォルスタッフたちの退場後は、新しい民衆像を担う一人となる。フォルスタッフのように王の権力を利用して私腹を肥やすとか、バードルフやピストルのように戦場で泥棒をするのではなく、自ら進んで王権を支えようとする民衆なのである。

しかも、外国人による片言の英語も登場する。フランスの王女キャサリンが、侍女のアリスから英語の単語を学ぶ場面が出てくる（三幕四場）。そこの会話はフランス語だけ演じられる。他の場面では、フランスの王や貴族たちは「英語」で話しているわけで、デンマーク人だろうがイタリア人だろうが、外国人も英語で話すという芝居の約束をこの会話は破っている。愛国主義的な劇の中で、フランス語だけで台詞が展開するのは、ちょっと奇異な感じをあたえるが、これも多様性の表現なのだ。

キャサリンは侍女から「手」や「ひじ」や「顎」といった単語を教わる。ただし、発音もフランス語風で、しかも単語も取り違えている。最後には、英語の「ガウン」を「カン(ト)」と女性器を指す表現だと侍女が口にすると、「品のない、みだらな言葉」だと王女は笑う。(4) 言葉のずれを用いたコメディのパターンを借用している。その後、カタコトの英語を使うキャサリンとフランス語が不自由なヘンリー王は無事に会話を交わして、結婚にたどり着くのである。

このキャサリンの英語習得は、『テンペスト』におけるキャリバンの言語習得ともつながっている。キャサリンもキャリバンも仕える相手のために言語を学ぶことになるが、両者の立場は異なっている。キャリバンが習得したのは奴隷的身分での労働のための英語で、それにより言語以前とも言える詩的イメージを奪われてしまった。キャサリンの場合には、結婚の承諾をするために英語の習得が必要だった。

しかも、このキャサリンは歴史上、ヘンリー六世の母となっただけでなく、夫が亡くなった後には、再婚してオウェン・チューダーと結ばれる運命にあった。そして、キャサリンの孫にあたるヘンリーこそが、リチャード三世を倒してチューダー朝を創始したヘンリー七世となる。その意味で、キャサリンが英語の世界に受け入れられる様子は、エリザベス女王へとつながる王の血筋をあらためて確認し、そこに英語習得を通じて、イギリス王家としてフランス色を脱するプロセスがあったことを実感させる。

このように『ヘンリー五世』には、多様な英語が登場する。ロンドンの階級による差異を持つ英語、ウェールズやアイルランドなど地域によってアクセントが異なる英語、さらには外国人女性が学んだ片言の英語なのである。ここで使われた英語は、話し手の階級や民族やジェンダーの違いという多様性をもちながらも、戦争を勝利へと導くヘンリー五世の下で統一されていく。これこそが国民国家としての「ガバメント」の理想を体現している。そのおかげで、この劇は国の統一を求めて愛国主義的に鼓舞するときには政治利用され、多様性を強調するときにはパロディ化され、矮小化されるのである。

【王による監視と演劇性】

ヘンリー五世は、戦争を遂行するために、そして同時に戦争の遂行を通じて、自分の「ガバメント」を確立していった。その際に、「不正」を監視し排除するネットワークを張り巡らす必要があった。あくまでも検閲の中で演劇の「自由」が保証されていたように、英語の多様性をどこまで許すのかは、それぞれの行動をどこまで許すのかと結びついていた。

ヘンリー五世となる過程で、王太子ハルは、王宮と、居酒屋と、戦場といった場所を横断しながら成長していく。『ヘンリー四世・第一部』でのホットスパーとの対決で、ハルは自分の鏡像とも言える相手を倒す。だが、その名誉をフォルスタッフが横取りするのを許すのである。「木製のO」の内部にいる観客たちが、ハルの行為の証人となってくれたので不要なのだ。観客がハル王太子と秘密を共有する歴史物語の立会人となる。

『ヘンリー四世・第二部』では、フォルスタッフはグロスターシャーに兵士の調達に出かけるが、兵役を逃れたい連中から賄賂をもらい、代わりに敵の「火薬の餌（food for powder）」と一笑されてしまう貧弱な兵士たちを必要な頭数だけリクルートする。これは国内にはびこる不正であり、軍隊が弱体化した根拠をしめしていた。ところが、王位を継いだヘンリー五世は高等法院の院長という法の番人を味方につけ、不正や腐敗を排除する力を握ったのだ。院長は、かつて王太子時代のハルを逮捕して牢へ入れた過去をもつ。報復を恐れた院長に、自分の息子に対しても、同じように厳しく接してくれとヘンリー五世は頼むのである。

法院長の助けを借りて、ヘンリー五世は「臆病」で名誉を軽んじるフォルスタッフたちを切り捨てる。しかも、居酒屋の女将や娼婦といった女性たちも一緒に取り締まり排除する。(5)

王子と庶民がイーストチープのいかがわしい居酒屋で交流するというのはもちろん幻想であ

る。こうした社会の腐敗部分を切り捨てられたのは、ヘンリー五世がフォルスタッフやピストルたちを「権力の餌（food for power）」と見ていたおかげである。現実政治の判断を通じて「ガバメント」を確立するのである。

その後、『ヘンリー五世』になると、王位についた後の変身ぶりが聖職者たちを感心させる。そこで、宗教的な権威と知識を背景にもつカンタベリー大司教は、継承を定めた「サリカ法」の適用範囲がドイツに限られるという独自の解釈に基づいて、フランスの王位継承権がヘンリー王にあると証明するのだ（一幕二場）。これにより戦争の大義名分が確認された。

国家としての一体化を求めるには、足元の反逆を事前に防ぐ必要がある。フランスへと進軍する前のサウサンプトンで、供犠のように、裏切り者であるケンブリッジ伯爵以下三名の貴族をヘンリー五世は始末する。フランス行きに不承知な者は内外にはいないだろう、とする王の言葉に、ケンブリッジ伯爵は「すべては陛下の心地よい統治（ガバメント）のおかげ」と追従の言葉を述べる（二幕二場）。だが、ヘンリー五世は、彼ら三人の正体をあばき、「イギリスの怪物ども」と呼び、悪魔化して処罰を与えるのだ。

その際に、「非道な相手には慈悲を与えない」との言質を相手からとり、逃げ場をなくす。慈悲を拒絶する者には慈悲を与えない、という論法は、シャイロックの人肉裁判のときに、ポーシャが追い詰めていった手法にも似ている。しかも、裏切り者の一人であるスクループ卿は、ヘンリー五世の幼少時代からの知り合いで「心の底までを知っている」人物に他ならない。まさに裏切られた知己を断罪することで、王の決断の重みを証明することになる。そして、王から追放されて失意の中で死んでしまったフォルスタッフの仲間で、ハル時代の知り合いのバードルフも、戦場で犯した盗みのせいで処刑される。その処刑の報告をフルーエリンから受けた際に、軍規どおりだと、ためらうことなくヘンリー五世は受け入れる（三幕六場）。これはそのままヘンリー五世にとり不都合な過去を記憶している者の切り捨てとなる。

【国家の心臓としての王】

このように、ヘンリー五世は対仏戦争を通じて過去を清算し、王国の中心に安心して座ることができるようになった。この立場は、シェイクスピア没後の一六二八年に発表されたウィリアム・ハーヴェイの『動物の心臓ならびに血液の運動に関する解剖学的研究』での考えを先取りしている。ハーヴェイはこの本で血液循環説を打ち立てた。

本につけたチャールズ一世への献辞によると、動物における心臓の役割は、「国王がその王国の礎石であり、その小宇宙の太陽であり、その国家の心臓であって、すべての権力が国王から発動し、あらゆる恩恵が、国王にその源を発するのと、まったく同様」（暉峻義等訳）なのである。従来の太陽としての王だけでなく、国家の心臓としての王が強調されていた。チャールズ一世は、王権神授説を唱えたジェイムズ一世の息子で、その説をより強く信じ、ピューリタン革命によって首を斬られた。ハーヴェイの血液循環説が、父子の王権神授説を補完している。

国家の心臓としての王とは、ヘンリー五世が目指す「ガバメント」につながる。国王のもつ権威や力を、心臓から押し出される血液のように政体の隅々にまで行き届かせる必要がある。それには、過去の不都合な記憶のような流れを妨げる桎梏を清算するだけではすまない。絶えず人心の監視や管理も必要となる。そのため、アジンコートの戦場で、戦いの前夜にヘンリー五世は兵士たちの様子を見に出かける（四幕一場）。ただし、国王なので、イーストチープの居酒屋に入り浸っていたハル時代のように、堂々と出かけることはできない。そこで、外套で身分を隠して巡回するという変装を行うのだ。

シェイクスピア劇で目につく変装と言えば、女性キャラクターによる「男装＝異性装」のほうである。旅や異国の地での身の安全を確保するとか（『ヴェローナの二紳士』や『十二夜』）、男性しか入ることの許されない法や政治の空間へと潜り込むための仕掛けのだ（『ヴェニスの商人』）。性別や職業別にドレスコードが決まっている社会では、若者に変装するとか、法学博士のふりをすることが、逆に簡単でもあった。ただし、ヘンリー五世が行っている変装は、女性たちの異性装とは役割が異なる。当時の劇では、王がこうして変装するのは、ロマンスと結びつくのが主だった（アン・バートン「変装した王――ヘンリー五世の二つの身体」）。ところが、この変装はガバメントの確立のためであり、ロマンス目的の変装ではない。

ヘンリー五世が変装して巡回すると、まずピストルと出会う。彼はかつてのハルだと気づかず、国王を褒めるのだ。次にフルーエリンを見かけて、会話を通じて古典への造詣に感心する。さらに三人の兵士と出会うのだが、敗北しても国王は身代金で逃れてしまうかもしれない、と身分や境遇の差に彼らは不満をもっている。そこでヘンリー五世は、王に関して「ふつうの人がもつ五感とおなじ」ものをもっているが、「恐怖を浮かべると皆が怯えるので耐えている」などと熱弁をふるう。そして、兵士が戦いで死ぬこと自体に王の責任はないとし、戦いに尻込みをしがちな兵士たちを鼓舞するのだ。

このように権力者が変装して市中を歩き回るのは、ウィーンを舞台にした『尺には尺を』（一六〇四年）に出てくる公爵のやり方にも似ている。公爵は冒頭で旅に出ると宣言して、行方をくらます。じつは変装して、自分の治世の実態を探り、法が守られているのかを、売春宿から牢屋まで見て歩いてチェックするのである。自分が不在の間の代行を任せたアンジェロが行う裁きなど統治のようすを観察する。それは「ハル王太子＝ヘンリー五世」のように、社会の隅々を監査する姿に見える。支配者の権力が働くようすが間接的にではなく、変装した支配者の姿として表現されるところにフィクションの価値がある。

しかも、ヘンリー五世は、変装に関してもリハーサルを重ねていた。『ヘンリー四世』の第一部では、父王に呼ばれて王宮へ出かける前に、面会の練習をフォルスタッフとする。その際に、父王の役をフォルスタッフが務め、その後互いの役割を交換する。そして、ハルのままで父王に扮して、フォルスタッフの追放を告げるのだ。さらに第二部では、売春婦や女将と戯れるフォルスタッフの前に、ハルたちは給仕人に変装して登場し、自分への悪口を聞いて、その後しっぺ返しをする（変装ごっこはどちらも二幕四場という劇のほぼ同じ位置に出てくる）。こうした悪ふざけを共にするなかで、ハルはフォルスタッフがもつ演劇性を自分の中に取り込んでいった。

ヘンリー五世として、アジンコートの戦いの前夜の巡回をした後で、一人きりになると、「すべての責任を王に押しつけるがいい」と独白をして、王冠の重みについて観客に聞かせるように語るのだ。さらに「リチャード二世」について、父だけでなく自分も鎮魂の祈りを捧げているると神に赦しを乞い、どうか戦争で勝たせてほしいと願うのである。

この章で扱う残りの二つの劇『リチャード三世』と『ジュリアス・シーザー』では、主人公が戦場に向かう前夜に亡霊と出会う。だが、『ヘンリー五世』では、あらかじめ懺悔をしていたせいなのか、リチャード二世の亡霊は出現しない。王位簒奪の罪科は、すべて前の父王が死とともに持ち去ってしまった。しかも、ヘンリー五世自身の弱みを観客に見せることで、観客は王が自分たちと同じ人間であると共感できる。そうした三幕までの下準備があってこそ、四幕のアジンコートの戦いで、勝利を導く強い王の姿が効果的に浮かび上がるのである。

3 『リチャード三世』のガバメント

【リチャード三世と恐怖政治】

『ヘンリー五世』が百年戦争を扱った「ヘンリアド」四部作の掉尾を飾ったとすれば、薔薇戦争を扱った四部作の掉尾を飾るのは『リチャード三世』なのだが、制作されたのはこちらのほうが早い。この二つの作品は、それぞれの四部作の完結編というだけでなく、単独で上演される人気作にもなっている。しかも「ガバメント」をめぐり、『リチャード三世』は『ヘンリー五世』の反面教師あるいは悪いお手本とも言えるのだ（以下では煩雑を避けるために、王子としてのリチャードも含めてすべてリチャード三世と記述している）。

『リチャード三世』は、シェイクスピアの出世作となったヘンリー六世を扱った三部作に続くのだが、作劇術が向上したのがわかる。冒頭のリチャード三世の独白は、「我らが不満の冬も終わり」と始まり、自分たちヨーク家から王が生まれことを祝うのであるが、それに比べて自分の立場や野心について語る台詞となっていく。これ以外にも、今でも引用される名台詞をたくさん含んでいる。リチャード三世自身と同じくシェイクスピアの文学的野心がこもり、登場人物も多くて、劇全体も『ハムレット』並みの長さとなっている。散文部分の数え方にもよるが、『リチャード三世』が三七一八行で、『ハムレット』が四〇二四行となる（サイト「シェイクスピア・ショップ」）。しかも、どちらも共作者がいるという懸念もなく、単独作としての力強さをもっている。

後世への影響も強く、リチャード三世の「背中のこぶ」や「片手が萎えている」といった「欠陥」とみなされる身体的な特徴は、この劇が広めたものである。史実を歪めたリチャード三世像は、トマス・モアの『リチャード三世伝』（一五一三―一八年）などの史料に基づき、シェイクスピアが拡大解釈したのである。

モアがリチャード三世に対して否定的なのは、彼の師で、やはり大法官でもあったジョン・モートン枢機卿が反リチャードの立場だったせいなのだ。このモートンは、シェイクスピアの劇でも、リチャード三世を追いつめる仲間となったイーリーの司教として登場する。リチャード三世を倒したヘンリー・チューダーは、エリザベス女王の祖父である。そこで、「チューダー神話」として、史実を捻じ曲げたことが、第二次世界大戦中にティリヤードたちによって明らかにされた。(6)

シェイクスピアが描いたリチャード三世は、実像から遠く離れている、という批判はすでに定着している。たとえば、ミステリー小説の形だが、ジョセフィン・テイは、『時の娘』(一九五一年)で、世間に流布しているリチャード三世は虚像だと主張した。ただし、最大の手がかりは、美形に描かれた肖像画であり、人相学が根拠となる。外観が醜くないから怪物的な人物のはずがない、とみなす論理である。こうして内面と容貌を結びつけるのは、リチャードの性格を外面から醜いと決めつけるのと論理は同じであり、かなりのあやうさを秘めていた。

こうした間接的な推定ではなく、最近、本人の遺骨という物証が、虚構と史実のずれを明確にした。二〇一二年に、レスターにある駐車場の地下で発見された遺骨は、子孫のDNAとの比較から、ほぼリチャード三世のものと断定された。レスター大学の調査によると、その遺骨には、戦いの刀傷や馬で運ばれたときの損傷はあっても、生まれつきの障害はなかったとされる。

このように劇中のリチャード三世の姿が、「チューダー神話」の偏見による産物だとわかってきた戦後には、どのように演じるのかが問われることになった。そこで、史実を離れて、リチャード三世を虚構の人物として扱うことになる。第二次世界大戦後には、ヘンリー五世とは異なった意味で、リチャード三世が新たに神話化されるのである。

映画のローレンス・オリヴィエ版（一九五五年）では、前半は、ヴァイス風の衣裳や化粧と、舞台装置そのままの簡素な背景で話が進む。最後の場面は、リチャード三世とリッチモンド伯（ヘンリー七世）による野外での戦いとなるが、周囲の兵士たちが囲んで全員で王を殺戮する。どこか『ジュリアス・シーザー』の暗殺場面を連想させる情景となっている。リチャード三世を葬り去った罪科を平等に受け持つというわけだ。

また、映画のイアン・マッケラン版（一九九五年）は、ナチス・ドイツ風の設定で、軍服姿の冷酷なリチャード三世像が登場するが、使用する武器は剣ではなく戦車や銃の世界である。ジープに乗って「馬をくれ」と言ったりするし、銃撃戦で二発打ち込まれて、ビルの上方から燃え盛る火の中へと落下して絶命する。

テレビドラマの「ホロウ・クラウン／嘆きの王冠」シリーズでのベネディクト・カンバーバッチ版（二〇一六年）は、わざと背中の瘤を見せて始まる。そして、最後には、雨の中での一騎打ちで刺殺される。リチャード三世が萎えている手が、右と左のどちらなのかも、演出によって変更されるのだ。当然ながら、利き腕として私たちの多くが無意識に選択する右手が不自由になっているほうが、視覚的に強い印象を残すのである。

そもそも、リチャード三世は、生みの親である公爵夫人から、上の二人の息子とは異なり、夫の姿の「歪んだ鏡」だと否定的な評価しかもらっていない（二幕二場）。さらに「おまえが生まれてきたのは、この世を私の地獄にするため」と決めつけられる（四幕四場）。自分の母親に幼いころから醜いと拒絶され、存在を否定されてきたリチャード三世の生活史がそうした言葉でほのめかされる。このように母親との関係がうまく築けなかったリチャード三世が、自分のほうから世間を拒絶し、自分の手を汚すのにためらうはずもない。

しかもリチャード三世は行動的なのである。前作の『ヘンリー六世・第三部』で、リチャードは兄のエドワードとともに、ヘンリー六世の王子のエドワードを刺し殺した（五幕五場）。そして次の場で「塔だ、塔だ」と興奮したリチャード三世は、ロンドン塔に幽閉したヘンリー六世を殺害するのである。これら一連の出来事によって、観客の中にリチャードの「殺人鬼」のイメージが確立する。

続く『リチャード三世』になっても、リチャード三世による謀略と暗殺は続く。王となった兄が病弱になると、王位継承権をもつ次兄と反目させる。「G」がついた人物が王を殺そうとしているという怪文書を王のもとに送る。これが、次兄のジョージのことだとエドワード四世は勘ぐって、ロンドン塔へと幽閉するのだ。同時に「G」は、多くの注釈者が指摘するように、グロスター伯であるリチャード三世本人をしめす自己言及的な表現となり、この時点で自分の行為を予告している。もっとも、エドワード王はあくまでも病死したのであり、リチャード三世が直接手をかけたわけではないのだが。

このように、「G」のつく「グロテスク」なグロスター伯リチャードは、自分の「ガバメント」を確立するために人々の恐怖を利用する。暗殺者たちを使い、幽閉された次兄のジョージを殺害させるのだ。弟を信じているジョージは、背後にリチャード三世の謀略があるとは理解できない。おかげで、リチャード三世の行為はエスカレートして、世継ぎである甥殺しなど、身内へとその刃を向けたのである。

ヨーク家の一員として、ランカスター家と対立していたときには芽生えていなかった殺意や権力欲が高まっていく。リチャード三世は、しだいに自らの手で殺すのではなく、暗殺者たちを使い処刑の命令をするだけとなる。間接的な指示を出すのは、リチャード三世の不自由な身体のせいにも見えてくる。間接的だからこそ、部下たちが忖度をして意を体した行動をとるのである。彼が王となったときの見返りを期待するケイツビーやバッキンガムといった腹心の部下が積極的に事をすすめる。リチャード三世自身は、王位への階段を登るのに必要となる「演劇性」をまとうようになる。行動を仰々しくわざとらしくして、しかも野心や本心を隠すのだ。

一幕の冒頭での独白は、リチャード三世が劇の主人公になったことを告げる台詞であるとともに、野心を開陳するものだった。そしてその実現のために、敵と味方の峻別が行われる。リチャード三世はロンドン塔で、あのイーリー卿ジョン・モートンに「去年ホーボーンのお宅にお邪魔したとき、庭で立派なイチゴをお見かけしたが、どうかあれを送ってくださらないか」と声をかける（三幕四場）。一見するとのどかだが、そのやりとりの後で、ヘイスティングス卿を処刑して生首を取ってこいと、命令をする。このように王家の血筋を植物のイメージで語るのは、家系を樹木で表現することを連想させる。リチャード三世は王位継承権をもつ甥が利発なことを言うと、「大きな雑草は早く伸びる」と言って、育ちすぎると刈り取られる運命にあると暗に告げるのだ（二幕四場）。こうしたリチャード三世の行動さえも、「庭＝国家」の管理者としての王の役割を果たそうとしたとも言えるのだ。

数々の殺害のお膳立てをしたバッキンガムは、リチャード三世が王位についたあとで、約束の「ヘリフォード伯爵領」を要求する。だがリチャード三世は別の話をしてはぐらかし、バッキンガムを処刑してしまう。現実の貴族や官僚たちが、ヘンリー八世やエリザベス女王を持ち上げながらも処刑されてしまった、という暗黒の歴史がそこに映し出されている。

【レトリックによる人心操作】

けれども、人は死への恐怖だけで権力に従うわけではない。この劇では、リチャード三世が駆使するレトリックとロジックによるさまざまな誘惑や人心操作のようすが描かれる。なにしろ本人が「劇の悪役のように言葉の意味を二重にとってみせる」とうそぶくのだ（三幕一場）。この過剰な自意識がリチャード三世の魅力である。

　言葉の多義性はソフィストたちが利用した特徴だった。そして、演劇が、人文主義にとって「弁論術＝修辞学」の練習の機会だったとすれば、能弁なリチャード三世像は教育の成果であり、学習者にとってのお手本とも言える。劇場に響き渡るリチャード三世の声によって張り巡らされていくレトリックを聞いた人々が屈服するようすが観客にも見える。そして自分の声に従わない相手をリチャード三世は、彼らの声が出ないように殺していくのだ。

　レトリックによる人心操作の有名な例は、一幕二場でのヘンリー六世の王子エドワードの妻だったアンへの求婚だろう。義父のヘンリー六世、さらに彼女の夫も、リチャード三世とその兄弟が殺したのである。埋葬のためにヘンリー王の棺が運ばれるのに付き添いながら、アンは、リチャード三世に忌まわしい禍（わざわい）が降り、「蝮（まむし）、蜘蛛（くも）、蟇（ひきがえる）」の毒が降り、子供ができたならば、それは化物となれと呪いの言葉を発する。毒づいているところにリチャード三世本人が姿を現して、棺が運ばれていくのを止めると、付き添っていたアンへの求婚を始める。彼女に「悪魔」と呼ばれても、リチャード三世は平然としている。しかも、自分の殺しに関して慈悲を求め、慈悲とは悪に善を与えることだ、と口にしたのでアンは激怒する。

アン　　悪党め。お前は神の法も、人の法も知らない。

リチャード　どんなに獰猛な獣だって、憐れみのかけらくらいは持っている。
アン　でも私は憐れみなど知らない、だから獣ではないのです。
リチャード　まあ、驚きね。悪魔が本当のことを言うとは。
　もっと驚くのは、天使がそんなに怒ることですよ。

ここでの会話は、対句のように、シンメトリーな構造を保ちながら進む。リチャード三世はアンの言葉を模倣し、ずらし、揚げ足をとりながら、彼女の心の内へと入り込んでいく。「神の法も人の法も知らない」というアンの言葉を受けて、「憐れみなど知らない」と口にすることで、獣ではないから人なのだ、と論証する。こうした擬似的な論理は、まさに「詭弁」である。続いて、悪魔と罵られたので、天使であるあなたも怒るのか、と言い返す始末である。善悪の二分法によってリチャード三世を悪魔化しようとしていたのに、アン自身がその論法に絡め取られてしまうのだ。

リチャード三世の詭弁は、相手が理屈を繰り出すときに冴え渡る。怒りにかられたアンは沈黙を守ることができない。さらに、リチャード三世は、ヘンリー六世もアンの夫の皇太子も、善人だったので早く天国へと届けてあげたのだ、と言い放つ。天国を否定できない者は、この屁理屈を全否定はできない。しかも、これと同じ理屈を、リチャード三世の次兄のジョージを暗殺するときに暗殺者が述べていた（一幕四場）。暗殺とは、この世の苦役から逃れて、早く天国へ行くように殺害した善行だ、というのである。死に際しては、告解を終えて病者の塗油（終油の秘蹟）をしてもらわなくてはならない。こうした死の儀式を経ないと、ハムレットの父親の亡霊のように、煉獄で彷徨い続けたままとなってしまう。リチャードが暗殺した者たちが、戦場で次々と亡霊となって出てくるのも、中途半端な状態で死に至ったせいなのである。

リチャード三世がレトリックを駆使してアンに迫るとき、相手が感じる「おぞましさ」さえも説得の道具となる。ここでのピークは、怒ったアンがリチャード三世に唾を吐きかける場面である。この行為によって、アンは言葉のやり取りだけではなく、間接的ながらもリチャード三世と身体的につながってしまう。次にリチャード三世がアンに向かって剣を差し出して、自分の胸を突けと迫るのだが、そのときに義父や夫の復讐者として剣を使えないのは、人を殺すなという戒めに背くからだけではない。唾を吐きかけて身体的に関わってしまった相手としてリチャード三世が浮かび上がってくる。アンは「おまえの死刑執行者にはなれない」として殺すのを拒絶する。結局のところ、剣を落としてしまいアンは敗北してしまう。ここで、リチャード三世がアンにキスをする演出もあるが、人心操作が目的だったので、言葉による屈服だけで十分なのだ。

リチャード三世は、自分が夫を殺して「未亡人」にしたアンを手に入れる。史実では、結婚したのはヘンリー六世たちが亡くなった一年後であった。一幕一場で「G」を使って次兄を処刑させたのと同じく、一幕二場でアンを妻にしたのは、いちばん難しい課題をやり遂げるという、ガバメントのための「予行演習」に過ぎない。しかも、独白で、アンをすぐに捨てると言い放つように、あくまでも権力の階段を上るために獲得しただけである。アンも「あの男のベッドでただの一時間も眠りを味わったことがない」(四幕一場)と後に告白する。そして、この台詞のすぐ後で、リチャード三世はアンを始末してしまうのである。

次の結婚相手としてリチャード三世が目をつけたのは、兄エドワード四世の娘つまり姪にあたるエリザベスだった。しかも、義姉である母親のエリザベスに結婚の取り持ちを依頼する。母親は当初は拒絶しているのだが、最終的には「私があなたの夫が奪った王国を、あなたの娘に与えよう」という理屈に負けて、承諾しかけるのだ。実際にはこの姪のエリザベスが、リッチモンド(ヘンリー七世)と結婚し、ヘンリー八世を産むことになる。

女性たちもまた、虚ろな王冠の与える力に魅了されている。アンやエリザベスが育ってきた環境の中では、他の選択肢は考えられなかった。四幕四場で、立場が異なる女性たちが互いに罵りあうのは、夫や子供を通じてつながりながらも敵対し、王冠の行方しだいで地位がいつでも転落する存在だからなのだ。女性たちの心の中に王冠への執着がある。リチャード三世がときに成功するのも、相手に死への恐怖を与えるだけでなく、男女の隠れた欲望を読み取り、その欲望を増大させる殺し文句を口にするからである。現在までリチャード三世が人気を保ってきた理由はそこにある。

【裏表となる二人の王】

複数の歴史劇をつなげてひとつのサイクルにすると、それぞれの治世を詳しく語るというよりも、弱い王や強い王などの君主のあり方を対比的に表現することになる。シェイクスピアは、百年戦争の四部作（ヘンリアド）では、リチャード二世を出発点にして、ヘンリー五世という理想的な君主が誕生する経緯を描いた。そして、薔薇戦争の四部作では、結果としてランカスターとヨークというプランタジネットの両家系の統一を導いたリチャード三世を描いた。確かに、リチャード三世をリッチモンド（＝ヘンリー七世）は倒すが、それ以前に障害となりそうな両家の有力な相手が消えていた。王の血筋をわずかしか引いていないリッチモンドが躍り出る機会を、リチャード三世が作り出したとも言える。ヘンリー七世の「赫々（かくかく）たる勝利」の裏に、リチャード三世の権謀術数による政治的な浄化があった。

そして、劇に描かれたヘンリー五世とリチャード三世を並列すると、二人の類似点と差異がよくわかる。『ヘンリー五世』では、王の演劇性や視線の利用をイギリスの統一とフランスとの戦いの勝利に結びつけていた。ハル王子が意図を秘めておくのも、自分が交わった下層の者たちを切り捨てているのも、「太陽」のイメージを利用して、栄光を勝ち取るためだった。そこには国民国家を作り上げる大義名分がある。それに対して、『リチャード三世』では、ヨーク家の太陽（サン）の栄光は、息子（サン）たちを悲劇へと向かわせる。エドワード四世は病死し、その息子エドワード五世は短命に終わり、次兄のクラレンスは陰謀により処刑され、リチャード三世は王位を手に入れるがすぐに倒されてしまう。年代記の歴史がシェイクスピアにより圧縮し改変されているので、彼らの運命が数時間で展開するように見えるのだ。このスピード感こそが演劇の命なのである。

また、海がもつ意味あいも二つの作品では異なる。『ヘンリー五世』では、海洋国家にふさわしく、英仏海峡を渡るようすが、三幕冒頭の序詞役によって勇壮に語られる。戦争の熱気を帯びた男たちが、王とともに船に乗って英仏海峡を越えていった。『リチャード三世』では、そのフランス側から、リッチモンドの軍勢が海を渡って進軍してくる。「ブルターニュのくず」とリチャード三世は罵るのだが、西海岸のウェールズに上陸し、ボズワースを目指してやってくる。リチャード三世側の海軍の弱さも言及されていて、海で敵を食い止められなかったのが敗因とされている。

二人の王は、最後の戦いに向かうときのようすも対照的である。アジンコートの戦いの前夜には、ヘンリー五世は変装して戦場を視察して、自軍の引き締めと戦いへの決意を固める。勝利を神に祈るせいなのか、リチャード二世の亡霊も出てこない。それに対して、ボズワースの戦いの前夜、眠りについたリチャード三世のもとに亡霊たちが訪れる。ヘンリー六世とその息子、次兄のクラレンスや甥たち、腹心の部下だったバッキンガムや王妃アンの亡霊などがたくさん出現する。しかも、舞台の左右に、対立する陣営のテントが張られ、リチャード三世とリッチモンドの双方に亡霊たちが声をかけるのである。亡霊たちは片方に恨みや呪いを、他方に祝福や応援の言葉を述べる。勝敗の行方がわかった上でシェイクスピアは描いているのだが、双方への言及により優劣をはっきりと与えている。

ヘンリー五世とリチャード三世は兵士を鼓舞する台詞も対照的である。ヘンリー五世は、ハーフラールの戦いで、もう一度突入しようと兵士たちに声をかける。そして、先祖や父母の名誉を傷つけるなと言い、「ハリーと、イングランドと、聖ジョージのために」と叫ぶのだ（三幕一場）。王と国と守護聖人の一体化がしめされ、それが軍隊の統一感につながっている。それに対して、リチャード三世は、「王という称号にはそびえ立つような力強さがあるのだ」と驕り高ぶっている(五幕三場)。ボズワースの戦場で「昔からの勇気の言葉、聖ジョージだ。炎のドラゴンの怒りを掻き立てろ」と兵士たちに向かって叫ぶのだ。ところが、リッチモンドの側も「神よ、聖ジョージよ、リッチモンドに勝利を」と守護聖人に頼っている。

ボズワースで戦うリチャード三世もリッチモンドも同じカトリックの信者であり、同じ守護聖人である聖ジョージに祈るのだから、神の恩寵の行方が勝敗を分けることになる。それを証明するように、スタンリー卿の息子のジョージの話が持ち出される。スタンリー卿は宮内長官にもかかわらず、リッチモンドの側に肩入れをしたので、リチャード三世は裏切り者だとして、人質となっている息子のジョージを処刑しようとする。ところが、戦いが始まってしまったので、ジョージの刑の執行は延び、結果として命が助かった(五幕五場)。聖ジョージならぬこのジョージの行方が、リチャード三世の敗北を裏づけているようにも読める。

ヘンリー五世とリチャード三世にはシーザーの影が落ちている。ヘンリー五世では序詞役が「征服したシーザー」とヘンリー五世を称える(五幕序詞)。ここには、勝利者や征服者としてのシーザーの姿がある。ロンドン塔がシーザーによって建てられたという伝説を甥の王子が述べ、「死もシーザーの名声を征服できない」と言うと、リチャード三世はその才気に対して「春の到来が早いと夏が短い」と後の運命を予言してみせる(三幕一場)。その後ロンドン塔に甥たちを送って殺害させるのである。

そして、リチャード三世が王位につくときに、もっともらしく冠を拒絶したのはシーザーを模倣したのである。しかも、自分が王位につくことを市民の側から要求してきたように見せかけた。祈りの途中なので返答できないと言って、信仰心が厚いようにつくろい、バッキンガムやケイツビーといった腹心の部下とともに一種の茶番劇を演じる。市長や市民からの再度の懇願によって、いやいやながら王になったように装うのである。

これはシーザーが王冠を三度拒絶したエピソードを彷彿とさせる。そして、シーザーが暗殺されたように、リチャード三世も冠を奪われるのである。シーザーの栄誉とその末路こそが、君主たちの行動や決定に複雑な影響を及ぼしている。そして、シーザーの最期をめぐって活き活きと描き出したのが、他ならぬシェイクスピアの『ジュリアス・シーザー』であった。そこには王政と共和政をめぐる議論が眠っている。

４　『ジュリアス・シーザー』と理念としての共和政

【ブルータスの憂鬱】

『ジュリアス・シーザー』に登場するのは、『ガリア戦記』を書き終え、一時代を築いた三頭政治も崩壊し、ルビコン川も渡った最晩年のシーザーである。

プルタルコス（プルターク）の「カエサル伝」では、シーザーの暦法改革いわゆるユリウス暦に対する評価を下したあとで、暗殺者たちに憎悪された理由が「彼の王位にむける熱望であった」とする（六〇節）。シェイクスピアが劇の冒頭に利用したのが、「ルペルカリアの祭」での護民官とシーザーとの軋轢の記述だった（六一節）。シーザーがアントニーの差し出した月桂樹の冠を拒否したときに人々は賞賛を与え、さらに「ブルートゥス（ブルータス）」と声を上げげたと記す。三度の拒絶はシーザーの策略ではなかったのだが、シェイクスピアはリチャード三世に通じる扱いをした。そして、歓声の裏でキャシアスとブルータスが暗殺への計略を進めると設定した。

プルタルコスで名のあがっていたブルータスは、同じブルータスでも紀元前六世紀のマルクスの先祖にあたるルキウスのことである。ルキウスは、暴君タークィンを追放し、王の世襲制を廃して共和政の基礎を築いた（この話をシェイクスピアは長編詩の『ルークリースの陵辱』ですでに描いていた）。その後ルキウスは初代の「執政官」となった。こうした因縁があるために、一族の子孫であるマルクス・ブルータスの言動へと人々の関心と期待が向くのである。キャシアスがブルータスに「かつてブルータスという男がいて、ローマに王を認めるくらいなら、悪魔に永遠に支配を任せたほうがよいと信じていた」（一幕二場）と述べるのは、この過去のルキウス・ブルータスによる共和政設立のエピソードを指している。

歴史劇らしく、シーザーとブルータスの間にすでにこのような緊張感があるのを前提として、シェイクスピアは劇の幕を開ける。ルペルカリアの祭の日に、シーザーの凱旋を待つ民衆と二人の護民官は対立する。現在日常の仕事を忘れて、晴れ着姿で凱旋を待つローマの民衆が、かつて大ポンペイの凱旋を同じように待ち望んでいた、と護民官マララスは非難する。「何度も壁や城壁に、塔や窓にそう煙突の上にまでよじ登って」「大ポンペイがローマの通りを過ぎるのを見るために待っていたではないか」と指摘する（一幕一場）。忘恩の徒というわけだ。

だが、修繕屋は古い「靴底（ソウル）」のように「魂（ソウル）」を直せると豪語し、政治家の人気は日々変化し、昨日の大ポンペイの地位を今日はシーザーが占めている。シーザーは三頭政治の一角を占めていた大ポンペイを倒して凱旋してきた。それを民衆たちが歓呼で迎えるのだ。こうした交替劇は、ヘンリーやエドワードやリチャードの名前が繰り返されてきたイギリス歴史劇と同じであり、むしろローマでの話が手本となっている。

この劇では言及されないが、ブルータスは、大ポンペイの味方をした敵対者だったのに、戦いのあとでシーザーに命を助けられた、とプルタルコスは説明する。その恩義からシーザー暗殺におけるブルータスの厄介な立場が生じる。ブルータスがシーザーの暗殺を実行すると、忘恩の行為となってしまう。当時プルタルコスを、ラテン語の原文やノースによる翻訳（一五七九年刊）で読んでいた観客は、背景知識として、ブルータスが置かれた状況を知っていたのである。そのため、シェイクスピアは、約束事とみなして人物関係に詳しく触れずに、いきなり劇を始めることができた。

共和政のもとでは、オセロがヴェニスの将軍になれたように、出世の武器は「血」ではなく「能力」のはずである。全員がローマ人の血を平等にもつことをブルータスは強調する(二幕一場)。けれども、ローマの元老院に連なる者たちは、平民ではなく、選ばれた少数の家系の出身者なのである。ブルータスも、四百年続く家系の一員だからこそ、その意見が尊重されている。ブルータスを、キャシアスが頼りにしているのも、シーザーが寵愛するのも、大ブルータスの子孫という血筋のせいである。ブルータスの二人目の妻となったポーシャも小カトーの娘であり、偉大な先祖をもつ女性で家系としても申し分ない。

ところが、劇の最初に登場したブルータスは、どこか憂鬱な状態にある。『ジュリアス・シーザー』と関連の深い『ヴェニスの商人』のアントーニオがやはり劇の冒頭で憂鬱なのと同じで、自分にもその原因や正体がわからない。そこで、キャシアスはブルータスの「鏡になる」と言う(一幕二場)。アントーニオの憂鬱の原因を仲間の商人たちがあれこれと推測したように、キャシアスは話しかけながら、ブルータスに自分の欲望や野心を投影していく。それはシーザーへの私的な恨みだった。

ブルータスとアントーニオが共に抱く憂鬱は、ローマやヴェニスの共和政下の男たちの人間関係がもたらす憂鬱に他ならない。大商人として期待されているアントーニオと、大ブルータスの子孫として期待されているブルータスの立場が重なる。しかも、史実では、ブルータスの母であるセルウィリア・カエピオニスは、シーザーの愛人でもあり、それがブルータスの憂鬱をさらに深めている。

ブルータスは、シーザーが野心をもつ可能性が高いから殺さなくてはならない、という犯罪予防的な判断がはたして正当なものかと苦悩する。「王冠を戴くことが、あいつの性根を変えてしまうのか、問題はそこにある」（二幕一場）。キャシアスに向かって「シーザーの精神にたいして立ち上がる」とブルータスは主張するが、シーザーの身体と精神は分離できない。王冠を求めるシーザーの精神だけを始末できるのならば話は簡単なのだが、不可能である以上、精神を身体もろともに葬り去るしかない。ブルータスがシーザーの暗殺を肯定するのは、精神と身体の分離ができない、という事実によるのである。

【ブルータスとシーザーの暗殺】

一幕一場の冒頭で、目の不自由な予言者が出てきて「三月十五日に気をつけろ」とシーザーに忠告した。その一点に向かって、劇の前半は進んでいく。キャシアスは暗殺の実現のために、さまざまな手立てを準備する。「どのような高潔な心だろうが、捻じ曲げることができる」と考え、まずはブルータスを味方に引き入れる。そこにはブルータスの異父妹がキャシアスの妻だという姻戚関係も働いていた。

さらに、ブルータスを乗り気にさせるために、キャシアスは署名のある文書を捏造して、ブルータスに決起を促す投書し、複数からの支持があると錯覚させる。噂などと同じく、ブルータスはそれを暗殺が正当性をもつ裏づけだと思ってしまう。暗殺という行為に正当性を与えてくれるのは、シーザーの精神を倒すという論理だけではなく、人々の支持という数の力である。それには仲間を増やし、ローマの市民に語りかけることが必要だった。

ブルータスは、決意を誓おうというキャシアスを制し、誓いなどいらないと主張する。そして、「人々の顔色、我らが魂の損傷、時代の悪弊」とあくまでも暗殺を正当化する公の動機を探していく（二幕一場）。だが、キャシアスの動機は、一度川で溺れかけたシーザーの命を救った恩人のはずなのに、自分の待遇が同期のブルータスより下だったことにある。待遇の違いに関して、「カッシウス（キャシアス）の言うことのほうが筋は通っているけれども、だが自分としてはブルートゥス（ブルータス）を差し置いてほっておくわけにはいかない」とシーザーが言ったとプルタルコスは記す（「カエサル伝」六二節）。材源としたはずなのに、シェイクスピアはその点を秘めたままにしている。キャシアスは、イアーゴのようにブルータスをライバル視していて、そこからローマの男たちの嫉妬心やライバル関係が浮かび上がる。「正義」をめぐるはずの争いが大義を失い、派閥抗争へと転化してしまうのである。

理念によって動いているように見えながらも、私怨に動かされているリアルさから観客は現実政治の難しさを知るのである。そうした表現は、パトロンとの関係や検閲をめぐって実際の政治状況と結びつかざるを得なかった民衆演劇の場にシェイクスピアがいたことで培われたのだろう。ブルータスにキャシアスがシーザー暗殺をせまる裏には私怨があるのだが、ブルータスは自分の異父妹の夫であるキャシアスの言葉にしだいに取り込まれていく。さらにキャシアスは、キャスカを説得するときには、地上の凶兆や嵐をシーザーの野心と直結して解釈してみせる。

ブルータスの邸宅に暗殺者たちが「謀議」のために集まったときには、アントニーをも殺害すべきなのかをめぐり議論となる。ブルータスはアントニーの殺害に反対したが、これは彼を単なる「遊び人」と軽く見ていたためで、ここに落とし穴があった。ブルータスは状況判断を誤り、アントニーを過小評価してしまったのである。

三幕一場で、元老院が王位を与える前に、嘆願するメテラスを使って議事堂に向かうシーザーの足を止めさせ、暗殺者たちは次々と短剣を振るう。シーザーの「ブルータスよ、お前もか」の台詞が有名だが、このラテン語はプルタルコスにはなく、シェイクスピアの創作によるものである。シーザーにとって意外だからこそ口にしたわけで、ブルータスを信頼していた証となる。シーザーが倒れたあと、暗殺者たちは「自由、解放、暴君は死んだ」と触れ回る。そして、和解を申し出てきたアントニーによる演説を許したことで、今度は暗殺者たちの運命が逆転していく。

【ブルータスとアントニーの演説】

暗殺に続く三幕二場で、ブルータスとアントニーによる二つの演説が行われる。まず、ブルータスは「最後まで落ち着いて聞いてほしい」と始め、聴衆の理性に訴えかけるように、「シーザーが生きていれば他のローマ人は奴隷となる」から殺した、と理由を述べる。さらに、祖国が求めるならシーザーを刺した短剣で自分の胸を突くと言い放つ。このパフォーマンスは、リチャード三世がアンを口説いたときに行ったやり方そのままである。もちろん、相手が短剣を使うはずがないという安心感からリチャード三世は口にしていたのだ。同じようにブルータスも聴衆が反対することを計算していて、演説を聞いていた市民たちは、ブルータスに自害するなと言い、支持するのである。

アントニーの演説がそれに続く。「友よ、ローマ人よ、同胞よ」と共感を求め、感情に働きかける。ブルータスは高潔だとほめつつ、シーザーが皆と「共に泣いた」と回想し、「野望に燃えていた者だろうか」と疑問をぶつけて、市民たちの心を揺さぶるのだ。とりわけ、冠を三度拒絶し、その後持病で卒倒した事実を利用して、シーザーが野心をもっていない人物であったと聞き手に巧みに印象づける。死人に口なしであることを利用して、アントニーは解釈し直していく。そのため、ブルータスの説明に理性で納得していた市民たちが、しだいに意見を変えてしまうのだ。

ブルータスとアントニーの演説は連続しているが、プルタルコスではシーザーの埋葬に際して、追悼演説を行うのはアントニーだけだった（『アントニウス伝』）。自分の演説を終えたブルータスが余裕を見せて、アントニーに演説する機会を与えたのは、勝者が言論の自由を保証したように思える。だが、演説のこの順番のせいで、アントニーはブルータスの演説の内容を覆すことができた。

最初のブルータスの演説が、聞いていた市民の気持ちを一体化させて鷲摑みにしたからこそ、逆転が可能となる。ブルータスの演説は、本番前の前座の扱いとなり、矮小化されてしまうのだ。パロディや反論は、後手のほうが有利に決まっている。少なくともアントニーは作戦を立てる時間的な余裕があった。これはリチャード三世がアンを口説くときに、まずアンにあれこれ言わせるようにしてから、その理屈を崩す戦術にも似ている。シェイクスピア自身が台詞の順序に配慮する劇作者であり、言葉の配列の働きをよく理解していた。そのため二つの演説が、材源であるプルタルコスを超えた効果を発揮するのである。

暗殺をしたブルータスたちは、アントニーを「遊び人」と見くびっていたが、祖父の代からの弁論家であった。ただし、これはローマの主流となっていたキケロの「アッティカ風」

の簡潔な演説とはタイプが異なり、「アジア風」の大げさな弁論術を身に着けていた。アントニーがシーザーの遺骸を前にして、上衣をはいで傷を市民たちに見せるパフォーマンスがすでに「アジア風」なのだ。その後、キケロはアントニーの命令で処刑され、斬首されただけでなく、アントニーを弾劾する文章を書いた右手も切断されたとされる（シェーン・バトラー『キケロの手』）。両者の対立が生じた理由は、政治的な意見や立場だけでなく、依拠する弁論術の違いにもあったのだ。

アントニーは残された傷の一つ一つをキャシアスなど暗殺者たちの名前とつなげる。とりわけ、寵愛していたブルータスによってシーザーが切りつけられた、という理不尽さを聞いている者に強く印象づける。舞台の上で短時間に行われた暗殺を、言葉によって引き伸ばし、まるでスローモーションで再現されたのを観ているような気分になる。その際に、アントニーは、シーザー個人が受けた傷が、「政体」としてのローマの傷であるかのように語る。そして、戦場で出会ったオクテヴィアスも、「シーザーの三十三箇所の傷への復讐だ」とブルータスたちに述べるのである（五幕一場）。

民衆の気持ちを最終的に動かしたのは、シーザーの残した遺言であった。アントニーは暗殺者への暴動に発展しそうな民衆を一瞬押しとどめて、「全員に平等に七十五ドラクマが渡される」と内容を告げてさらに煽動する。市民たちがシーザーの凱旋を待ちわびていたのは、富の分配を期待してなのだった。大ポンペイのときと同じで、それはシーザーが歓心を買う方法だった。ローマの外部からシーザーによってもたらされた「富」で、アントニー側は支持を固める。共和政ローマにおける民衆をなだめる「パン」を明らかにしているのだ。

【暗殺者たちと第二次三頭政治】

劇の半ばの三幕でシーザーが暗殺されたことで、タイトルロールが消えた中途半端な芝居に思える。悪党を主役にして死で終えた悲劇である『リチャード三世』や『マクベス』と比べても、シーザーの死で終わる一代記ではないのは大きな特徴である。

劇の後半は暗殺者たちの悲劇的な運命が描かれる。ブルータスはシーザーの亡霊と出会い、死後にまで及ぼす力を知ることになる。途中で重要な人物を死亡させても劇を続ける手法は、続編の『アントニーとクレオパトラ』も踏襲している。アントニーは四幕で姿を消し、クレオパトラが自死に至るようすが五幕で扱われる。重要な人物が消えた後、残された者たちがどのように行動するのかが、二つの劇での関心の的となるのだ。

言い換えると、シーザーが滅んでもローマという「巨大な空間」が残るというのが、『ジュリアス・シーザー』がしめすものだった。「ローマ」と「ルーム」の発音が当時同じだったせいで、シーザーひとりの大広間つまり「おおひローマ」（坪内逍遥訳）になることを暗殺者たちは阻止したのだが、それは「みんなのローマ」を取り戻すことと直結はしない。一時的に勝者となったはずの暗殺者たちの優位な立場も、アントニーがすべて覆してしまう。シーザーの傷だらけの身体とローマの政体を比較し、「アジア風」の弁論術で、ブルータスが主張した暗殺の意義を解体してしまうのだ。さらに全員にシーザーからの遺産があると述べ、人心を掌握する。ブルータスたちは、アントニーがそこまで言葉巧みだとは予期できなかった。

ローマという大広間は、全体を維持するために、供犠のように生贄を求める。ブルータスは「あくまでも正義のために、シーザーを生贄として屠る」と主張し、公共のために殺すのだと力説する。秩序の維持が、暗殺を正当化する。だが、その後も、暗殺者たちの内部分裂や対立が浮かび上がり、敵も味方も一枚岩とならない状況が明らかになる。ローマは彼らの血を飲み干すように犠牲を強い、「権力のための餌」として人々が扱われる。しかも、他のローマ劇には敵対する外部が置かれていた。『タイタス・アンドロニカス』にはゴートが、『アントニーとクレオパトラ』にはエジプトが、『コリオレイナス』にはヴォルサイがあった。ところが、『ジュリアス・シーザー』は、そもそもローマと外部の敵が戦う話ではないのである。

ブルータスとキャシアスの仲違いが明らかになり、内部統制がとれていない証拠となる。互いに「賄賂を取っている」とか「金欲しさに地位を売っている」と非難し、さらにブルータスは、兵士の給料のために自分が求めた金の支払いをキャシアスが断ったと怒るのだ（四幕三場）。これは、『リチャード二世』の冒頭の対立ともつながる。王の面前でボリンブルックとトマス・モーブレーとが争ったのは、軍費の支払いをめぐってだった。ブルータスたちが抱いている理念や理想を、軍資金不足がなし崩しにしてしまう可能性がある。

戦争は経済の裏づけなしには遂行できない。軍費を得るために重税を課すことをアイルランド遠征前にリチャード二世も口にしていた。エリザベス女王が苦心したのも、スペインなどと戦う資金の調達である。「ガバメント」にとって資金源の確保が大きな課題となる。事前に商人から戦費を借金するか、どこかで広く税負担を求めるしかない。いずれにせよ、戦争の勝敗において、何らかの経済的な利益や見返りを伴わないと、参加した貴族や兵士たちは納得しない。大においては、貴族たちに領地や栄誉の獲得があり、小においては、兵士たちに戦場での略奪や盗みという役得があった。

暗殺者それぞれの思惑の違いが露呈するのだが、一幕でキャシアスがブルータスを操ろうとする考えを独白で知っていた観客には、その流れが予想できた。しかも、シーザーの暗殺以降、この劇では死体が登場するたびに、登場人物の運命が変わっていく。大ポンペイの胸像が見下ろす場所にシーザーの死体が置かれ、次には死んだシーザーの亡霊がブルータスやアントニーを見下ろすことになる。

五幕一場では、恥辱を受けるくらいなら死を選ぶと主張していたキャシアスに対して、ブルータスは「みずから死を選ぶことなどすべきではない」として、自殺をしたカトーを非難した。だが、キャシアスが自害をして、死体となったようすを見て「ジュリアス・シーザー、おまえは、なおもこんな強大な力をふるうのか」と嘆くのである(五幕三場)。そして妻のポーシャが焼けた石炭を飲んで「不自然な死（＝自殺）」を遂げたと知り、否定していたはずの自死を最終的に選ぶのである。

ただし、ブルータスは自らの手ではなく、仲間のストラトーが握った剣に身体を投げかけることで実行する。手を貸したストラトーは「ブルータスを倒したのは、ブルータスその人だけ」と誇らしげに述べる（五幕五場）。暗殺者側は、勝利の場面を敗北と見誤ることなどの錯誤によって自滅していく。「正義」を旗印にしていても、結局のところローマの覇権を握ることはできなかった。

では、ブルータスたち暗殺者側を追いつめたアントニーたちに、内部統制があったのかと言えば、それはかなり異なる。シーザーの暗殺計画が進行するなかで、アントニーは、オクテヴィアスやレピダスと連絡をとり、三人による対抗策を打ち出した。演説によりシーザー暗殺の意味を転覆させたのは、アントニーの功績であった。

ところが、第二次三頭政治の主軸はアントニーとはなりえず、シーザーの甥（正確には姪の息子）であるオクテヴィアスが中心となった。プルタルコスは、アントニーとオクテヴィアスの間に激しい権力闘争があったことを「アントニウス伝」で描くのだが、シェイクスピアはかなり端折って印象を大きく変えている。

それでも、四幕一場で、アントニーが「この連中は死刑」と、オクテヴィアスが「そっちの兄弟を殺せ」と、レピダスが「君の甥を殺せ」とそれぞれが口にする。互いに相手の一族の犠牲者を求めるのだ。外部の敵ではないからこそ、暗殺者側に加担した者の処刑リストをめぐっての駆け引きが続くのである。さらに、アントニーは、退席したレピダスを「ロバ」と呼び、汚名を引き受ける役だとし、道具扱いをする。これは、三頭政治の行く末を物語っている。

シーザーの名声に寄りかかっていた第二次三頭政治は、続編の『アントニーとクレオパトラ』において瓦解していた。連作に共通しているアントニーの側から眺めると、シーザーの片腕となって活躍し、暗殺後に三頭政治を立ち上げて暗殺者ブルータスたちを始末しながら、三頭政治はうまくいかない。一転してエジプト側に立って、ローマへの反逆者とみなされ、滅ぼされる。こうした運命の変転が、アントニーの悲劇としてとらえられる。いずれにせよ、アントニーにとって、オクテヴィアスは、敬愛したシーザーの代わりとはならないのである。

ブルータスたちが共和政を維持しようと目論んで行ったシーザー暗殺が、かえって甥のオクテヴィアスを「アウグストゥス（尊厳者）」という称号をもつ独裁者に仕立て上げて、王政政治を生み出してしまった。シーザー本人の野望は確かに潰えたが、一族が王となる夢がかなったのである。結果として手助けをしたのが、王政を共和政に導いたルキウス・ブルータスの子孫のマルクス・ブルータスである点に歴史的な皮肉がある。それは傍系だったヘンリー・チューダーが、リチャード三世を倒して薔薇戦争を解決してヘンリー七世となり、さらに息子としてヘンリー八世が継いだのと重なるのである。

【共和政が帝政を生み出す】

キャシアスとブルータスは、専制的な独裁者となろうとしていたシーザーの野望を阻止するために暗殺したわけだが、劇中の彼らが政治的に何を目指したのかは判然としない。せいぜい「現状維持」(ステイタス・クオ)が目標に思える。ところが、シーザーを殺害してもローマの共和政が滅びることを阻止できなかった。

四幕三場で「キケロ（シセロ）が死んだ」と報告される。この言葉から、大ブルータスが樹立した共和政が終わったと、子孫であるブルータスは受け止める。ブルータスが自死に至る理由のひとつにキケロの喪失がある。劇の登場人物としてのキケロは、暗殺前夜に嵐の中で姿を現し、台詞を四回述べただけだった。だが、シーザーの片腕で、しかもアントニーと言論で敵対する人物である。暗殺の謀議のときに、キケロは参加してくれないだろう、とブルータスは考えて、勧誘するのをやめたのだ。それだけ超然とした立場から共和政の守護者として期待されていた。

ところが、アントニーはキケロを処刑しただけでなく、その右手を切り落とした、というエピソードをプルタルコスは伝える。これに関しては、はたして右手だったのかも含めて、同時代の記録は曖昧だが、キケロが口頭の弁論家だけでなく、文章家として活躍したのは間違いない。しかも、シーザーの暗殺後も政治的な手紙を書き続けてアントニーに敵対していた。そのことに対する処罰として、右手の切断は象徴的な行為だった（バトラー『キケロの手』）。

政治家であるキケロは、弁論術（修辞学）のお手本を残し、とりわけカティリナ弾劾演説の論理構成は、その後の弁論家にヒントを与えてきた。ヘンリー八世も幼いころからキケロを読み、自筆のサインをした本を所有していた。他ならぬシェイクスピア自身が間接的にその雄弁の影響を受けている。

キケロは「ブルートゥス」（紀元前四六年）という対話編で、まさにブルータス本人を題材に取り上げて、古代ローマからの名だたる「弁論家」の系譜をたどる。雄弁家の代表がブルータスの先祖にあたる大ブルータスであり、それに比べると今のブルータスは演説が得意ではないと指摘する。これは、シェイクスピアが設定した演説対決で、ブルータスが敗北した根拠となる。そして、キケロには政治著作もあり、共和政に関して、『国家論（コモンウェルス論）』（紀元前五一年）を著している。現在まで伝わる写本には欠落部分が多いのだが、中でも第六巻の宇宙から地上を眺める「スキピオの夢」がよく知られる。キケロが『ジュリアス・シーザー』で果たした役割は日本ではあまり注目されない。このキケロの不人気に関して、高田康成は『クリティカル・モーメント』内の『ジュリアス・シーザー』論で鋭く批判している。日本ではマキャベリの『君主論』のほうが『ローマ史論』よりも人気があるのと軌を一にしていると指摘する。それは明治以降に自由民権運動が天皇制へと吸収されていく流れと無縁ではない。キケロを共和政の理念を伝える哲学者だとみなすと、その死を古代ローマにおける共和政の終了と受け取ることができる。

そして、シーザーの暗殺とキケロの死の後に残されたローマでは、全体の政治経済システムが優先され、個人よりも「執政官」とか「法務官」といった役職のほうが重視される。「シーザーという名前がなんだ」とキャシアスは述べるが、人物の役割が先であり、民衆にとって、支配者がポンペイだろうが、シーザーだろうが、アウグストゥスだろうが構わない。むしろ、支配者に正義や大義を求めるのは、劇の冒頭でシーザー凱旋の熱狂を嘆いていた「護民官」たちのほうなのである。

名前をめぐるこうした取扱いは、同時に名前による呪縛を呼び起こす。シーザーの身体ではなくて、残った名前、つまりシーザーの精神が、社会や人々を呪縛するのである。ローマでは、家系上の偉大な先祖と区別するために、大ポンペイや大カトーや大ブルータスと「大」

の称号をつける。ブルータスをはじめ、子孫たちは「大」のつく先祖に呪縛されている。暗殺者の仲間であるカトーが、戦場で「大カトーの息子だ」と喚くのは、彼らの持つコンプレックスの正体を暴き出す。シーザーの甥であるオクテヴィアスも事情は同じなのだ。彼らは目の前の敵だけでなく、先祖たちの名声や名誉とも戦っているのである。

こうした名前と本人の関係から生じる極端な例が、詩人シナのエピソードだろう。暗殺者の一味であるシナと同じ名前をもった詩人が、路上でアントニー支持の群衆に誰何(すいか)され、暴行を受ける場面が加えられている（三幕三場）。暴徒の一人は「そいつの名前を心臓から抜き取っちまえ」と言う。そして、彼らはシナの体を「バラバラにしてしまえ」とか、ブルータスたちの家を「みんな燃やしてしまえ」と叫ぶ。シナは煽動に踊らされた人心がもたらした供犠の犠牲者となる。同じ名前をもつ偶然から、誤認される陥穽が誰にでも待ち構えているのが、ローマという空間なのだ。

ポンペイのように彫像となって、偉大な名前をもつ祖父や死者たちが見下ろすなかで、暗殺者も三頭政治の側もいつしかシーザーの亡霊とローマ全体を重ねて考えてしまう。そして、ブルータスはおろかアントニーによっても民衆の動きは制御できなくなってしまう。シーザーとは七十五ドラクマを約束してくれた遺言の持ち主であり、もしも、この遺言を実行するために三頭政治側が増税などを実行したならば、すぐにも人気は衰えてしまう。共和政はたえず帝政へと進む危うさを秘めた仕組みなのであり、そのためにこそ元老院や護民官という歯止めがあるのだ。

【共和政オランダとのライバル関係】

エリザベス一世からジェイムズ一世へと「虚ろな王冠」が引き継がれたことで、イギリスは絶対王政を強めていく。そして議会軽視の態度が、息子のチャールズ一世に引き継がれ、それが共和政を求めるいわゆるピューリタン革命を招いた。そうした状況への予兆は、第3章で扱った『テンペスト』とは異なった形で、『ジュリアス・シーザー』の中に描かれていた。『ヘンリー五世』『リチャード三世』『ジュリアス・シーザー』と並べると、そこには、政治的・国家的な「ガバメント」と、商業的・社会的な「ガバナンス」のぶつかり合いが見出だせる。ときには独裁的な王政と、意見を互いに戦わせる共和政の対立として見えてくる。しかも、専制的な王政が悪で、民主的な共和政が善、といった価値判断も簡単に下せない。

何よりも、共和政は、時間的に離れた古代ローマや、空間的に離れた地中海のヴェニス共和国の政治形態というだけではない。当時のイギリスの隣国として直接のライバルとなるオランダが採用している政体でもあった。海洋国家を目指すイギリスにとり無関心ではいられない。シェイクスピアが活躍した当時のオランダは、一五八一年にスペインから独立した共和国であり、まだスペインと戦いつつ、「海洋帝国」を作り上げていった。イギリスがスペインの無敵艦隊を撃退したときにオランダは協力してくれた仲間でもあった。

ロンドンには宗教的あるいは商業的な理由からオランダから流入した人々が多数いた。そのため、「ダッチ」と呼ばれる表現が、文学からさまざまな文化にまで及んでいた。低地ドイツが大陸からロンドンまで続いているという認識まであったのだ（マージョリー・ラブライト『ドッペルゲンガーのジレンマ』）。オランダが共和政から王政へと戻るのは一八〇六年のナポレオン支配後のことである。

もちろん、イギリスとオランダの間には、北大西洋のタラ漁から北米植民地の支配まで、ライバルとしての闘いがあった。英蘭戦争が有名であるが、その痕跡はあちこちに残っている。ニューヨークが以前はニューアムステルダムだったことはよく知られている。マンハッタンの黒人地区として知られている「ハーレム」はオランダの地名「ハーレラム」に由来する。また、南アフリカなどでの植民地をめぐる争いもあった。南アフリカの人種隔離を意味する「アパルトヘイト」がオランダ語起源からもわかるが、オランダ系住民アフリカーナー（ボーア人）がいる。十九世紀末に彼らとイギリス人との争いが、ボーア戦争へと発展したのだ。

何よりも、イギリスが、一六〇〇年に東インド会社を設立すると、オランダは、ポルトガルを追い抜くためにも、一六〇二年にやはり東インド会社を設立するなど、はるか遠い海の向こうで双方の利害がぶつかった。そして、海洋国家の覇権争いが、日本にイングランド人三浦按針をもたらし、さらにオランダが交易の窓口となり、海外の知識の流入の回路の一つとして、「蘭学」を成立させたのである。
イギリスが、大西洋さらに太平洋を舞台にした海洋国家として、共和国オランダとのライバル関係をもつなかで、共和政に対する関心が生じた。そうした中で、直接オランダを舞台にしていなくても、ヴェニス共和国を扱った『ヴェニスの商人』や『オセロ』あるいはローマの共和政を扱った『ジュリアス・シーザー』が、共和政がもつ利点と限界を描き出していたとしても不思議ではなかったのである。

注

（1）『阿呆船』とも訳される。一九六二年に、この題名を借りて、キャサリン・アン・ポーターが、大西洋を横断する船に乗り合わせた人々を扱った長編小説を書いた。スタンリー・クレイマー監督が、『愚か者の船』（一九六五年）として映画化した。戦間期のヒットラーが政権を取った年に、メキシコからドイツへと向かう船に乗り合わせた乗客たちの人間模様を描くものである。

（2）このヒーローのパターンは、日本でも「遠山の金さん」から「鬼平」まで、時代劇の中に度々登場する。身分は高いが、若いころに放蕩者だった者が、後年市井の庶民を理解する為政者となる図式である。そうした庶民の願望を別な形で描いたのが、マーク・トウェインの『王子と乞食』（一八八一年）であった。ヘンリー八世の息子でエリザベス一世の弟にあたり、九歳で即位したエドワード六世と「乞食」のトムを入れ替えてみせる。シェイクスピア時代に、「乞食と王様」というバラッドがあり、『リチャード二世』などで言及されているのをヒントにしたのだ。

（3）　フォルスタッフを気に入ったエリザベス女王が、『ウィンザーの陽気な女房たち』という喜劇を作るように命じた、とニコラス・ロウが十八世紀に書いたことで伝説化された。本編とは別にキャラクターを活躍させるスピンオフ作品の始まりで、しかも、歴史劇ではなく同時代を舞台にしたことに新味がある。フォルスタッフは、時空を超えて活躍することになった。シェイクスピアは、歴史劇の最初の四部作で、オールドカスルという実在した貴族を喜劇的に扱ったことで子孫に非難されたので、一種の意趣返しのようにフォルスタッフという虚構的人物として第二の四部作に登場させた。さらに現代でも活躍させたのである。フォルスタッフというキャラクターの大きさを、過去から現在までの時間、さらにイーストサイドからウィンザーの森までの幅広い活躍の場が支えている。ちなみに、ヴェルディのオペラ『フォルスタッフ』（一八九三年）は、『ウィンザーの陽気な女房たち』をもとにしている。ヴェルディは他に『マクベス』と『オセロ』もオペラ化した。

（4）　これは『間違いの喜劇』に出てきた料理女の体が、世界地図を表現していたのを連想させる。女性の身体の部位とヨーロッパの国々を結びつけていたが、キャサリンの場合には、身体をしめす英語とフランス語のずれとして表現されるのだ。こうしたずれが生み出すコミカルなようすは、戦場でピストルとフランス人兵との間の頓珍漢な言葉のやり取りとしても描き出されている。多様性が統一されていく英語とは、かなり扱いが異なっている。

(5) 歴史劇にはさまざまな女性たちが活躍するが、ジャンヌ・ダルクが登場し、王女や元王女が互いに争う薔薇戦争四部作に比べて、「ヘンリアド」で女性が際立つ役割を果たすことはほとんどない。リチャード二世の妻は、夫の死後フランスへと帰ることを選び取る。ホットスパーの妻のケイトは戦場第一の夫をなじるが、『じゃじゃ馬ならし』のケイトと同じく、最終的には封じ込められてしまう。そして、最終的にヘンリーの妻となるキャサリンはフランス語しか喋れず、それが夫となるヘンリー五世の「ガバナンス」に貢献するのである。

(6) イギリスを扱った歴史劇の二つの四部作を、シリーズとしてまとめる枠組みとして「チューダー神話」が提唱された。第二次世界大戦のさなか、E・M・W・ティリヤードが『エリザベス朝の世界像』(一九四三年)と『シェイクスピアの歴史劇』(一九四四年)で打ち立てた。これにより、リチャード二世の大いなる罪が、最終的にヘンリー七世によって乗り越えられるという筋道が浮かび上がり、支配的な仮説となった(ガブリエル・イーガン『シェイクスピア』)。ただし、一九八〇年代から、エリザベス朝の人々の考えを均質に考えるティリヤードの意見に反論が出て、劇の内部にある反乱などの抵抗や、権力抗争がもつ意味合いが問い直された。さらにウェールズやアイルランドなどの地域差や、フランスという外国との関係、下層などの扱いを考慮し、一枚岩で考えないのが現在の見方である。それでも、ひとつの参照枠として「チューダー神話」は今なお有効ではある。それはフルーエリンが読みふけった「年代記」のように、人々に浸透している神話であり、王家の血筋を手がかりに歴史の連続性を証明する物語としていつでも姿を現すからだ。

終章 「ルール・ブリタニア」へ

シェイクスピアが生きた時代は、イギリスが海洋国家となり、「領土拡張」する時期だった。イングランド王国は、ウェールズを併合していたが、植民地化したアイルランドでの反乱を鎮圧するのに苦労していた。スコットランドの王ジェイムズ六世が、イングランドの王ジェイムズ一世となったことで、ヴァージニア植民地のジェイムズタウンの建設などが進んだ。しかもピューリタン革命（内乱）においても、カトリック系住民の多いアイルランドへの植民は進むし、外国の交易船を排除する動きにより、交易の独占を狙う動きもあった。

もちろん光があれば影がある。スペインとの戦争という国家的なイベントのつけとして、戦費用に借りた金の返済が必要となり、国内の不景気を引き起こした。海賊がスペインなどの富の収奪を行うのも無理はなかった。後のヴィクトリア朝の歴史家たちがロマンティックに美化したのとは異なり、エリザベス朝が牧歌的な時代だったわけではない。ライバルがひしめく国際情勢の中で、先が見えない模索状況だったのだ。ニューファンドランドやロアナークなどの植民地経営も予定ほどにはうまくいかず、ジェイムズ王の時代になってようやく、北米に永続的な拠点を設けることができたほどである。

そうした時期に発表された『ハムレット』に海賊が登場したのには、理由がいくつかありそうだ。身代金目的とはいえ、ハムレットを遇してくれた海賊たちは開放的な雰囲気をもっている。カリブ海などで活躍した海賊をめぐる幻想のひとつに、海賊たちが「共和主義」的な組織をもっていたというものがある。これはトマス・モアなど人文主義者たちが、イギリスの外に理想を実現しようとしたのと同じく願望の投影でもある。つまり、デンマークの王子を自任するハムレットの対局に位置するのが、アウトローである海賊たちなのだ。

しかも、ハムレットは、ポローニアス殺害というきっかけがあったとはいえ、海の上ではエルシノアの王宮内よりも活動的になる。手紙を捏造してすり替えて、ローゼンクランツとギルデンスターンを自分の身代わりにしてしまう。さらに海賊とも直接戦っているし、相手の船に単身乗り込むのだ。その後レアティーズと剣を交えることができたのも、海上での実戦の裏づけがあったのが大きいのではないか。頭でっかちだった大学生が、海賊のもとで過ごし、海によって鍛えられた成果とも考えられる。それは、ヘンリー五世が王子のときにフォルスタッフたちと交わったのにも似ている。ハムレットが海賊たちとの交流で、行動力に目覚めたとすれば、劇の後半にもはや父親の亡霊を必要としなくなる理由もわかってくる。

「海賊女王」として、海賊船長たちに投資をするエリザベス女王の時代にあって、デンマーク沖で海賊に出会うというのも、モスクワ大公国との交易や、バルト海でのタラ漁のライバルとなるオランダ船との関係が透けて見えてくる。北大西洋とは異なる地政学的な意味合いが、デンマークやその沖合に感じられ、それが『ハムレット』という劇を取り巻いている。

海賊が出てくるだけでなく、『間違いの喜劇』や『十二夜』のように、海での難破や生き別れが出発点となる劇がたくさんある。『ヴェニスの商人』や『オセロ』は、海外交易と制海権を扱っていた。『ヘンリー六世』や『アントニーとクレオパトラ』では、海戦が勝敗の行方を握っていた。『ヘンリー五世』には、戦争のために対岸のフランスへと船で押し寄せる描写がある。さらには海洋国家としての植民地支配と土着の人々による抵抗は、『タイタス・アンドロニカス』や『テンペスト』から読み取ることができる。海洋国家の成長モデルとして、ヴェニス共和国とスペイン帝国のどちらを手本にすべきかの選択は、ローマを舞台にした『ジュリアス・シーザー』での共和政か帝政かという問いかけともつながっている。

シェイクスピア作品が聖典化されてきた理由のひとつに、「大英帝国」という海のネットワークの功罪を、初期段階ですでに描いたことが挙げられる。劇のそこかしこに海をめぐる題材があり、しかも海の比喩やイメージを利用した歌なども挿入されている。それは、シェイクスピア個人の資質だけでなく、当時の観客たちや社会が好んだものを描き出したせいだろう。スペインの無敵艦隊を破ったいわゆる「アルマダの海戦」を経て、海の男たちへの賞賛も増えるが、海への利害関心がこの時期に増大した事情は無視できない。

ただし、海賊たちが活躍する領域は、十八世紀には狭められて管理されてしまう。それは、一七四〇年に発表された「ルール・ブリタニア」が象徴的にしめしている。毎年夏に開かれる音楽祭である、BBCプロムスの最後に、ロイヤル・アルバート・ホールで大合唱となる曲でもある。もともと九世紀の「海軍の父」とされるアルフレッド大王を主題にしたオペラ『アルフレッド』のために作られた曲だった。

「ルール・ブリタニア」は、「ブリタニアよ、海を支配せよ」という自画自賛の内容をもつ。そして「ブリトン人は奴隷にならない」と宣言されている。だが、これは「明白な使命」や「白人の責務」など文明化という名の支配原理とも似ている。あくまでもブリトン人という範疇に入る者たちにとっての天国でしかなかった。『テンペスト』にあったような土着の反乱は鎮圧され、海軍が海賊たちを飲み込むことになる。だからこそ、『ハムレット』で描かれたハムレットと海賊の出会いは、その後の海洋国家としてのイギリスで、王族とその尖兵である海賊が、ともに同じ目的で海外へと向かう歴史を象徴的にしめしていた。だが結局のところ両者は決裂して、海賊たちは潰されるしかなかったのだ、と私は思う。

あとがき

この本では、ハムレットが海賊に救われたエピソードを出発点に、海洋国家となっていく時代のイギリスの内外の課題を、シェイクスピアがどのように描いたのかを論じた。

シェイクスピアと海賊や海の男たちとの関係が重要なことは間違いない。たとえば、シェイクスピア研究の第一人者で、新歴史主義の旗手であるスティーヴン・グリーンブラットによる最初の著作が、『サー・ウォルター・ローリー』（一九七三年）であったことからもわかる。グリーンブラットが「自己成型」という概念を見出せたのは、宮廷人にして冒険家、しかも詩人にして海の男という、複雑多岐な面をもつローリーがいたからこそである。そうした点を念頭において、もう一度、『ハムレット』やシェイクスピアの作品を見直すと、想像以上に、海洋国家イギリスが立ち上がる状況が、劇中で描かれているのが確認できた。

そこから浮かび上がる問題点の多くは、明治維新から百五十年を経た現在の日本と無縁ではない。幕末の歴史を紐解けば、「黒船」や「咸臨丸」や「海援隊」など、海をめぐる言葉が溢れている。そして、維新後の「征韓論」や「台湾出兵」などを端緒とする海外への領土の膨張こそ、「大日本帝国」の国家的な課題となった。他ならぬイギリスとの関係も、シェイクスピアと同じ年に生まれて、無敵艦隊とのアルマダの海戦に参加した三浦按針から、日英同盟や鬼畜米英と呼ぶ関係などまで、ときには敵、ときには味方として、ずっと続いてきた。

次期天皇としての即位が決まっている浩宮が、イギリスのオックスフォード大学のマートンコレッジで研究をしたのは、テムズ川の水運史だった。イギリスの産業革命に貢献したのが、輸送量が貧弱だった鉄道ではなく、むしろ内陸と外洋を結ぶ運河や水運のネットワークだというのは、もはや常識となっている。アメリカの五大湖周辺の工業地帯も、セントローレンス運河とミシシッピ川とで外洋と結ばれているからこそ発展できたのだ。ヨーロッパにおける運河や河川の重要性は言うまでもない。こうして考えると、ストラットフォード川沿いの町で生まれたシェイクスピアが、海とつながったテムズ川沿いの国際都市ロンドンで演劇を書いたことの意義は想像以上に大きいのである。舞台の向こうに海が見えていたのだ。

＊

私的なことを少し述べるならば、四十年前の学部時代に読んだ『ハムレット』に抱いた違和感がこの本の始まりである。手にした原書は、神田の古本屋（東京泰文社）で手に入れた赤い表紙のドーヴァー・ウィルソン編纂のケンブリッジ版だった。実のところ、福田恆存訳に頼りっぱなしで、しかも翻訳の日本語も難しく、最後まで読んでも、傑作とされる理由がよくわからなかった。読んだ印象が、それまで聞きかじっていたロマン派的な苦悩するハムレットとは、かなり異なるのが不満だった。とりわけ、途中でハムレットが海賊に助けてもらうのは、ご都合主義的な展開にしか思えなかった。

今では、海賊との出会いは、偉大な父親の亡霊の重圧に潰されそうなハムレット二世が、積極的な行動へと移るきっかけだとわかる。「若者よ、書を捨てて、海に出よ」というわけだ。有名な「北北西の風」さえも、帆船に吹き寄せて、デンマークへと戻す風に思えてくる。そして、海賊だけでなく、海そのものを手がかりにすると、シェイクスピア劇の魅力がさらにわかるように思えてきた。

追い風となったのが、ブローデルの『地中海』やシュミットの『陸と海と』など、海から歴史を見る視点の本が評価されるようになったことだ。イギリスの海賊の世界史的な位置づけや、環大西洋という観点での交易や物流に関する研究が進んできた。従来のカリブ海を中心とするだけでなく、東海岸での「海賊の巣」の実態解明など、初期アメリカをめぐる歴史研究が、視野をさらに広げてくれた。そうした動きに少しでも応じる内容になっていれば幸いである。なお、十八世紀以降の海をめぐる問題に関しては、『太平洋の精神史――ガリヴァーから『パシフィック・リム』へ』（彩流社）で扱った。併せて読んでいただけると幸いである。

なお文中では敬称を略している。ラテン名などカタカナ表記に関しては、なるべく慣用を尊重したのではばらつきがあるように見えるかもしれないが、ご寛恕願いたい。最後に、松柏社の森信久社長には、企画段階からいろいろとお世話になったことを感謝したい。

小野俊太郎

二〇一八年四月吉日

主要参考文献（順不同）

シェイクスピアの原文および制作年に関して参照したのは次の二つ。

Stanley Wells & Gary Tayler（eds）, *William Shakespeare The Complete Works*（*Second Edition*）,（Clarendon Press, 2005）

“Open Source Shakespeare”（https://www.opensourceshakespeare.org/）

日本語訳はちくま文庫版の松岡和子訳、および、筑摩書房の『世界古典文学全集』でのシェイクスピア全訳となる第四十一－四十六巻（一九六四－六七年）所収の諸氏の訳を参照した。適宜文脈にあうように手直しをしている。

またシェイクスピアの全作品を一人で論じている次の三冊は絶えずインスピレーションを与えてくれた。

Issac Asimov, *Asimov's Guide to Shakespeare: A Guide to Understanding and Enjoying the Works of Shakespeare*（Gramecy, 2003）

Marjorie Garber, *Shakespeare After All*（Anchor, 2005）

Tony Tanner, *Prefaces to Shakespeare*（Belknap Press, 2012）

序章

A. C. Bradley, *Shakespearean Tragedy: Lectures on Hamlet, Othello, King Lear, Macbeth 2nd ed.*（Macmillan, 1905）
カール・シュミット『ハムレットもしくはヘカベ』初見基訳（みすず書房、一九九八年）
J. Dover Wilson, *What Happens in Hamlet*（Macmillan, 1935）
カール・シュミット『陸と海と――世界史的一考察』生松敬三他訳（福村出版、一九七一年）
関曠野『ハムレットの方へ――言葉・存在・権力についての省察』（北斗出版、一九八三年）
逸見道郎『青い目のサムライ　按針に会いに』（かまくら春秋社、二〇〇七年）
ルシオ・デ・ソウザ、岡美穂子『大航海時代の日本人奴隷』（中央公論新社、二〇一七年）
渡邊大門『人身売買・奴隷・拉致の日本史』（柏書房、二〇一四年）
John Milton, *Areopagetica and Other Writings*（Penguin, 2016）
Adam Cohen, *Shakespeare and Technology: Dramatizing Early Modern Technological Revolutions*（Palgrave Macmillan, 2006）
百瀬宏『小国』（岩波書店、一九八八年）
竹本洋「アイルランドの「反乱」と思想家たち――アイルランド問題から環アイルランド海＝環大西洋問題へ」（http://hermes-ir.lib.hit-u.ac.jp/rs/handle/10086/16613）
北政巳『国際日本を拓いた人々――日本とスコットランドの絆』（同文館、一九八四年）

第1章

Susan Ronald, *The Pirate Queen: Queen Elizabeth I, Her Pirate Adventurers, and the Dawn of Empire*（Harper Perennial, 2008）

アントニイ・バージェス『シェイクスピア』小津次郎他訳（早川書房、一九八三年）

村川堅太郎編『プルタルコス英雄伝・下』（筑摩書房、一九八七年）

Anthony Esler, *The Aspiring Mind of the Elizabethan Younger Generation*（Duke UP, 1966）

Stephen Greenblatt, *Will In The World: How Shakespeare Became Shakespeare*（W.W.Norton, 2004）［邦訳『シェイクスピアの驚異の成功物語』］

Stephen Greenblatt, *Hamlet in Purgatory*（Princeton UP, 2001）

Stephen Greenblatt, *Learning to Curse: Essays in Early Modern Culture*（Routledge, 2007）

玉泉八州男『女王陛下の興行師たち』（芸立出版、一九八四年）

フェルナン・ブローデル『地中海』全五巻、浜名優美訳（藤原書店、一九九一年）

フェルナン・ブローデル『地中海世界』神沢栄三訳（みすず書房、二〇〇〇年）

T. O. Lloyd, *The British Empire, 1558-1995*（*2nd ed.*）（Oxford UP, 1996）.

David Armitage, *The Ideological Origins of the British Empire.*（Cambridge UP, 2000）

マージョリー・ガーバー『シェイクスピアあるいはポストモダンの幽霊』佐復秀樹訳（平凡社、一九八七年）

『吉田健一著作集第一巻　英国の文学、シェイクスピア』（集英社、一九七八年）

ウィリアム・シェイクスピア『ハムレットQ１』安西徹雄訳、（光文社古典新訳文庫、二〇一三年）

Paul Johnson, *The Offshore Islanders. A History of the English People*（Orion, 1998）

フランセス・イェイツ『シェイクスピア最後の夢』藤田実訳（晶文社、一九七五年）

第2章

E・R・クルティウス「アルゴナウテース達の船」、『ヨーロッパ文学評論集』（みすず書房、一九九一年）所収

竹田いさみ『世界史をつくった海賊』（筑摩書房、二〇一一年）

佐藤唯行『英国ユダヤ人』（講談社、一九九五年）

度会好一『ユダヤ人とイギリス帝国』（岩波書店、二〇〇七年）

Janet Adelman, *Blood Relations: Christian and Jew in the Merchant of Venice* (University of Chicago Press, 2008)

Alexander Leggatt (ed), *The Cambridge Companion to Shakespearean Comedy* (Cambridge UP, 2001)

ジークムント・フロイト「小箱選びのモティーフ」、『フロイト全集12』（岩波書店、二〇〇九年）

岩井克人『ヴェニスの商人の資本論』（筑摩書房、一九八五年）

勝山貴之（『シェイクスピアと異教国への旅』（英宝社、二〇一七年）

玉木俊明『海洋帝国興隆史』（講談社、二〇一四年）

Markku Peltonen, *The Duel in Early Modern England: Civility, Politeness, and Honour* (Cambridge UP, 2003)

稲津一芳『英語通信文の歴史』（同文舘出版、二〇〇一年）

Lynne Magnusson, *Shakespeare and Social Dialogue: Dramatic Language and Elizabethan Letters* (Cambridge UP, 1999)

Anthony Mortimer, *Petrarch's Canzoniere in the English Renaissance*（Rodopi, 2005）

María Rosa Menocal, *The Arabic Role in Medieval Literary History: A Forgotten Heritage*（University of Pennsylvania Press, 2004）

高山博『中世シチリア王国』（講談社、一九九九年）

Amy Richlin, *Rome and the Mysterious Orient: Three Plays by Plautus*（University of California Press, 2005）

野島秀勝『近代文学の虚実——ロマンス・悲劇・道化の死』（南雲堂、一九七一年）

Charles H. Kahn, *Pythagoras and the Pythagoreans: A Brief History*（Hackett, 2001）

ウィリアム・ハーヴェイ『動物の心臓ならびに血液の運動に関する解剖学的研究』暉峻義等訳（岩波書店、一九六一年）

第3章

フランシス・ベーコン『随筆集』渡辺義雄訳（岩波書店、一九八三年）

Mark G Hanna. *Pirate Nests and the Rise of the British Empire, 1570-1740*（University of North Carolina Press, 2015）

Hutner, Heidi. *Colonial Women: Race and Culture in Stuart Drama*（Oxford UP, 2001）

Jan Philipp Reemtsma, *Trust and Violence: An Essay on a Modern Relationship*, Trans. Dominic Bonfiglio（Princeton UP, 2012）

Samuel Kliger, *The Goths in England: A Study in Seventeenth and Eighteenth Century Thought*（Harvard UP, 1952）

村主幸一『シェイクスピアと身体――危機的ローマの舞台化』（人文書院、二〇一三年）
Frances A. Yates, *Astraea: The Imperial Theme in the Sixteenth Century*（Routledge, 1999）
Coppélia Kahn. *Roman Shakespeare: Warriors, Wounds, and Women.*（Routledge, 1997）
ヤン・コット『シェイクスピア・カーニヴァル』高山宏訳（筑摩書房、二〇一七年）
Ania Loomba, *Shakespeare, Race, and Colonialism*（Oxford UP, 2002）
中野春夫『恋のメランコリー――シェイクスピア喜劇世界のシミュレーション』（研究社、二〇〇八年）
越智敏之『魚で始まる世界史魚で始まる世界史――ニシンとタラとヨーロッパ』（平凡社、二〇一四年）
Margaret R. Scherer, *The Legends of Troy in Art and Literature.*（Phaidon, 1963）
川崎寿彦『庭のイングランド』（名古屋大学出版会、一九八三年）
ピーター・ヒューム『征服の修辞学――ヨーロッパとカリブ海先住民、一九四二―一七九七年』岩尾龍太郎他訳（法政大学出版局、一九九五年）
Eric Cheyfitz, *The Poetics of Imperialism: Translation and Colonialism from* The Tempest *to* Tarzan（Oxford UP, 1991）
Jonathan Goldberg, *Tempest in the Caribbean*（University of Minnesota Press, 2004）

第4章

Marc Shell, *Islandology: Geography, Rhetoric, Politics*（Stanford UP, 2014）
Mark Bevir, *Governance: A Very Short Introduction*（Oxford UP, 2012）
Barbara L. Parker, *Plato's Republic and Shakespeare's Rome: A Political Study of the Roman Works*（University of

Delaware Press, 2004)

Kent Cartwright, *Theatre and Humanism: English Drama in the Sixteenth Century.* (Cambridge UP, 1999)

Paul A. Fideler and T. F. Mayer (eds.), *Political Thought and the Tudor Commonwealth: Deep Structure, Discourse, and Disguise* (Routledge, 1992)

Fitzmaurice, Andrew. *Humanism and America: An Intellectual History of English Colonisation, 1500-1625* (New York: Cambridge UP, 2003)

ルイス・ハンケ『アリストテレスとアメリカ・インディアン』佐々木昭夫訳（岩波書店、一九七四年）

玉泉八州男「大学才人登場」、『エリザベス朝演劇の誕生』（水声社、一九九七年）所収

高田康成『クリティカル・モーメント——批評の根源と臨界の認識』（名古屋大学出版会、二〇一〇年）

Shane Butler, *The Hand of Cicero* (Routledge, 2002)

Marjorie Rubright, *Doppelgänger Dilemmas: Anglo-Dutch Relations in Early Modern English Literature and Culture.* (University of Pennsylvania Press, 2014)

E・M・ティリヤード『エリザベス朝の世界像』磯田光一他訳（筑摩書房、一九九二年）

◎著者略歴

小野俊太郎（おのしゅんたろう）
一九五九年札幌生まれ。文芸・文化評論家。
著書に、『『東京物語』と日本人』（松柏社）、『太平洋の精神史』『新ゴジラ論』（彩流社）、『「里山」を宮崎駿で読み直す』（春秋社）、『未来を覗くH・G・ウェルズ』（勉誠出版）他多数。

ハムレットと海賊――海洋国家イギリスのシェイクスピア

二〇一八年六月二十五日　初版第一刷発行

著　者　小野俊太郎
発行者　森信久
発行所　株式会社 松柏社
〒一〇二-〇〇七二　東京都千代田区飯田橋一-六-一
電話　〇三（三二三〇）四八一三（代表）
ファックス　〇三（三二三〇）四八五七
Eメール　info@shohakusha.com
http://www.shohakusha.com

装幀　常松靖史［TUNE］
校正　松林依子
組版　戸田浩平
印刷・製本　倉敷印刷株式会社
ISBN978-4-7754-0252-8